ループして闇墜ち騎士団長を救ったら、執着溺愛が止まりません！

御厨　翠

Illustration
Ciel

gabriella books

ループして闇墜ち騎士団長を救ったら、執着溺愛が止まりません！

contents

プロローグ

結婚式の当日は、雨が降っていた。

遠方から聞こえる雷鳴が空気を震わせ、レティーツィアは身を震わせた。

式の開始を待つ花嫁の部屋には誰もいない。少しひとりになりたいと言って、侍女を下がらせたからだ。

鏡の中の自分を見つめると、美しく飾った花嫁が映し出されている。

赤みを帯びた金の髪に白薔薇を編み込み、首もとには大きな金剛石《こんごうせき》が光っている。純白のドレスには金糸を使った刺繍《ししゅう》が施され、翠の瞳と同色の小さな宝石が散りばめられていた。

今日のレティーツィアは、誰が見ても目を瞠《みは》る輝きを放っている。ところが顔色は、幸せな花嫁には似つかわしくない憂いを帯びていた。

(クロヴィス様は、まだいらっしゃらないのかしら……?)

窓の外に目を遣《や》り、公爵家の子息であり王国の騎士団長を務める婚約者の顔を思い浮かべる。

彼とは国王の命で婚約した。まだ十歳のときのことだった。だが、それ以降良好な関係を築けずにいる。それどころか、必要最低限の交流しか持てず、今日この日を迎えてしまった。

レティーツィアが彼を避《よ》けていたわけではない。クロヴィスが、婚約者を遠ざけたのだ。折り合いが悪い国王から強引に勧められた婚約だったことも影響したのだろう。

実際、レティーツィアは国王が放った間者だと思われていた節がある。この国において、大抵の女性は十六歳から十八歳までの間に結婚しているが、二十歳の今まで放置されていたのがその証《あかし》だ。

それでも、結ばれた縁を大切にしたかった。自分が諦めさえしなければ、クロヴィスもいつか婚約者として——妻として、愛してくれるのではないかと期待していた。なぜなら、レティーツィア自身は国王となんら関わりもなく、ただ純粋に彼に好意を抱いていたから。

初恋、だったのだ。

今日は、王城の敷地内にある大聖堂で式を挙げ、その後は城内でパーティが開かれる予定だった。この結婚のために、国王がわざわざ解放を命じたと聞いている。

こうしているうちにも、続々と招待客が来ているだろう。出席者は、バルバストル公爵家のほうが多い。騎士団長という立場から、団員をかなり招いたようだ。

普段は王城内に騎士団が入城することはない。城内の警備は近衛兵《このえへい》が担当し、騎士団は主に国境で他国の侵略から自国を守りつつ、『魔獣《まじゅう》』と呼ばれる害獣の討伐を担っていた。

戦闘に特化した組織であるがゆえ、また、下級貴族や平民もいることから、団員らは高位貴族からは敬遠されており、国王からも疎まれている。

先王の時代は王室と騎士団の関係も良好だったが、現王が即位してからは関係が悪化していた。

両者の間に決定的な亀裂が走ったのは、数年前に国王が命じた魔獣の掃討作戦からだ。遠征からの一時帰還を願った騎士団の要請を退けた国王は、無茶な行軍を命じた。魔獣との激しい交戦の中、団員らの間で病が蔓延《まんえん》し、命を落とした者もいると聞く。

それでもかろうじて勝利を収めたが、王都へ戻ってきた騎士団は出兵時より半数に減ってしまった。にもかかわらず、国王からは最低限の褒章しか与えられることはなかった。

クロヴィスと婚約が決まってから、それまで知り得なかった騎士団と王国の関わりについて学んでいた。しかし、その背景を知るほどに、疑問が頭を擡《もた》げるようになる。

(陛下は騎士団というよりも、クロヴィス様を嫌っていらっしゃる印象だわ)

理由は定かでないし、気軽に出せる話題でもない。だからこれは、レティーツィアの想像に過ぎないが、まったくの見当違いではないと思っている。

けれど、国王とクロヴィスにいかなる確執があろうと、どうすることもできない。これ以上悪化しないよう祈るのみだ。

「――レティーツィア様……!」

ひとり物思いに耽《ふけ》っていると、静寂を切り裂く声が聞こえた。

驚いて振り返れば、侍女のアウラが血相を変えて部屋に転がり込んでくる。反射的に立ち上がったレティーツィアは、駆け寄ってきた侍女に歩み寄った。

「そんなに慌ててどうしたの？」

「すぐに……今すぐにここからお逃げくださいっ……！」

縋《すが》りついてきたアウラのただならない様子に、心臓が嫌な音を立てた。

「落ち着いて。何があったか話してちょうだい」

「っ、クロヴィス様が……」

がくがくと全身を震わせたアウラが口を開きかけたときである。乱暴に床を叩《たた》く複数の靴音と共に、正装に身を固めた騎士団の数名が流れ込んでくる。

「ストクマン侯爵令嬢で間違いありませんね？」

入ってきた騎士たちは、皆、濡《ぬ》れ鼠《ねずみ》になっている。しかし、それよりも気になったのは、それぞれが帯剣していることだ。

（王城の敷地内で帯剣が許されているのは、近衛兵のみのはず。それなのになぜ……？）

緊張感の高まりを感じながら、レティーツィアは騎士らと対峙《たいじ》した。

「……わたくしが、レティーツィア・ストクマンです。ずいぶんと物々しいですね。いったいなんの騒ぎなのですか？　いくら騎士団の方とはいえ、無礼な振る舞いではありませんか。クロヴィス様の顔に泥を塗る真似《まね》は控えたほうがよろしいのではなくて？」

震えの収まらないアウラの背を撫《な》でながら、騎士のひとりに非難を投げかける。本当は、レティーツィア自身も恐れを感じているが、侯爵家令嬢として、騎士団長クロヴィス・バルバストルの婚約者としての矜持《きょうじ》が気持ちを奮い立たせていた。

――だが。

「心配は無用です。まず、結婚式は行なわれませんので」

「え……」

そんなことは許されるはずがなかった。この結婚は王命で、誰であろうと逆らえない。もしも国王に背けば、すぐにでも逆臣として処罰を受ける。そうなれば、公爵家や騎士団にも累が及ぶ可能性がある。だから彼は、レティーツィアとの婚約も受け入れていたのだ。

しかし乱入してきた騎士たちは、どこか憐《あわ》れむような眼差《まなざ》しを向けてくる。

「団長閣下は現在、大広間にいらっしゃいます。こちらにいらっしゃることはありません。あなた様は、これから我々と一緒に来ていただきます。閣下のもとへお連れしましょう」

これから結婚式が始まるというときに、なぜ大広間にいるのか。式に出られない貴族たちはすでに集まっているだろうが、クロヴィスが来るべきなのは花嫁が待つ大聖堂であり、パーティ会場ではないはずだ。

(いくらこの結婚に乗り気ではないからといって、式に出ないはずはないもの)

見ず知らずの者を警戒するのは、貴族の娘として当然である。それに、騎士団というだけで無条件に信用できるほど、彼らを知っているわけではなかった。

その場から動けずにいると、団員のひとりが小さく舌打ちをした。

「我々も手荒な真似はしたくないんです。おとなしく従っていただきたい。疑問があれば、閣下にお尋ねになればいい」

部屋に入ってきた十名ほどの騎士らが一様に頷《うなず》く。

完全に信用はできないが、騎士たちを振り切って逃げるのは難しい。彼らの様子からも、なんらかの異変が起きているのは間違いないようだ。

「わかりました。あなた方とまいりましょう」

「レティーツィア様、危険です……！」

アウラの顔はすっかり青ざめていたが、それでもレティーツィアを守ろうとしている。

この場での味方は彼女だけだ。騒ぎになっているのに誰も駆けつけてこないのは、騎士たちがなんらかの手を講じているのだろう。戦いに特化した騎士団を止められる者など、王城の近衛兵でも難しい。

「心配せずとも大丈夫よ。クロヴィス様にお会いしないことには、何も状況がわからないもの」

気丈に答えたレティーツィアは、そっとアウラの手を摩《さす》った。安心させるように微笑《ほほえ》んで見せてから、騎士たちに向き直る。

「侍女も連れて行ってよろしいですか？」

「構いません」

短く返答した騎士に部屋の外を指し示され、アウラと寄り添うようにして部屋を出た。

ふたりを先導しているのが二名、背後にいるのが六名、レティーツィアたちを挟み込む形で一名ずつが一定の距離で歩き始める。四方から囲まれているため圧迫感があり、緊張で足が進められない。

ウエディングドレスを身に纏《まと》っていることも理由のひとつだろう。

（まさか、式を挙げずに大聖堂を出ることになるなんて……。いったい何が起こっているの……？）

なぜ新郎であるクロヴィスは、大聖堂ではなく王城にいるのか。なぜレティーツィアは、囚人のように騎士団に連行されているのか。

なぜ――招待されていたはずの人々の姿を、誰ひとりとして見かけないのか。

「騎士様、お尋ねしてもよろしいですか？」

「……なんでしょう」

「式に参加するために来てくださっていた方々はどうされたのでしょうか？　何も事情を知らされないまま お待ちいただくのは、さすがに気が引けます」

長い廊下を歩きながら、疑問を口にする。大聖堂内には、すでに多くの高位貴族がいるはずだ。高齢の出席者も多くいる。すぐに式を始められないのであれば、彼らには他の場所で休んでもらうべきだ。

そう伝えたところ、返ってきたのは端的な言葉。

「ご心配には及びません。出席者の大半とは、じきにお会いできるでしょう」

騎士のひとりが告げたと同時、中庭へと続く扉が開け放たれた。

王城へは中庭を通ったほうが近道だ。それはわかっているが、雨足が強まっている中に外へ踏み出すのは勇気がいる。今日のために誂《あつら》えた純白のドレスを着ているからだ。

わずかに躊躇《ためら》いが生まれ、足を止める。隣を歩いていたアウラは、「あ……」と小さく声を上げた。

「騎士様、せめて雨具を。このままでは、レティーツィア様が濡《ぬ》れてしまわれますわ」

「雨具など持っていない」

すげなく言い放った騎士からは、明らかに憤りが感じられた。

「我々は、雨だろうが雪だろうが、どれだけ過酷な状況でも行軍してきた。この程度の雨など足を止める理由にはならない」

「な……レティーツィア様は、侯爵家のご令嬢なのです……っ、あなた方とは違います！」

怒りが恐怖に勝ったのか、アウラが声を荒らげる。しかしレティーツィアは、侍女の肩にそっと触れて首を振って見せた。

「いいのよ。雨具がないというなら、このまま行くしかないわ」

問答しても始まらないと、意を決して一歩を踏み出す。

（……今さらドレスを気にしたところで無意味だわ）

騎士たちの振る舞いは最低限の礼儀こそあったが、言葉の端々に棘《とげ》を感じる。とはいえ彼らと面識がないことから、レティーツィアではなく侯爵家に対して思うところがあるのかもしれない。

何かを考えていなければ、恐ろしくて足が竦《すく》みそうだった。けれど、それよりも先に肌を叩く雨粒に思考が奪われていく。

美しく結い上げた髪は風雨に乱され、編み込まれていた薔薇の花びらが儚《はかな》く散っていった。王城の大聖堂にふさわしく贅《ぜい》を尽くしたドレスの裾は、またたく間に泥を吸って重苦しい。踵《かかと》の高い靴を履いているせいで雨に濡れた石畳は歩きづらく、余計に足を鈍らせている。

これまで貴人として扱われることに慣れていた侯爵家の令嬢が、まるで罪人のような扱いだ。騎士たちはもっと過酷な状況に置かれることもあるのだろうが、そもそも立場が違う。敵軍や魔獣との戦闘を想定して鍛え上げられた人間と貴族の令嬢とでは、比べること自体がおかしな話だ。

身に纏っている布が水分を含み、どんどん重くなってくる。それでも気力のみで足を進めていたとき、前方を歩く騎士が前進を止めた。

怪訝《けげん》に思っていると、前方で留《とど》まっていた騎士が左右へ散った。視界が開けたと同時に目に飛び込んできた光景に、レティーツィアは驚愕《きょうがく》する。

(あれは……!)

王城を背に中庭の中央に立っていたのは、婚約者であり騎士団長のクロヴィスだった。先の討伐任務で失った左眼を黒の眼帯で覆い、右目は眼光鋭く周囲を見据えている。

騎士団の正装に身を包んでいるが、彼の手には長剣が携えられていた。まるで戦場のような光景だが、レティーツィアが驚いたのは彼の姿にではない。その足もとに転がる無数の近衛兵たちを見たからだ。

王城、そして、何よりも国王を守るための精鋭らが、無残にも戦闘不能に陥っている。

「クロヴィス……っ、おのれ、余に対しこのような真似をして許されると思っているのか……!」

地を這《は》うような怒声は、クロヴィスの足もとに這《は》い蹲《つくば》る人物から発せられた。瞬間、全身に怖気《おぞけ》が走る。なぜなら、そこにいるのはこの国を統べる最も尊き者。

（国王陛下がどうして……）

まるで踏み潰された蛙《かえる》のごとき見苦しい有様で雨に打たれていたのは、ウーリ・ハンヒェン・ホルスト国王その人であった。

冷ややかに国王を見下ろしていたクロヴィスは、剣の切っ先を彼の者へ突きつける。少し力を入れるだけで命を奪うことが可能だ。一国の主の命運は、まさしく騎士団長の手に委ねられていた。

「俺は、端から誰にも許されようと思っていないし、許しを乞うつもりもない。貴様を地獄へ叩《たた》き落《お》とすためだけにここにいる」

堂々と告げた声色は低く、確かな意思と怒りを含んでいる。この場にいる誰しもが、クロヴィスは本気で国王を弑すのだと確信していた。

レティーツィアは目の前で起きている出来事が信じられずに、視線を彷徨《さまよ》わせる。ある意味現実逃避だった。なぜならクロヴィスが行なっているのは、謀反と呼ばれる行動だ。国家や王家に対する反逆行為にほかならず、国を守る騎士団としてありえなかった。

（どうして？　どうしてクロヴィス様は、こんなに残酷な真似を……！）

いくら考えたところで答えなどわかるはずもない。彼とは必要最低限の会話しかしてこなかったからだ。

がくがくと足が震え、恐れと混乱で視界が歪《ゆが》む。今にも気を失ってしまいそうだったが、そのときレティーツィアの耳にさらなる衝撃が飛び込んでくる。

「クロヴィス……クロヴィス・バルバストル！　これだけの人間を屠《ほふ》っても、まだ足りぬというのか！」

声を張り上げた国王が、泥塗《どろまみ》れとなった上体を力なく起こした。

「見ろ‼　おのれが積み上げた死体の数を……っ！　王国騎士でありながら、おのれはその剣を国民の血で染めた。それだけに留まらず、王位簒奪《さんだつ》まで企《たくら》んでいようとは……恥を知れ！」

国王は怨嗟《えんさ》を吐きながら、地面に落ちていた装飾品や泥の塊をクロヴィスへ投げつけた。その姿は一国の王とは思えないほど滑稽だったが、レティーツィアの視線は別の場所に釘付《くぎづ》けとなった。

父母が、横臥《おうが》していたのだ。それも、国王の傍《かたわ》らで。

「お……お父様、お母様……？」

雨に打たれてもぴくりとも動かず、この日のために誂えた父の儀礼服も母のドレスも泥水を吸い込んでいる。最初は倒れた近衛兵しか見えなかったが、煌《きら》びやかな衣装を身につけた貴族たちがあちらこちらで息絶えていた。

「あ……」

漏れ出たのは、声にならない掠《かす》れた吐息だった。隣にいたアウラもその場に座り込んでしまう。しかしレティーツィアは、侍女を気遣う余裕もないまま茫然《ぼうぜん》と立ち尽くした。

なぜ父母が、冷たい地面の上で転がっているのか。確かに目の前の出来事なのに、心が認めることを拒否している。

「積み上がった死体の数は、貴様の罪の深さだ。……ウーリ・ハンヒェン・ホルスト」

降りしきる雨の中、王城の中庭で繰り広げられた惨劇は、どこまでも冷たい簒奪者によって終焉《しゅうえん》を迎えようとしていた。

「地獄で我が同胞に詫《わ》びるがいい」

クロヴィスの言葉と同時に、控えていた騎士らが国王の腕を左右から掴《つか》む。身動きができなくなり、自身の未来を察した憐れな王が半狂乱で叫んだ。

「はっ……離せええっ！　欲しいものはなんでも与えてやろう。だから……」

「欲しいのは、貴様の首だけだ」

クロヴィスは声を張り上げているわけではない。それなのに、明瞭にその場に響き渡る。彼こそがこの場の支配者なのだと知らしめ、恐怖を与えるには充分過ぎるほどだった。

「うっ、あああああ……――っ」

命の灯火《ともしび》が今にも消えようとしていると悟ったのか、国王が耳障りなほど大きな悲鳴を上げる。

だが、それも短い時間のことでしかなかった。クロヴィスの剣が一閃《いっせん》すると、物言わぬ骸《むくろ》と成り果てて、泥濘《ぬかる》みにその身を沈ませる。

「っ、ぁ……」

衝撃的な光景に、レティーツィアは声すら満足に出せずにいた。貴族の令嬢が一生目にすることがないだろう場面を見せつけられ、足が縫い付けられたようにその場から動かない。

クロヴィスの前に横たわる無数の骸の中に、国王が加わった。なんの感情もなくそれらを見下ろしていた男は、そこで初めてレティーツィアへ目を向けた。

――虚《うつ》ろな瞳だった。左眼は黒の眼帯に覆われているが、残った右眼は暗く深い闇を纏っている。およそ人間らしくない眼差しを注がれれば、氷の上に立たされているような心地にさせられた。

「婚約者殿か」

一歩、また一歩と、クロヴィスが近づいてくる。たった今、国王を葬ったとは思えないほど平然とした態度だ。彼にとっては、これが当たり前の日常なのだと思い知らされる。

「見ての通り、国王をこの手で殺した。あなたの両親もだ」

「な……なぜ、なのですか……？　両親や、陛下を、なぜ……」

「あなたの両親は、国王の盾になった。いや、正確に言えば、盾にさせられた。彼らは俺の復讐《ふくしゅう》の巻き添えになっただけで、個人的な恨みはない。……再三に亘《わた》って治療薬を要請したにもかかわらず、ついぞ騎士団に送られてくることはなかったがな」

「え……っ、まさか、そんなことは……」

「今となってはどうでもいい話だ。――俺はどうしても国王を殺さなければならなかった。そのための障壁になるものはすべて排除した。だから、目的を達せられたんだ」

彼は国王を弑逆《しいぎゃく》するという目的のために、邪魔者を排除したのだ。その中に、運悪くレティーツィアの両親がいた。ただ、それだけの話だった。

淡々と語られるからこそ、クロヴィスが話しているのは事実なのだろう。だが、それが嘘《うそ》でも真でも、簡単に納得できるはずがない。

「クロヴィス様、は……なぜ、陛下を……」

「あの男が、俺の部下を殺したからだ」

そのとき、初めて彼の声に感情が交じった。怒りだ。肌が粟立《あわだ》つような殺気を放ちながら、クロヴィスが国王の骸に目を遣った。

「俺が気に入らないのであれば、俺だけを標的にすればよかったんだ。それなのにあの男は……騎士団を魔物の巣窟に何度も送り込むだけでは飽き足らず、刺客を放ってきた。この左眼を失ったのもそれが理由だ」

「そんな……魔獣から民を守ってくださっている騎士団を、窮地に追い込むなんてこと……」

「よほど俺が目障りだったんだろう。戦闘で命を落とせばそれでよし、そうじゃなければ、魔物に命を奪われたように見せかける算段だった。……常に、死と隣り合わせの日々を送っていたんだ、俺は」

刺客から聞いた話だと言い、クロヴィスが片手で眼帯を覆う。

彼が傷を負ったのは、今から四年前のことだ。てっきり魔獣の討伐任務で負傷したのだとばかり思っていたが、命がけで守ってきた国の頂点に立つ王に傷つけられていた。その事実に愕然《がくぜん》とする。王に命を狙われていたなんて、想像すらしていなかったことだ。

「先の討伐で刺客から俺を庇《かば》った部下は、そのまま命を落とした。これが国のために身を賭して戦っている騎士団に対する仕打ちか⁉　あの男が治める国など、我々が命を懸ける価値はない」

四年前。クロヴィスの負傷を知ったレティーツィアは、見舞いの品を送っている。訪問については体調不良を理由に断られていた。おそらく、そのころからずっと国王を恨んでいたのかもしれない。

（いいえ。これはもっと……根深い何かがあるのだわ）

彼とは圧倒的に交流が足りていなかった。もっとしっかり会話をしていれば、このような事態に陥らなかったのではないか。少なくとも、なんの罪もない両親が命を落とすことはなかったはずだ。

「……ずっと、陛下に復讐する機会を狙っていたと……そういうことなのですね」

「そうだ。あなたと婚約を続けていたのも、国王に表向きの恭順を示すためだ」

もともと、婚約に乗り気ではないことは知っていた。けれど、貴族の婚姻は個人の感情は無関係だ。家同士の結びつきなのだから、クロヴィスも割り切っているはずだと考えていた。

政略ではあったが、それでもレティーツィアの心は弾んでいた。よき妻となり、彼を支えていこうと――今はまだ無理でも、いつかは愛情を抱いてくれるだろうと、未来への希望を持っていた。

（わたしは、何もわかっていなかった）

今このときが、クロヴィスと一番長く会話をしているのは皮肉だった。婚約しているとは思えないほど彼との関係が希薄なのは、婚約者という立場に甘えていたのだと思い知る。

こんなことになるのなら、遠慮などせずにクロヴィスにぶつかるべきだった。たとえ無視をされても、嫌な顔を見せられても、会話を重ねるべきだった。

後悔ばかりが胸を過《よぎ》るが、すべてが遅きに失している。クロヴィスの目的は達せられ、残されたのは無力な小娘ただひとり。彼の進む道に必要とされていないレティーツィアだけなのだから。

「あなたには、俺を断罪する権利がある」

「え……」

クロヴィスの言葉が理解できず、無為に聞き返す。

「わたくしが？　なぜ……」

「そのつもりがなかったとはいえ、ストクマン侯爵夫妻を殺したのが俺だからだ。式に呼ばれて集まった国王派の貴族はすべてこの手にかけた。目的を達した以上、ここで殺されようと思い残すことはない」

（ああ、この方にとって、わたしはどこまでも取るに足らない存在なのだわ）

彼の見ている景色の中に、レティーツィアはいない。ただ、ストクマン侯爵夫妻の娘という役名の、通りすがりの人間でしかなかった。

目的を果たした彼は、この世になんの未練もないのだ。それが哀《かな》しい。

クロヴィスが心にも身体にも深い傷を負ったのは間違いなく、婚約者である自分が支え、癒《いや》す存在でなかったのが悔やまれる。

「あなたがいなければ……この国や騎士団は、どうなるのです……？」

「俺がいなくても問題ない。反国王派の中には優秀な者も多いからな。……俺の役目は、もうない」

誰のことも必要とせず、血溜《だ》まりの中でその場に佇《たたず》んでいる。彼からは、そんな孤独な印象を受けた。

皆の祝福を受けて、幸せな花嫁になるはずだった。それなのに、レティーツィアは大勢の屍《しかばね》に囲まれている。父母が亡くなり、国王も葬られ、婚約者は自分の役目を終えて死を望んだ。

あまりにも多くの出来事がありすぎて、すべてが夢だと思いたかった。けれど、容赦なく肌を打ち付ける雨が、冷えていく指先が、鼻をつく血の臭いが、これは現実なのだと伝えてくる。

「あなたが俺に剣を突き立てるのであれば、抵抗せずに受け入れる。俺がしてやれる唯一のことだ」

「……わたくし、は……」

父母が亡くなったことすら現実感に乏しいのに、復讐など考えられる状態ではなかった。心が麻痺《まひ》しているのだ。ただいくつもの『なぜ』と『どうして』が、脳裏に浮かんでは消えていく。

これまでの人生で、自分の意思で行動したことなどほとんどない。貴族の令嬢として礼節を弁《わきま》え、親の決めた道から外れぬよう歩んできただけだった。

クロヴィスから突きつけられた選択は、これ以上なく重くのし掛かる。

何を選べば正解で、何をすれば間違いなのか、自分がどうすべきなのかがまったく思い浮かばない。ごく普通の令嬢として生きてきたレティーツィアに、人の生き死にを決めるなど無理だった。

答えを求めるように、視線を彷徨《さまよ》わせたときである。

クロヴィスに倒された近衛兵の中からひとりが立ち上がり、彼に向かって猛然と突進した。

「……っ！」

少し離れた場所にいた騎士たちは、起き上がった兵士への対応が遅れた。しかしクロヴィスはすぐに振り返り、兵士に向かって剣を振り下ろす。

ところが、次の瞬間――。

「う……っ」

城のある方角から飛んできた矢が、クロヴィスの胸を貫いた。

「クロヴィス様……っ⁉」

「来るな！」

とっさに立ち上がったレティーツィアは、制止の声も聞かずに彼に駆け寄った。けれど、苦悶《くもん》の表情を浮かべたクロヴィスに、「離れろ！」と、突き飛ばされる。

「あ……っ」

ずぶ濡れだった身体が泥に塗れたと同時、クロヴィスの身に何本もの矢が突き刺さる。

膝を折り、泥濘《ぬかるみ》の中に倒れ込んだ彼は、そのままぴくりとも動かなくなってしまう。

（うそ……嘘、うそよ……っ！）

城から放たれた矢に気づき、騎士たちが対応に追われている。国王が斃《たお》れようとも、王城を守ろうとする兵士が存在していたのだ。

怒号が飛び交う中、レティーツィアは這うようにしてクロヴィスのもとへ向かった。騎士らは城からの攻撃を防ぐだけで手一杯のようで、彼を助けようとする者は誰もいない。

「クロヴィス……さ、ま……ッ」

先ほど転倒したときに痛めたのか、足首に激痛が走って立ち上がれない。ウエディングドレスは泥だらけで、いつの間にか靴も脱げてしまっている。降り続く雨は容赦なく体温を奪っていき、身体の動きがどんどん鈍くなっていた。

それでもなんとかクロヴィスのもとへ向かうべく力を振り絞る。本来ならこの場から離れるべきだとわかっているが、理性ではなく本能的な行動だった。

「どうして……わたくし、を……」

彼が突き飛ばしたのは、次の矢が放たれるのを察していたから。レティーツィアを庇うための行動だ。そんな真似をしなければ、自分が助かる道もあったはず。にもかかわらず、クロヴィスは自身よりもレティーツィアの――なんの愛情もない婚約者を守った。

(そんな価値なんて、わたしにはない、のに……)

クロヴィスが何を考え、何を求めているのかを知ろうともしなかった。初めて出会ったときに心をときめかせ、恋をしているつもりになっていただけだ。

(今さら、思い知るなんて、なんて愚かなの……)

「クロ……ヴィス、様……申し訳……ありま……」

彼に向かって手を伸ばし、謝罪を口にしかけたレティーツィアだが、無情にも背中に深々と矢が突き刺さった。激痛に耐えきれず、その身が泥濘に沈んでいく。

「か……は……っ」

唇から血を吐き、指一本すら動かせない。

せっかく彼が守ってくれた命は、無残に散ろうとしている。

薄れゆく視界にクロヴィスを映したレティーツィアは、口の中で言葉にならない声を発した。

（もしもやり直せるなら……今度は、クロヴィス様や……お父様もお母様も、命が落とすことのないように、考えて……行動、するのに）

彼らを救うためなら、なんだってしてみせる。死の間際で願うなど愚かかもしれないが、祈らずにはいられない。

これまで己の力で何も成し得なかったレティーツィアは心の中で懺悔《ざんげ》し、初めて持った意志を抱きながら、意識が闇へと落ちていった。


——レティーツィア・ストクマン二十歳の生涯は、ここで終わったはずだった。

だが、不思議なことに、次に目覚めたときは世界が変わっていた。

いや、正確に言うならば、時間がまき戻っていた。

神の奇跡なのか、贖罪《しょくざい》の機会を与えられたのか。レティーツィアは、悲劇の結婚式を迎える六年前に回帰していたのである。

第一章　ループ後、婚約者の態度が豹変《ひょうへん》しました

ホルスト王国は、温暖な気候と美しい自然に囲まれた豊かな国だ。春には王国にのみ自生する植物が多く花開き、希少価値の高い製品の生成に役立っている。

他国との交易も盛んに行なわれていたが、中でも重宝されているのは〝生薬《しょうやく》〟である。王国産の生薬は、それまで命を落としていた傷病や疫病の治療に大きな効果をもたらした。

王国が薬の生成に秀でているのは、大きく分けてふたつ理由がある。

ひとつは、王国周辺には『魔獣』と呼ばれる獣が多く生息しており、討伐に出動していた王国騎士団や民らの犠牲が絶えなかったこと。

もうひとつは、ストクマン侯爵家の存在である。

王国において薬学の発展に寄与したのは、ストクマン侯爵家のお抱え医師や薬師たちだ。高位貴族で専属医師を雇っている家門は多くあったが、特に優秀で医薬の生成方法を確立したのは侯爵家の薬師だった。

侯爵家は、敷地内に薬学の研究棟を造り、貧しい医師や薬師たちを積極的に支援していた。魔獣の脅威にさらされる王国を憂いてのことである。

研究者たちのたゆまぬ努力により、先々代王の治政時代に魔獣避けの効果がある植物が発見された。それまでよりも効能が高い薬の研究も進められ、今では他国に輸出できるほどの高品質の医薬品が生成できるまでに成長している。

今では侯爵家に『王国の薬師』の二つ名がつくほど、市井ではその功績が讃《たた》えられていた。


「──歴代の侯爵家専属医師や薬師の皆様を、わたくしは誇りに思います」

侯爵家の敷地内にある研究棟で研究成果を聞いていたレティーツィアは、深い感慨を覚えた。

今日は、ひと月に一度ある侯爵家お抱えの薬師による研究発表の日だ。この二年ほど研究していた『魔獣に効くしびれ薬』が完成したと報告があったのである。

「このしびれ薬があれば、魔獣討伐に大きく役立つでしょう。皆様のたゆまぬ努力が民を救うのだと実感するとわたくしも嬉《うれ》しいです」

「我々がこうしてしびれ薬を完成できたのは、侯爵様やお嬢様のご助力あってこそですぞ」

そう言って朗らかに笑ったのは、白髪と長い髭《ひげ》が特徴的な老人だ。名をブレドウという。レティーツィアが師事している薬師で、〝長老〟と呼ばれる人物である。薬学の第一人者として名を馳《は》せており、齢八十を超えている。祖父と孫のような関係でもあった。

「わたくしの力など、長老や皆の尽力に比べれば微々たるものよ」

「何を仰《おっしゃ》いますやら。ヒヨスの花が魔獣にとって毒になると発見したのはお嬢様ではありませんか。十六歳という若さながら、素晴らしい研究成果を上げていらっしゃる」

長老の言葉に、他の薬師も同意している。白衣に身を包み、日夜研究に励む彼らは、皆、レティーツィアの功績を認めていた。

曖昧に微笑むに留めたレティーツィアは、小瓶に入った液体を眺める。

今回完成が披露されたのは、魔獣を麻痺させて動きを鈍らせる薬液だ。ヒヨスという多年草の植物と、従来から使用されていた魔獣避けの香草を生成したものだった。

ヒヨスを用いた魔獣専用のしびれ薬は、レティーツィアの発案だ。それまでは香草を焚《た》き、その香りで魔獣を遠ざけることしかできなかったが、完成した薬を使用すれば、討伐任務に就く騎士団の負担は軽くなるはずだ。

(だけどこれは、わたしが一から考えたことではないもの)

誰にも気づかれぬようため息を零《こぼ》したレティーツィアは、ここ数年の記憶を脳裏に呼び起こす。

現在レティーツィアは、二度目の十六歳を過ごしている。一度目の人生は、二十歳で命を失った。

それも、婚約者であるクロヴィス・バルバストルとの結婚式の当日に。

だが、レティーツィアは命を失ってはいなかった。いや、正確には一度死んだものの、過去へと時間がまき戻った。目覚めたときは、結婚式の六年前——十四歳に回帰していたのである。

(目覚めたときは驚いたけれど……もう、二年も経《た》ってしまったのね)

王城の中庭で息絶えたはずなのに、なぜか命は繋《つな》がっていた。しかも過去に戻っていたものだから、最初はわけもわからず現状が受け入れられなかった。

自分は夢の中にいるのではないかという考えが、しばらく拭えずにいた。けれど、昔の記憶と同じ出来事が繰り返されていることで気づいたのだ。これが、夢ではなく現実なのだ、と。

それからのレティーツィアは必死だった。過去に戻ったのなら、未来に起こるだろう悲劇を防げるはずだ。そのために回帰したのだと思ったのである。

十四歳で目覚めてからの二年間は、まず以前とは違う行動を起こした。それまでは淑女教育を受けるだけだったが、薬学を学びたいと父に頼んだ。それが、最初の一歩だった。

自ら意志を示したのが初めてだったため最初は驚かれた。しかし熱意が本物だとわかると、父母は侯爵家が支援する研究棟への出入りと、ブレドウへの師事を許可してくれたのだ。

「このしびれ薬は、騎士団の方々の大きな助けとなるでしょう」

「……ええ。そうだといいのだけれど」

そのために、回帰後の人生では薬学を学んだといって過言ではない。

ほんの少しだけ未来を知っている自分にできることは、『クロヴィスや騎士団を救う』ことだと思った。騎士団を命の危険から遠ざければ、必然的に彼を守れる。王城での惨劇を繰り返さないためにも、まずは魔獣の脅威を取り除く必要がある。

（クロヴィス様が陛下を手にかけたのは、騎士たちが命を落としたことが原因のひとつだもの）

回帰してからの二年で、クロヴィスのことをできる限り調べた。とはいえ、本人に直接尋ねられないため、父や母、それに、たまに招かれるお茶会などで見聞きしている。

以前は、そうして情報を得るなどはしたない行為だと避けていた。けれど、レティーツィアは淑女の常識よりも目的を優先させた。今では、『王城の悲劇』を繰り返さないためだと割り切って行動している。

「この前お渡しした軟膏《なんこう》『R』の効果がかなり高かったようです。バルバストル騎士団長閣下も、怪我《けが》をした部下の回復が早かったと喜んでおられましたよ」

長老の言葉に、レティーツィアはパッと顔を輝かせた。

「よかった……！　アルニカの根だけでも薬効は得られるけれど、ブリオニアの茎と合わせれば効果はもっと高くなると思ったの。何回も失敗していたから、今回上手《うま》くいってほっとしたわ」

「お嬢様の発想には、皆が驚かされておりますよ。魔獣専用のしびれ薬といい薬効の高い軟膏といい、王国の薬学を発展させているのは間違いないでしょう」

「わたくしがたまたま見つけただけで、いずれ他の方が開発していたはずよ」

それは謙遜ではなく事実だった。レティーツィアは、回帰前の世界で知っていた知識を再現したに過ぎないのだ。しかもそれは、ここにいる長老たちの研究成果で世に広がっている。

件《くだん》の軟膏を完成させたときは、彼らの手柄を横取りしている気持ちになった。しかし、レティーツィアの知識で開発時期が早まったことで、従来の製品に改良を加えることができた。さらには、新たな対魔獣対策の研究に時間を割けている。

「魔獣の動きを鈍らせるだけではなくて、即効性の毒薬も開発しないといけないわ。民や騎士団の方々が危険に晒《さら》されないように頑張りましょう」

「お嬢様は、バルバストル騎士団長閣下が本当にお好きと見える。二年ほど前から熱心に薬学の勉強と研究に励んでおられるのも、すべては彼の方の御為《おため》でしょう？　直接薬をお渡しになれば、閣下も喜ばれると思いますが……なぜ、ご自身が新薬を開発したことを隠すのですか？」

揶揄《からか》いを交えた長老の台詞《せりふ》に、レティーツィアは苦笑する。

「クロヴィス様は、わたくしと会うよりも長老とお話したいはずよ。薬の効能も詳しく聞けるもの。それに、婚約者といっても形だけなの。だって婚約したときはまだ十歳だったし、それから交流もしてこなかったから……あの方に薬師として信用してもらえないと思うわ」

婚約当初、クロヴィスは二十歳だった。今思えば、幼い婚約者の扱いにさぞ困ったことだろう。

「だから、このままでいいの。騎士団のお役に立てるだけで、わたくしは充分だわ」

「お嬢様……なんと健気《けなげ》な……」

長老や研究者たちの感激した様子に、「そういうことじゃないの」と慌てるも、微笑ましそうに見つめられるだけだった。

「もうっ……薬草畑に行ってきます。そろそろ例の花が咲くころだし、様子を見てくるわ」

居たたまれなくなったレティーツィアは、研究棟の裏にある薬草畑へと足を向けた。

円柱形の研究棟を壁沿いに進むと、すぐに畑が見えてくる。これはレティーツィアの発案で、研究用に畑と温室で植物を栽培していた。

(ようやく、ここまで育ったのね)

試行錯誤を重ねて花を咲かせるまでになったのは、王国でほぼ見かけない稀少《きしょう》な植物のスズランだ。侯爵家の伝手《つて》で隣国から輸入した苗を植えたはいいが、なかなか発芽しなかった。気候のせいか、土が悪いのか、それとも水分の調整が違うのか……と、研究者と頭を悩ませること約一年。初めて芽が出たときは、皆で喜んだものだ。

「スズランも綺麗《きれい》に咲いたし、あとは林に植樹したアコニツムが上手く育てば……うーん、でも周囲にいる人にまで影響が出そうなのよね……」

レティーツィアは、人間の治療薬と同時に、魔獣に効く毒物の研究をしている。

魔獣とは、自然界に住む獣が変態した突然変異だと言われている。特徴としては、変態前の個体より巨大化し、知能も高くなる。人間に対して攻撃的で、一般人が遭遇すれば致命傷を負う獣だ。

ただ、出没地域はある程度限定される。国境付近の大森林地帯や山岳部など、普段は人が足を踏み入れない場所に生息しており、滅多《めった》に都市部に現れることはない。そのため王都にいる人々は魔獣の脅威について無知に等しく、騎士団を野蛮だと忌み嫌う貴族が多かった。

(クロヴィス様や騎士団の方たちが、王国の平和を守っているのに)

今はまだ被害は出ていないが、いつ魔獣が王都に襲来するとも限らない。回帰前の世界では起こっていない出来事だが、備えておくに越したことはない。それは、薬学を学んでいくうちに気づいたことだ。

「ふう……まだ道は遠いわね」

土を手にため息をつき、花の育ち方を観察していたときである。

「見事な畑だな」

（え……？）

背後から声をかけられて振り返ったレティーツィアは、次の瞬間驚いて固まった。

（クロヴィス様……！　どうしてここに……!?）

少し長めの漆黒の髪を風に揺らし、髪と同じ色の瞳でこちらを見下ろしているのは、間違いなく騎士団長クロヴィスだった。

回帰前は左眼に黒の眼帯をしていたが、今はまだない。美しい宝石のような双眸《そうぼう》は健在だ。息をするのも忘れてしまうほど端整な顔立ちだが、その実力は団服を見ればよくわかる。

黒の制服に金の肩章、胸にはいくつもの胸章がついていた。立襟には騎士団を表わす金の縦線が三本入り、団の紋章である獅子《しし》の襟章がある。通称『黒騎士団』の団長にふさわしい貫禄《かんろく》だ。

久々に会ったクロヴィスは健康そのもので、思わず安堵《あんど》の息を漏らす。けれど、彼がこの場にいる理由に見当がつかない。レティーツィアに会いに来たことなど一度としてないからだ。

「レティーツィア嬢？」

「も……申し訳ありません。お久しぶりでございます」

レティーツィアは慌てて立ち上がり、淑女の礼をとった。とはいえ、来客の予定がなかったことから衣服は簡素なものだったし、今まで土いじりをしていたため手が汚れている。婚約者と久々に顔を合わせるにしては、なんとも恥ずかしい格好だ。

「見苦しい姿で大変失礼いたしました」

「いや……こちらこそ、急な来訪で失礼した。まさか、あなたがいると思わなかった」

クロヴィスが端整な顔に驚きを滲《にじ》ませている。ということは、やはりレティーツィアに会いにきたわけではなく、研究棟に用があったのだ。

（それはそうよね。婚約者といっても形だけだもの）

「長老……ブレドウ様にご用ですか？　研究棟の中にいらっしゃるので、よろしければご案内します」

「……そうだな、頼む」

ぎこちなく答えたクロヴィスは、おもむろに手巾《ハンカチ》を差し出した。

「手に土がついている。それに、頬《ほお》にも」

「えっ……あ……お恥ずかしいところをお見せして申し訳ございません。ですが手巾が汚れてしまいますので、お気持ちだけ頂戴しますわ」

「気にしなくていい。使ってくれ」

強引に手巾を押しつけられ、困惑しつつ礼を告げる。

「ありがとうございます……洗ってお返ししますね」

「いや、捨ててもらって構わない」

短く答えたクロヴィスは、それ以降押し黙ってしまった。

そもそも彼とふたりきりで会話をしたことなど、回帰前も後もほとんどない。クロヴィスから声をかけられること自体が珍しいのだ。

彼はただ、レティーツィアを見かけた手前、礼儀で挨拶をしようとしただけだろう。貴族の間では野蛮だと忌避されている騎士団だが、騎士道にもとる行動はしない。王都にいる貴族よりも、よほど紳士的な振る舞いをしている。それは、研究棟に出入りするようになって知ったことだった。

(長老も褒めていらしたものね)

ストクマン侯爵家の薬師たちによる研究は、王国内で高い評価を得ている。傷病や流感などの治療において、絶大な効果があるのは立証済みだ。ゆえに、薬を独占しようとする貴族が後を絶たない。しかし、騎士団はそのような横暴な要望をしない。それどころか、自分たちよりも平民へ薬が行き渡るように流通させてほしいと言ってきた。

研究棟にいる薬師も、市井《しせい》の者や騎士団のように必要としている人々へ薬を届けたいという思いが強い。だから侯爵家は、平民を治療している市井の医師や騎士団に限り薬を安価で提供していた。

「もしかして、薬が足りなくなりましたか?」

沈黙に耐えかねて思いつきで尋ねたところ、クロヴィスが緩く首を振る。

「こちらに多く融通してくれるから、足りないことはない。むしろ、正規の価格で買い取りたいと言いにきた。最近は特に討伐の頻度が高く、比例して薬の使用も多くなっている。にもかかわらず、侯爵家の薬は市場価格よりも安価だ。それに、品質もいい。ブレドウ殿たちの腕がいいんだろうな」

「褒めていただけて、ブレドウ様や薬師たちも喜ばれることでしょう。ですが、価格はこれまで通りでいいと言われると思いますよ」

クスッと微笑んだレティーツィアは、研究棟の扉前で足を止めた。

「わたくしたち……いえ、この棟にいる者たちは、皆、自分の役割を果たそうと行動しているだけで、対価は二の次ですから」

「役割……？」

「後世へ薬学を引き継ぐことです。王国の平和のために、日夜危険な任務に就かれている騎士様たちの補助や、本当に必要としている方々に安価で薬を提供することも含まれます。これらは、貴族という特権階級にいる者の務めでもあるのです。そのために侯爵家は研究費を投じ、研究者は役目を果たしている。それぞれが役割をまっとうしているだけですし、クロヴィス様が気にされることではございません」

はっきりと言い切ったレティーツィアに、クロヴィスが瞠目《どうもく》する。

「彼らの働きに見合う対価を払いたかっただけだが、傲慢な考えだったな。……すまなかった。あなたたちの矜持を傷つけるつもりはない。俺は貴族に生まれながら、あまり貴族らしい生活をしてこなかった。だからつい、市井の常識で考えてしまう」

「それは素敵なことだと思います。市井の人々の気持ちを理解しているということですもの。彼らなくしては、国は成り立たないと父もよく申しております」

「……そんなふうに言ってもらったのは初めてだ。俺も貴族らしくはないが、あなたも変わっているな」

「『常識に囚《とら》われていては視野が狭くなる』と、助言をいただいたのも大きいです。ブレドウ様のお言葉ですが、わたくしの行動指針となっております」

回帰したとわかり、未来を変えるために行動を始めた。けれど、最初から迷いなく突き進んでいたわけではない。たったひとりで歩む道を、不安に感じることもある。そんなときに励みになっているのが、長老の存在だった。

「『貴族らしくない』というのなら、ストクマン侯爵家自体がそうなのかもしれません。以前より、貴族が見向きもしなかった薬師を重用し、『貴族も平民も同等の医療が受けられるようにすべきだ』と提言しておりましたもの」

「立派な考えだ」

「ありがとう存じます。侯爵家歴代当主たちも喜びますわ」

ストクマン侯爵家は、平民が健やかな暮らしを送れるように研究を支援している。武に秀でた者はいないが、騎士団とは違った形で人々を守っている。それが誇りだ。

そう伝え、棟の扉を開く。すると、長老やほかの研究者が驚いた顔をした。

「これはこれは、バルバストル騎士団長閣下。どうなさいましたかな？」

「この前の治療薬の礼に来た。正規の値段で買い取ろうと思ったが、レティーツィア嬢に諭されてな」

長老にありのままを伝えるクロヴィスは、回帰前よりも格段に穏やかだ。まだ決定的な事件が起きていないからだろうが、これが本来の彼なのかもしれない。

『先の討伐で刺客から俺を庇った部下は、そのまま命を落とした。これが国のために身を賭して戦っている騎士団に対する仕打ちか⁉　あの男が治める国など、我々が命を懸ける価値はない』

血を吐くようなクロヴィスの台詞は、耳の奥にこびりついている。

（もう二度と、この方にあんなことを言わせてはならないわ。クロヴィス様は、騎士団の方々を家族のように大切にしていらっしゃる。誰かの死に立ち会うつらい思いはしてほしくないもの）

そのためには、まず彼の役目を補助することだ。魔獣の討伐という危険な任務に就く騎士団の命は、誰ひとりと取りこぼすことなく救い続ける。クロヴィスが国王を手にかけるに至った事件を起こしてはならない。それが、現在レティーツィアの生きる意味になっている。

「それでは、わたくしは失礼させていただきます」

「えっ、お嬢様⁉」

「せっかく珍しいお客様がいらしたのだから、一緒にお茶でもどうですかな？　ほら、この前お嬢様が育てた薬草の茶葉がありましたでしょう」

長老やほかの薬師から妙に引き留められるのを不思議に思いつつ、服の裾を指し示す。

「土いじりをしていたので汚れてしまったのです。さすがにこの格好でお客様の前にいられません。わたくしの分までクロヴィス様と交流を深めてくださいね。あっ、今日完成したしびれ薬のお話もお願いするわ」

（今年は、以前この方が左眼を失った事件がある。なんとしても防がなければいけないわ）

自分がいないほうが、気兼ねなく会話ができるだろう。それに、今は成すべきことが山積みだ。

レティーツィアは笑顔を向けると、その場をすぐに立ち去った。

＊

レティーツィアが立ち去った室内は、しんと静まり返っていた。

久々に会った婚約者のあっさりとした態度に、引き留めることもできず茫然と立ち尽くしていたクロヴィスだが、大きなため息が聞こえて我に返る。

「団長閣下……せっかくの機会を、なぜ活《い》かせないのです？」

この棟の主といって差し支えないブレドウは、たくわえた白い髭を撫でつつ若干呆《あき》れていた。

それも無理はない。今日、わざわざ研究棟を訪れたのは、レティーツィアに会うためだからだ。

侯爵家の薬師から極秘で安価に薬が提供されたのは、今から約一年前。それまでも良心的な価格の取引だったが、ある日騎士団の詰め所に尋ねてきた長老から話を持ちかけられた。

『さるお方が、魔獣討伐のお役に立ちたいと研究を重ね、生産体制を整えました。つきましては、こちらの薬を定期的に提供させていただきます』

長老から提供されたのは、これまでとはまったく異なる薬だった。滑らかな液状の薬剤で、患部に塗り込めば痛みが治まり、傷の治りも格段に早くなる。数日高熱に魘《うな》されるような傷を負ったとしても、この薬で重傷化が防げるという。

最初は半信半疑だったが、負傷していた騎士にその場で試したところ驚くべき効果が出た。魔獣との戦闘で裂傷を負っていたが、数時間後に腫れが引いたのだ。さらに数日経つと傷痕はすっかり塞がり、後遺症なども出なかった。驚倒したクロヴィスは、長老をすぐに呼び出した。

『これはいったい……どういうことだ？』

『さるお方が考案された、鎮痛消毒効果のある薬液……通称『R薬』です。魔獣の爪や唾液には、人体に有毒な成分があると研究で明らかになっております。この薬は毒を中和し、痛みを和らげる効果が期待できるものですが、予想以上の結果でしたな』

満足そうに語って顎髭《あごひげ》を撫でる長老だが、クロヴィスはまだ訝《いぶか》しんでいた。

『〝さるお方〟とは、ストクマン侯爵か？　だが、騎士団に新薬を提供したと知られれば、侯爵の立場が悪くなるうえに、快く思わない者も多いだろう。……何せ、俺たちは嫌われ者だからな』

騎士団は完全な実力主義で、平民からの登用も多い。まず従騎士となり見習いとして訓練を受けたあと、正式に叙任となる。しかしこの段階で音を上げる者も多く、正騎士になる前に逃げ出す者もいた。

厳しい訓練に耐えられるのは、明確な目的がある人間だ。貴族の子息などは甘やかされて育っており、騎士団の規律を破ることも多かった。そうした輩《やから》は規則に則《のっと》り制裁が科されるのだが、結局耐えかねて退団してしまう。

退団した者や一部の貴族からは、騎士団は悪《あ》し様《ざま》に罵られている。魔獣討伐という命がけの任に就きながらも、けっして褒めそやされることはない。

――現国王から冷遇されているのも、理由のひとつなのだろうが。

表向きはバルバストル公爵家の嫡子であるクロヴィスと、国王ウーリ・ハンヒェン・ホルスト。十歳ほど年の離れたふたりの間には、ごく限られた人間のみが知る確執の火種が存在する。

クロヴィスに含むところはまったくなかったが国王は違った。何かにつけて無理難題を押しつけ、断ると「不敬だ」と罰せられる。今までに幾度となく、理不尽な命令を下されていた。

ふたりの間にある事情を知らない貴族たちは、単純にクロヴィスが嫌われているのだと思っている。国王の不興を買うことを恐れた貴族らは、皆、騎士団を避けていた。魔獣討伐という王国を守る任務を遂行しているにもかかわらず、それが現状だ。

『それとも、危険を冒してまで薬を提供する理由があるのか？　俺は見返りを約束できるような立場にない。もしも何かを期待しているならば、諦めたほうがいい』

秘匿された事実を知っているとは思えないが、念のため鎌をかけて誘導する。だが、やはりというべきか、ブレドウはクロヴィスの言葉に首を傾《かし》げた。

『団長閣下が何をご心配されているやら存じません。ですが、妙な誤解をされるなら真実をお伝えしたほうがいいでしょう。ご本人からは、自分の名を出すなと言われているのですが……』

――やはり裏があったのか。

クロヴィスが警戒したとき、やや声を潜めたブレドウが、持ってきた薬液を指し示す。

『こちらの新薬は、レティーツィア・ストクマン侯爵令嬢が開発されたのですよ』

『……なに?』

突如出てきた婚約者の名前に困惑する。

レティーツィアはまだ十五歳だ。彼女が十歳、クロヴィスが二十歳のときに国王の命により婚約した。しかしこの婚約は、国王が己の立場を誇示するためだけに命じたものだった。

ストクマン侯爵家は、そのときたまたま国王の目に留まっただけであり、クロヴィスの事情に巻き込まれたに過ぎない。

憐れだと思った。彼女と年齢も近く、将来が有望な若者がいくらでもいたはずだ。それなのに、国王に疎まれている自分と婚約させられてしまった。この先、社交界でも肩身が狭くなるに違いない。

ストクマン侯爵としても婚約など辞退したかっただろうが、国王の命ではそうもいかない。

だからクロヴィスは、なるべく彼女と距離を置こうとした。討伐任務で忙しかったのもあるが、彼女の誕生日でも儀礼的な贈り物をするだけに留め、パーティなどの催しもふたりで参加することを避けた。

婚約者としての役目を徹底して放棄した。そうすれば、いずれ婚約を破棄した際はクロヴィスの有責だと周知させられる。自分と関わり、未来を閉ざす真似はさせたくなかった。

『……なぜ、侯爵家の令嬢が、薬の開発をしている？』

普通の貴族令嬢であれば、まずそのような行動は取らない。淑女として恥ずかしくないよう教養を身につけ、礼儀《マナー》を学び、社交に勤《いそ》しみ情報や手蔓《てづる》を掴み、いずれ有力な家門へと嫁いでいく。それが、この国の貴族女性に課せられた役目であり、幸せだとされてきた。

働いているのは主に、財産のない下位の貴族だ。ところがレティーツィアは、働く必要がないにもかかわらず薬の研究をしている。常識とは正反対の行動だった。

――それに、貴族の令嬢が新薬の開発をしたなんて信じがたい。

ストクマン侯爵家のお抱え医師や薬師は、この国で一、二を争う優秀な者たちだ。彼らが開発したというならともかく、ごく普通の令嬢ができることではない。

『お嬢様は、「国のために任務に励む騎士たちの力になりたい」と仰っておられました。儂《わし》は、婚約者であるあなた様の御為《おため》だと思っておりますよ。何せ、十四歳で研究棟に出入りしてから、誰よりも熱心に薬について学んでいらっしゃった。今ではもう、儂の一番優秀な弟子ですよ』

『俺のため？　それこそ信じられない。婚約者らしい振る舞いをいっさいしてこなかった男だ』

ブレドウに言っても詮無いことだが、言わずにはいられなかった。

クロヴィスはその生い立ちもあり、他人の純粋な厚意を信じていない。なんらかの利害関係なくして、他者が自分を慮《おもんぱか》るはずはないと思っている。

――特に貴族など、利己的な者ばかりだ。

過去を思いだし、ぐっと奥歯を噛《か》み締《し》めると、ブレドウが困ったように眉尻を下げた。

『うーむ。お嬢様の気持ちは、勝手に推し量っているだけですからな。――ただし、儂の一番優秀な弟子というのは事実ですぞ。生半可な努力では、新薬など作れはしないのです。薬草の配合を幾通りも試し、何度も何度も実験を繰り返し、長い時間をかけてやっと実を結ぶのです』

『……そう、だな。悪かった』

騎士団でも、いきなり武功を立てられるわけではない。実戦に出られるまでには厳しい訓練があり、毎日鍛錬を積み重ねなければならない。心が強くなければ何事も成せないのは、どの世界でも同じことだ。

『新薬は、ありがたく使わせてもらう』

『お嬢様も喜ばれるでしょう。ですが、くれぐれもこの薬のことは内密に願いますぞ。効果が高い薬ではありますが、量産するのは難しいのです。せっかく騎士団のためにと開発したものが、高位貴族に横取りされてはかないませんのでな』

ブレドウの懸念はもっともだった。

レティーツィアが開発した薬は、これまで出回っている従来品を遥《はる》かに上回る薬効がある。もしも国王に知られれば、侯爵家に圧力をかけて薬を献上させようとするはずだ。

『承知した。配慮に感謝する。それで、対価は如何《いか》ほどになる』

『市場に流通している治療薬よりも安価でと、お嬢様は申しておりました。この国の誰よりもこの薬が必要なのは騎士団だから、気兼ねなく使ってほしいと』

『馬鹿な……この薬であれば、一瓶につき金貨五十枚はくだらないぞ』

ホルスト王国において貨幣は、金、銀、銅とあり、銅貨十枚で銀貨一枚、銀貨十枚で金貨一枚の価値になる。銅貨のみ、大、中、小と三種類に分かれ、平民が所持しているのはほぼ銅貨である。

比較的物価は安定しているが、その中で高価とされるのが医薬品だ。普通の感冒薬であっても、銀貨一枚はくだらない。そもそも人口に対し、薬師の人数が足りていないのだ。

それゆえに、昔から医師や薬師を支援してきたストクマン侯爵家は王家の覚えもめでたい。家門の利益が第一という貴族の中で、他者のために私財を投じる侯爵の在り方は、貴族の義務をまっとうしているといっていい。クロヴィスも一目置く家門だった。

『価値に見合う対価は受け取るべきだ。いくら俺がレティーツィア嬢の婚約者であろうと関係ない』

『お嬢様は、そのような狭い視野ではないのです。……自分はあくまで〝見習い〟で、正式な薬師ではないから、とのことでした。その代わりに、開発に協力してほしいと仰いました』

『協力？　……何をすればいい』

『新薬が完成したらお届けしますので、使用したら意見を聞かせていただきたいのです。我々はその意見を元に、より効果のある薬を作ることができますしな』

『たったそれだけでいいのか？　本当に？』

クロヴィスや騎士団の得ばかりが大きく、侯爵家の――レティーツィアの利になるようなことなどないに等しい。彼女がどれだけ画期的な薬を開発したとしても、表に出ることを望んでいないからだ。

『いずれは、魔獣を退治できるような毒薬を完成させると息巻いておりますよ。そのために、騎士団の協力は必要不可欠でしょう。あのお方は、並みの貴族令嬢にはない気概を持っていらっしゃる。きっと今後も、人々の希望となる薬を作ることでしょうな』

侯爵家の令嬢への賛辞ではなく、弟子が誇らしくて仕方ないという言葉だった。ブレドウの態度は、どれだけ彼女が薬師として優秀なのかを物語っている。

『わかった。必ず、研究に役立てるような報告書を出そう』

こうして、騎士団と侯爵家の薬師とで、秘密裏のやり取りが始まったのだが――その中でクロヴィスはブレドウを通し、レティーツィアの近況や人となりを知ることになった。

彼女は貴族の令嬢というよりは、研究者そのものだった。新薬が提供されて報告書を提出すると、数日も経たずに返事がくるのだ。

薬を使用して不調はなかったか、どの程度の期間で症状が治まったのか。騎士らを気遣う言葉と共に、少しでも薬効を高めるべく努力していた。

まるで彼女と文通をしているようだとクロヴィスは思った。

レティーツィアからすれば、ただ単に研究のために文を認《したた》めているに過ぎない。しかしそれでも、今までになく濃密に関わっていることは事実だった。

彼女の綴《つづ》る文字は美しく、内容は事務的で簡潔に纏まっている。婚約者が交わす文にしては色気が皆無だが、なぜかそのほうがレティーツィアを深く理解できる気がした。

——実際に会話がしたい。

そう思うようになるまでにそう時間はかからなかった。でも、なかなか機会が作れずにいた。

自分が表立って動けば、レティーツィアは自由に研究ができなくなるのではないか。わざわざ存在を隠して騎士団を支援してくれる気持ちを無碍《むげ》にできない。それに、彼女が交流を望んでいるかもわからない。

そうやって己を戒めたものの、時が経つほどにレティーツィアの存在が大きくなっていた。

討伐任務では何度も彼女の作った傷薬に助けられた。また、従来あった魔獣避けの植物を用いた研究で、より広範囲に効果がある香の作成にも成功している。

騎士たちは、ストクマン侯爵家からの援助で任務が楽に行えるようになったと理解している。ただし口止めをしていることから、『公に謝意を表せないのが残念だ』と何度も言われていたし、クロヴィス自身もずいぶんと歯がゆい思いをしている。

そうこうしているうちに、ふたたび新薬が届いた。今度は軟膏だ。これまでクロヴィスが送った報告書をもとに、レティーツィアが改良版を作ったのだ。

彼女が研究し、調合に成功した薬は、すべて『R薬』という通称がついている。名前の頭文字を入れているのは、ブレドウたちが実力を認めている証だった。

以前の治療薬は液体で長距離の持ち運びに難があったが、今回は軟膏ということで個々の携帯が可能になっている。効能もさることながら、騎士団の任務に配慮した改良で、これにはクロヴィスも感激した。

——どうしても、直接礼が言いたい。

気持ちが日増しに強くなっていき、とうとう行動に移すことになる。ブレドウに相談したのだ。

意外にもブレドウは協力的だった。レティーツィアが研究棟に来る日をあらかじめ教えてもらい、その日に合わせて棟を訪ねることにした。

侯爵には、事前に文を送って訪問の許しを得ている。そして、彼女が研究に携わっているのを知っていたことも併せて伝えた。

彼女に感謝をしていることや、薬師として素晴らしい才能を持っているのに気づいたこと。婚約者としての務めを果たさずにいることへの謝罪を含め、偽りなく心境を吐露した。

事情があるとはいえ、クロヴィスがレティーツィアを放置しているのは事実だ。娘をぞんざいに扱われ、怒らぬ親はいないだろう。

ところが、ストクマン侯爵からは、怒りの言葉もなければ拒絶もなかった。その代わりに、『なぜクロヴィスが国王に嫌われているか』を知っていると打ち明けられた。侯爵家に累が及ばないよう距離を保っているのだと察している、とも。

『バルバストル団長閣下、あなたが国王に冷遇されている理由はお父上から聞いた。公爵閣下は、含みなく語ってくれましたよ。我が家門は、どの派閥にも属していない中立の立場です。侯爵家でありながら、中央政治には関わっていない。それでも他家に侮《あなど》られぬのは、優秀な薬師たちがいるおかげだ。我が家門の異名「王国の薬師」は伊達《だて》ではない。だから、あなたは侯爵家の迷惑など考えなくていいのですよ』

距離を取るならそれでもよし、娘と仲を深めたいと思うのであれば本人の承諾を得よ。それが、ストクマン侯爵の考えだった。娘の自由意志に任せているのだ。貴族では珍しいが、医師や薬師への支援などを行なっていることを思えば、常識に囚われない家風なのだろう。

『お父上は、あなたをとても心配している。だが、息子が家門を守るために縁を切ろうとするのなら、止める術《すべ》はないとも語っていました。父としてできるのは、あなたを見守ること。それだけだ、と』

そして驚いたのは、バルバストル公爵――クロヴィスの父が、ストクマン侯爵に秘密を打ち明けたことだ。信頼に値する人物だと感じ、何も語らない息子のために説明してくれたのだ。

迷惑をかけるわけにいかないと、公爵家とも関わらないようにしていた。次期公爵の座を弟へ譲り、騎士団に骨を埋める心積もりだった。

なぜならクロヴィスは、バルバストル公爵の実子ではないからだ。

血の繋がりがないのだから、公爵家を継ぐわけにはいかない。これまで育ててくれた父への唯一の恩返しが、自分がいなくなることだと本気で思っていた。

レティーツィアに会おうとしなければ、父の心を知らぬまま過ごしていたことだろう。表立って嫌悪されはしなかったが、心のうちでは国王同様に自分を疎んでいるはずだと疑わなかった。

――彼女には、二重の意味で礼が必要だ。

そうしてクロヴィスは、魔獣の討伐に向かうような気合いを入れてレティーツィアに会いにきたのだ。

（なぜこの機会を活かせなかったかなんて、俺が聞きたい）

部屋の中を見まわせば、長老をはじめとする研究者たちから呆れた眼差しを向けられている。これほど居心地の悪さを感じるのは、国王主催の夜会くらいのものだ。

「お嬢様は、本当に団長閣下に興味がないのかもしれぬな……。偶然の再会を演出してみたが、儂のお節介であったか」

ボソボソと呟《つぶや》かれたブレドウの言葉が、妙に心に突き刺さる。

「……俺が悪い。今まで婚約者らしいことは何ひとつしてこなかったしな。彼女が何を好み、欲しているのかもまったくわからない」

眉間に刻まれた皺《しわ》を揉《も》み解《ほぐ》して言えば、「放置期間が長いですもんねえ」と声が上がった。

栗色《くりいろ》の乱れた髪に丸い瞳、顔のそばかすが特徴的な男だ。名をジェイクといい、ブレドウの補佐で騎士団にも出入りしている。二十代後半で、はっきりとした物言いをする薬師のひとりだ。よれた白衣を身につけているが、不思議と似合っている。

薬師の中でも長い経験を持つジェイクは、特にレティーツィアの功績を認めている人物でもあった。

「お嬢様は、閣下と交流するつもりないみたいですよねえ。もう諦めたほうがいいのでは？」

「それはできない」

自分でも驚くほど即答したクロヴィスは、言葉にしたことで意思が明確になった。

「彼女は騎士団のために尽力してくれている。団長として感謝をするのは当然だし、今までの俺の態度についても謝罪したい。だから、頼む。どうかレティーツィア嬢のことを教えてくれないか？」

「団長閣下は、お嬢様の何が知りたいのですかな？」

ブレドウの問いに、しばし考える。

彼女の薬でどれだけ助けられたかを伝えたい。しかし今のままでは、ただ儀礼的なものとして受け取られかねない。もう少し交流したうえで、心からの感謝を述べるべきだ。

（令嬢と親しくなるためには、どうすればいいんだ）

これまでの人生で、女性について深く考えたことなどなかった。十代のころから騎士団に所属し、魔獣と戦ってきたクロヴィスにとって初めての経験だ。

「……ひとまず、レティーツィア嬢の好きなものから知っていきたい」

「そんなの決まってるじゃないですか。薬草ですよ」

すかさず答えたジェイクに懐疑的な目を向けたものの、ほかの者たちも挙《こぞ》って頷いている。「お嬢様は新しい薬の調合を常に考えてますしね」と、研究棟の人間ならではのレティーツィア像を語り始めた。

「侯爵家に出入りしている商人と話したんですが、お嬢様はドレスや宝石なんかに目もくれなかったとか。代わりに、珍しい植物の種を頼まれたそうです」

「ああ！　この前、日当たりのいいほうの畑に蒔《ま》いていましたね。魔獣出没地域の近くにある村のために、魔獣避けになりそうな植物を研究していますし、書物もよく読んでいらっしゃいます」

「やっぱり、研究の役に立つ知識とか薬草の話題がいいでしょうね」

あれこれと話す薬師たちの声に耳を傾けたが、結局わかったのは彼女が研究に没頭しているという事実のみである。

「やはりここは、交流頻度を高めるのがいいのではないですかな？」

悩んでいるクロヴィスを見かねたのか、ブレドウが助け船を出した。

「文を送るでもいいし、直接会いにくるでもいい。お誘いして、一緒に出かけるのもありでしょう。今のところ、任務も落ち着いているようですし」

「この前戻ってきたばかりだから、しばらくは王都に滞在することになる」

「それなら、充分時間は取れますな。現状では『顔見知り』程度ですが、頻繁に顔を合わせているうちに、『親しい友人』くらいにはなれるかもしれませんぞ」

「友人……」

婚約者でありながら、友人よりも劣る関係性なのだ。周囲から突きつけられる現実は、よりいっそう気持ちが沈むものだった。

「助言に感謝する。まずは、親しくなれるように交流を重ねようと思う」

魔獣の討伐は、命の危険が伴う危険な任務だ。団員たちには常に『後悔のないようにしろ』と言い含めている。家族や恋人に送り出されて任務に向かい、それが最後の別れになる可能性があるからだ。

レティーツィアと距離を縮め、自分の気持ちを伝えること。そして、父に会って礼を告げること。

このふたつを達成しなければ、何か事が起きたときに後悔する。命がけの任務へ赴くためには、憂いはすべて除いておくべきだ。

クロヴィスが気持ちを新たにしたところで、ブレドウが思い出したように言う。

「そうそう、じつはついさっき『魔獣に効くしびれ薬』の試薬品が完成したのです。これもお嬢様の考案されたものですぞ。この薬は騎士団にとって大きな力になるでしょう」

「彼女は、こんなものまで研究していたのか」

「お嬢様は研究熱心ですからの。今も、魔獣を即死させられるくらい強力な毒物を研究されている。すべては、あなた様や騎士団の御為でしょうな。ご自分ではけっして功績をひけらかしませんが」

長老から明かされた彼女の研究内容を知り、胸が熱くなった。

自分のためにレティーツィアが研究していたなどと自惚《うぬぼ》れるつもりはないし、それほど厚顔ではない。ただ、他者のために行動できる在り方が尊いと思った。

貴族らしくないと彼女に言ったが、レティーツィアや侯爵家はこの国の誰よりも貴族らしい。高貴な者が負う義務を率先して果たしているのだから。

「ますますレティーツィア嬢と交流せねばならないな」

ぽつりと漏らしたクロヴィスに、ジェイクがにやつく。

「言うなれば、『団長閣下の婚約者攻略戦』ってところですねえ。お手並み拝見しましょうか。けど、実際問題、閣下はお嬢様とちゃんと会話できるんですか？」

「どういう意味だ」

「さっきだって、引き留めようと思えばいくらでもできたのに、全然話せなかったじゃないですか。婚約者って言っても関わってこなかったんだから、赤の他人と変わりませんよね。ちゃんと会話の模擬訓練しといたほうがいいと思いますけど」

ジェイクの台詞に言葉が詰まる。まったくもってその通りで反論の余地もないが、クロヴィスにも言い分はある。

「今日は久しぶりに会ったから、少しぎこちなかっただけだ。時を置かずに会えば自然に話せる」

「いやあ、閣下は口下手じゃないですか。というか、感情表現が乏しいですよね？　薬の配達で何度も騎士団本部に行ってますけど、笑ったところなんて見たことないですし。団員にも聞いたら、やっぱり皆、『閣下は口数が多くない』って言ってましたよ。ただでさえ威圧感あるのに、そんなんじゃお嬢様が萎縮しちゃうんじゃないですかね？」

ひとつ反論すれば、手痛い反撃に遭った。

無口なクロヴィスと流れるように会話するジェイクとでは、相性が悪すぎて口論にならない。貴族に忌避される黒騎士団の団長相手に物怖《ものお》じせず話しかけてくるだけでも、ありがたいことではあるが。

無言になったクロヴィスに、ジェイクはさらに言葉を連ねた。

「せっかく顔がいいんですし、笑う練習でもしたらどうです？　その顔面を使わないのはもったいないと思いますけどねえ。なんなら、ここで練習していきます？」

言いながら、机の上にあった手鏡を差し出してくるジェイク。他の薬師はともかく、長老でさえ口を挟んでこない。皆、この男と同じように、クロヴィスに対して思うところがあるのだろう。それだけレティーツィアが慕われている証でもある。

「その前に、やるべきことがある」

軽口に取り合わず、クロヴィスはブレドウへと向き直った。

「レティーツィア嬢が開発に携わっているのを知っていると、正直に話したい。それと、ひとつ頼みがある。これは、ブレドウ殿だけでなく、この場にいる全員への頼みだ」

「返事は内容を聞いてからになりますが、それでもよろしいかな？」

「ああ」

彼女と親しくなるには、信用を得る必要がある。六年間の不誠実な対応を考えれば険しい道のりになりそうだが、誠実でいたいと思っている。

（今までの謝罪を含め、真摯に彼女と向き合わねばならない）

そのために、まずは秘密を打ち明けようと決心したクロヴィスだった。

＊

（それにしても、盛りだくさんの一日だったわ）

その日の夜。レティーツィアは屋敷の自室で、先ほど届いた封書を眺めていた。

差出人は、クロヴィス・バルバストル。昼間に久々に顔を合わせた、形ばかりの婚約者である。

彼から文をもらうのは希有《けう》なことだ。筆忠実《ふでまめ》でないらしく、たとえ婚約者の誕生日でも文を寄越《よこ》す人ではない。任務で多忙なことも知っていたし、何より回帰前も同じ状態だったため気にしていなかった。

けれど、クロヴィスからの文にはこれまでの謝罪が記されていた。

『多忙を理由に婚約者としての責務を果たしていなかったが、今後は埋め合わせをさせてほしいと思っている。今度ふたりで話す時間をくれないか。返事を待っている』

文を読んだレティーツィアは、これまでになかった出来事に驚きを隠せなかった。

回帰前、二十歳で命を落とすまでの間、文のやり取りなどしたことはない。こちらから送ったことはあっても、返信は一度もなかった。

（それなのに、どうしたのかしら……？）

不思議に思いつつ、返しそびれた手巾を手に取る。

久しぶりに会った彼は、やはり凜々《りり》しく美しかった。回帰前より張り詰めた空気を感じないのは、前向きな気持ちでいられる環境なのだろう。

クロヴィスの心が穏やかになるには、信頼する仲間といること。それが第一条件なのだ。回帰前のように、彼を哀しみの闇に浸らせてはいけない。今日会って、その思いが強くなった。

「けれど、この展開は今までになかったわ」

頬に土がついているからと、手巾を貸してくれた。完璧な容姿と騎士団団長という立場から、近寄りがたい印象はあるが、根は優しい人なのだ。

（あのときもそうだったわ）

ふたりの婚約が決まったのは、国王の生誕を祝う狩猟大会でのことだった。

高位貴族は参加必須だったため、狩りを嗜《たしな》んでいないストクマン侯爵家もその場にいなくてはならず、十歳だったレティーツィアも父母と共に狩猟場へ赴いた。

だが、そこで事件が起きる。

森の中から、魔獣化寸前の巨大な狼《おおかみ》が出てきたのだ。女性と子どもが待機していた区域に現れた狼に、その場は混乱を極めた。

魔獣化の影響により、熊よりも巨体となった狼が人間目がけて突進し、あちこちで悲鳴が上がった。

『きゃあああ……っ！』『警備兵は何をしているの⁉』『誰か助けてえっ！』――普段は澄ました顔を

している淑女たちは迫り来る恐怖に泣きわめき、我先にと狼とは逆方向に駆けていく。

『レティー、こちらへいらっしゃい！』

初めて見た魔獣の姿に足が竦んで動けずにいると、怒声を上げた母のマリエルに手を引かれた。引きずられるようにして、狼から遠ざかろうと走り出す。必死だった。魔獣は知能が高く攻撃的だと知識として知っていたが、実際に目にすると印象がまったく違う。書物で描かれているよりも、ずっと恐ろしい姿をしていた。

恐怖で足がよろける。すると、あっという間に人波に呑《の》まれ、母と手が離れてしまう。

『お母様……あっ！』

逃げ惑う人々に押され、その場に倒れ込む。国王の生誕を祝う大会だからと新調したドレスは、土に塗れて無残な状態になっている。足も負傷して動けなくなった。しかし不幸なことに、他人を気にかける人間は周囲にいない。命の危険が迫っているのだから当然といえた。

『グルルルルッ……』

地響きのような獣の唸《うな》り声に振り向けば、魔獣が大きな口を開けてレティーツィアを見下ろしていた。

『っ、ぁ……』

歯の根が合わずガクガクと震える。目の前の魔獣は明らかにレティーツィアに標的を定めている。それなのに身体は動かず、口からは浅い息が漏れるだけだった。

――死にたくない！

心の中で叫び、目を瞑《つぶ》ったときだった。

『グルゥッ……ギャンッ！』

突如唸り声が止《や》んだかと思うと、悲鳴のような鳴き声が耳に届く。反射的に目を開けば、黒い騎士服を身に纏った男性の後ろ姿が見えた。

（え……）

レティーツィアを背に庇うような体勢で立ちはだかる騎士に、魔獣は苛立《いらだ》ちも露《あら》わに前足を振《ふ》り翳《かざ》す。けれど騎士は剣を一閃させて前足を切断すると、地面を蹴って跳躍した。前足を失ってその場で暴れかけた狼だが、またたく間に騎士が斬り伏せる。

ドサッ、と巨体が地面に沈み、土煙が舞い上がった。魔獣が絶命したことを確認し、騎士はそこで初めてレティーツィアを振り返る。

『怪我はないか』

『あ……』

恐怖でまだ上手く声は出せないが、その代わりに首を縦に動かす。騎士は『そうか』と、ほんの少しだけホッとしたような顔を見せ、手袋《グローブ》を外して手を差し出す。

『さすがは「黒騎士団」……‼　あの恐ろしい魔獣をいともたやすく屠《ほふ》るとは……！』

たったひとりの騎士が魔獣の脅威を防いだことで、周囲から感嘆の声が上がる。

陽《ひ》の光を背に浴びて立つその騎士は、神々しい輝きを放っているようにレティーツィアは感じた。魔獣によって命を奪われかけたときに颯爽《さっそう》と現れたその姿は、物語の中にいる救世主そのものだ。

震える手をなんとか動かして騎士の手を取ると、力強く握り返してくれた。彼の力を借りて立ち上がったところで、母が泣きながら駆け寄ってくる。

『レティー……っ！　ああ、無事でよかった……！』

『お母様……！』

力いっぱいレティーツィアを抱きしめた母は、泣き顔のまま騎士へと目を向ける。

『バルバストル騎士団長閣下、娘の命を救っていただいて感謝いたします……！　このご恩、ストクマン侯爵家は生涯忘れることはございません』

『ストクマン侯爵夫人か。礼には及ばない。騎士団の任務を遂行しただけだ』

（黒騎士団……バルバストル騎士団長閣下……）

返り血で頬が汚れているのを気にも留めず、他の団員に魔獣の処理を指示している。顔立ちは人間離れしているほど美しいのに、自分や周りにまったく頓着していないようだった。

『きしだんちょう……様』

レティーツィアは母の腕から抜け出すと、よろける足で騎士団長へ歩み寄る。

『あの……これ……』

おずおずと差し出したのは手巾だった。つい最近、母に習って花の刺繍を施したものだ。お世辞にも上手いと言えない代物でも、レティーツィアにとっては大切な品である。

まだ恐怖で足は竦んでいたが、命の恩人に礼がしたい一心で真っ白な布を渡そうとする。しかし騎士は緩く首を振り、その場で膝をついた。

レティーツィアと視線を合わせ、かすかに表情を緩める。

『綺麗な手巾を血で汚すわけにいかない。気持ちだけ受け取ろう』

短く告げられ、小さく頷く。そのとき、にわかに周囲がざわついた。

『うむ、なかなか良い余興を見せてもらったぞ』

声が聞こえた瞬間、和らいでいた彼の表情が一気に引き締まる。黒瞳《こくとう》が見据える先にいたのは、国王・ウーリ・ハンヒェン・ホルストだった。

くすんだ金色の癖毛を撫でながら、やけに挑発的な眼差しで騎士団長を見据えている。

『騎士団長クロヴィスよ、大義であった。此度《こたび》の働き褒めてつかわす。余の生誕祝いが、獣の血で穢《けが》されては敵《かな》わん。皆にも怪我がなくて何よりである』

『……もったいなきお言葉』

恭しく頭を垂れたクロヴィスだったが、国王は明らかに面白くなさそうだ。それがなぜなのか、レティーツィアにはわからずに、ただ肩を縮こまらせる。

すると、ぐるりと周囲を見渡した国王が、ふと下方へ目を向けた。まるで今見つけたとでもいうようにレティーツィアへ視線を据え、にたりと笑みを浮かべる。

『そこの娘、名は？』

『ス……ストクマン侯爵が娘……レティーツィア、でございます……陛下』

まだ動揺は深いが、国王主催の大会に足を運ぶとあり、挨拶は何度も練習していた。

たどたどしさはあったものの、なんとか淑女の礼を披露する。両親からも、『陛下にご挨拶をすることになるが、粗相をしてはいけないよ』と言い含められていたため必死だった。

『ふむ、ストクマン侯爵か……』

しばし考える素振りを見せた国王は、クロヴィスとレティーツィアを交互に見遣《みや》った。

『じつに良きことを思いついた。――皆の者、よく聞け！　余の生誕を祝いにきた若きふたりが、今日ここで縁を結ぶことになった！』

その場にいた皆の注目が自分に集まったことを確認し、国王が笑う。

『国王・ウーリ・ハンヒェン・ホルストの名において、クロヴィス・バルバストル騎士団長と、レティーツィア・ストクマン侯爵令嬢の婚約を命じる』

（えっ……）

『陛下……！　いったいどういうおつもりですか……!?』

突拍子もない命令に、クロヴィスが思わずというように一歩踏み出す。すぐさま近衛兵が国王の前に立ったが、『良い』と兵士を下がらせた。

『余の生誕祝いに花を添えよと申しておる。……何か異論があるのか？』

もしもこの話を断るとなると、生誕祝いの場で水を差すことになる。しかも、国王直々の命を退けるのは、弓を引いていると見なされてもおかしくなかった。

『……陛下に逆らおうとは考えておりません。ですが、この娘はまだ子どもです。自分とは年も離れすぎている。さすがに憐れではないかと』

『貴族の結婚など、政略がほとんどだ。幼いころから相手が決まっている者もいる。おまえはまだ婚約者はいないようだし、ちょうどいいではないか』

レティーツィアは、口を挟むことなく話を聞いていた。いや、自分が口出しできる状況ではなかった。ほかの貴族らは遠巻きに様子を窺《うかが》い、話の成り行きを見守っている。

国王に面と向かって異を唱えることができる者などこの場にいない。唯一、当事者であるクロヴィスだけは命令の撤回を求めていたが、不敬と捉えられてもおかしくなかった。

『では、侯爵令嬢に問おう。余の命に従うのは嫌か？』

突然話を振られたレティーツィアは、心臓が痛くなるほどの緊迫感に見舞われる。

それは、問いではない。国を統べる王からの強制だ。もしも否と答えれば、たとえ子どもであろうと容赦なく首を刎《は》ねるだろう。この場にいた誰もがそう理解していた。

『わ……わたくし、は……』

声だけではなく全身が震えた。ここで答えを間違えれば、恐ろしいことが起きてしまう。本能的に悟ったものの、魔獣に襲われかけた精神的負荷も相まって言葉が出てこない。

『陛下』

しんと静まり返る中、言葉を発したのはクロヴィスだった。

『ストクマン侯爵令嬢との婚約、謹んでお受けいたします』

頭を垂れて答えた彼を見て、自分を助けてくれたのだとレティーツィアは理解した。国王の問いに声を詰まらせた姿を見て、場を収めるためにあえて不服を呑《の》み込んでくれたのだ、と。

『そうか！　おまえならそう言うと思ってくれていたぞ。――皆の者、ここに婚約は調《ととの》った！　ふたりの前途を祝そうではないか』

満足そうに宣言した国王に、周囲の貴族からは安堵の息が漏れたのである。

（……そういえば、今日はあのときと逆の立場だったのね）

狩猟大会のときは、差し出した手巾を断られてしまった。それがクロヴィスの優しさだとはわかっているが、強引にでも押しつけていればよかったと今は思う。

（そうすれば、クロヴィス様との関係も少しは変わっていたかもしれない）

今日、手巾を手渡されたレティーツィアの心が温かくなったように。彼の心も和むことがあったのではないか。今さらだが、そんな夢想をしてしまう。

あのとき、幼いながらに恋に落ちた。初恋だった。国王の理不尽な命により結ばれた縁だというのに、なんとも滑稽な話だ。

「だからこそ、今は自分のやるべきことをしっかりやらないとね」

過ぎた過去を悔やんでも始まらない。未来に起こるだろう悲劇を食い止めるために、この二年間を頑張ってきたのだから。

「失礼いたします」

侍女のアウラが部屋に入ってきた。彼女はいつも、就寝前にハーブティーを淹《い》れてくれる。回帰前も回帰後も変わらない習慣だ。

「ありがとう、アウラ」

「ふふっ、レティーツィア様はいつもお礼を言ってくださいますね。陛下の生誕祭から塞ぎ込んでいた四年間が嘘のように元気になられて……アウラは嬉しく思っています」

「そうね……わたくしは、四年もの間何もしてこなかった。恥ずかしいわ」

国王の生誕祝いの大会で婚約が決まったレティーツィアだが、その後しばらく寝込んでいた。医師の診断によれば、魔獣に襲われて精神的にまいっているのだろうとのことだったが、実際は違う。

もちろん、医師の言うように魔獣との遭遇は恐ろしかった。しかしそれよりも、国王の存在こそが恐怖の源だったのだ。

魔獣の急襲から皆を救った功労者のクロヴィスを冷ややかに見据え、望まぬ結婚を強いた。ただ自分に恭順させるためだけの命令だ。

戯れに理不尽な命令を下す国王が恐ろしかった。少なくとも侯爵家に籠もっていれば、魔獣にも王にも会うことはない。だから家に引きこもり、社交からも逃げていた。

ほとんど部屋から出ない娘を心配した両親は、年の近い侍女を雇い入れた。それがアウラだ。五歳ほど年齢が上の彼女は、辛抱強くレティーツィアに声をかけてくれた。

明るい茶髪と髪色と同じ瞳は愛嬌《あいきょう》があり、くるくると変わる表情も魅力的だ。回帰前は引きこもり期間が六年ほど続いたが、彼女がいなければもっと長引いていただろう。

「アウラのおかげよ。ずっと励ましてくれて感謝しているわ」

彼女はいつもレティーツィアを心配していた。回帰後の十四歳からは、それまでとは別人のように活動的になったが、アウラは陰日向《かげひなた》となって支えてくれている。

改めて感謝を告げると、「わたしの力ではなく、レティーツィア様の努力です」と、照れくさそうだ。

「ふふっ、アウラは謙虚ね」

彼女が淹れてくれた茶を口に含み、ふっと息をつく。すると、「お疲れですね」と表情を改めたアウラが、クロヴィスの文に視線を投げた。

「騎士団長のことでお悩みなのですか？」

「ううん、そうじゃないわ。手巾をお借りしたから、お返しを考えていただけよ」

「それならよろしいですが……。急に研究棟に来ただけでも驚きましたのに、あの薄情なお方が文まで寄越すなんて思いませんでした。どうもわたしには、美しくご成長されたレティーツィア様のお姿を見て、気を引こうとしているように見えてしまいます」

「そういうおつもりじゃないわ。……きっと、騎士団の任務が落ち着いているのよ。このままの状態ではいられないだろうし、いずれは今後についてお話があるのではないかしら」

回帰前のクロヴィスは、レティーツィアと積極的に関わろうとしなかった。それなのに、今回彼から文をもらっている。未来が少し変化しているのだ。

(この二年は、無駄じゃなかったんだわ)

自分が進んできた道は間違いでなかったと確信したレティーツィアは、彼の手巾をそっと手にする。

婚約が決まったあとも、クロヴィスと顔を合わせたのはわずか二度ほどだ。一度は十歳で行なった婚約式、もう一度は騎士団の出征式で、レティーツィアが十二歳のときだった。

会ったといっても会話はない。婚約式も出征式も、周囲の大人の会話を聞いていただけだ。それ以外は、ほぼ屋敷から出ることなく過ごしていた。

回帰してから二年経つが、少なくとも回帰前よりも〝生きている〟と感じられる。怯《おび》えて暮らすのではなく、前を見て進んでいるからだ。一度命を落としてやっと気づいたのが情けないが。

「……クロヴィス様は素敵な方よ。本来であれば、わたくしよりももっとふさわしい方と結婚されたはずだもの。ずっと申し訳なく思っていたの」

「レティーツィア様は、この国で一番の素敵な淑女で、さらには新薬まで開発する才女でもあります。十歳で婚約していなければ、それはもう数多《あまた》の男性から求婚されていたはずです。それなのに、ご自分のことに無頓着すぎです！」

力強く言い切るアウラに苦笑するも、その気持ちが嬉しかった。

過去に何もしてこなかった負い目から、自己嫌悪に陥ることが幾度となくあった。そのたびに、父母やアウラ、長老たちの優しさに救われている。

クロヴィスに国王弑逆を決意させてはならない。それがレティーツィアの行動原理だ。だが、それと同じくらいに、ストクマン侯爵家の皆を不幸にさせたくないと思っている。

「わたくしは、大好きな人たちと憂いなく暮らせていければそれでいいわ。薬学を習い始めたのもそのためだもの。侯爵家が続けてきた医師や薬師たちへの支援も、高い薬効のある新薬の開発も、民の生活が安定するように願っているだけなの」

レティーツィアは手巾を眺め、ふうと息をつく。

手巾には、公爵家の紋章である交差した剣が刺繍されている。難しい図柄だが、それだけに美しい。金と黒の糸が使用されており、クロヴィスによく似合う色合いだ。

「お礼は、刺繍入りの手巾にしようかしら。今度お会いするときまでに仕上げればいいものね」

「騎士団長とお会いになるんですか？」

「ええ。お断りする理由がないし……それに、お礼もあるもの」

そう答えたものの、礼など口実だという自覚はあった。レティーツィアは、ただクロヴィスに会いたかっただけ。一度目の人生で叶《かな》わなかった婚約者との交流を望んでいるのだ。

（欲深いわね。皆が幸せになってくれさえすれば、それでいいはずなのに）

「クロヴィス様へのお返事は明日するわ。七日間もあれば刺繍も終わるし、研究のない日にお会いできるよう調整しないと」

「では、明日さっそく取りかかれるように準備しておきますわ。糸はそちらの手巾と同じ色でよろしいでしょうか？」

「ええ、お願い」

クロヴィスが何を話そうとしているのか、今は予想でしかない。だが、ふたりの共通の話題など、婚約に関してしか思い浮かばない。

（婚約を解消するにしてもまだ早いわ。だって、最悪の未来が回避される確証がないもの）

雨の王城で起きた悲劇は、今でも鮮明に覚えている。忘れようにも忘れられない。おそらく生涯胸に抱えていく痛みだ。

（この記憶を現実にしてはいけない）

レティーツィアは自分に言い聞かせるように、心の中に深く刻んだ。


翌日にクロヴィスへ返事を送ると、その日のうちに返信がきた。

あまりに早い対応に驚いたレティーツィアだが、アウラも同じ感想だ。「今まで音信不通だったのに、ずいぶんな変わりようですね」と眉をひそめている侍女に、「きっと余裕があるのよ」と宥《なだ》めるしかできない。

（今は秋季を迎えたばかりで、騎士団に特別な任務は課されていないもの）

だが、これから秋の討伐に向かい、そこで彼は左眼を失う。

回帰前、クロヴィスの負傷は父から知らされた。そのときは、『熊の魔獣が群れになり、騎士団を襲った』と聞かされていた。魔獣に囲まれて攻撃を避けきれず、左側頭部から顔面に裂傷を負ったのだ、と。

だが、彼が左眼を失ったのは魔獣だけが原因ではない。

『俺が気に入らないのであれば、俺だけを標的にすればよかったんだ。それなのにあの男は……騎士団を魔物の巣窟に何度も送り込むだけでは飽き足らず、刺客を放ってきた。この左眼を失ったのもそれが理由だ』

王城の中庭で、確かにクロヴィスはそう言っていた。

（討伐に乗じて、陛下が刺客を放っている……それは確かだわ）

レティーツィアには、国王の非道を突き止めるような力はない。自分にできるのは、学んだ知識を活かし、被害を食い止めること。それだけだ。

自室で白の手巾に刺繍を施しつつ、考えを巡らせる。

熊の魔獣ともなれば、かなりの巨体だと想像がつく。それも群れで行動しているのでは、精鋭の騎士団でも苦戦は必須だ。

けれど、この魔獣さえ討伐できれば、クロヴィスが刺客に後れを取ることはない。ホルスト王国一番の剣の使い手であり、黒騎士団の団長だ。上手くすれば、賊を捕縛して暗殺を企てた黒幕を明らかにできるかもしれない。

（黒幕……陛下にまでたどり着けなくても、クロヴィス様の左眼を守ることができればいい）

左眼を負傷しても彼の強さに翳《かげ》りはなかった。でも、人知れず苦労はあったはずだ。

「……しびれ薬だけじゃ心許《こころもと》ないわ。もっと強力な薬物も必要よね」

魔獣に加え、刺客まで相手にするのは、いくら腕に覚えがある者でも苦戦する。どちらかの負担を取り除くためにレティーツィアができることは、やはり魔獣の無効化だろう。

手を止めて考え込んでいると、部屋の扉が鳴らされた。入室の許可を出した途端に、慌てた様子でアウラが飛び込んでくる。

「レティーツィア様、よろしいですか？　研究棟からジェイクが使いで来たのですが、すぐに来ていただきたいとのことです。その、どうされますか？」

「わかったわ。今日は午後から行こうと思っていたのだけど、何かあったのかもしれないわね。今から向かいますと伝えてちょうだい」

「かしこまりました」

「それで、アウラはどうしてそんなに焦っているの？」

使用人に指示を出している彼女に問うと、なぜか眉尻を下げている。

「ジェイクから聞いた話なので、真実かどうかの判断が難しいのです。人をからかうのが好きな男ですし、わたしが動揺するのを見て楽しんでいる可能性もあります」

「なんとも擁護しづらいわね……」

ふたりは、顔を合わせると何かしら言い合いをしている。傍目《はため》に見ると仲がいいのだが、アウラは断固として認めていない。レティーツィアからすれば、なんとも微笑ましい関係である。

「では、お支度に取りかかりましょう。なるべく早く終わらせます」

「え、ええ……」

研究棟へ行くときは基本的に汚れてもいい格好をするが、なぜか今日はアウラに禁じられた。しかたなく用意されたドレスを着ると、さらに薄く化粧まで施される。ますます疑問に思いつつ準備を済ませれば、主思いの優秀な侍女が厳しい表情になった。

「本日は、わたしも棟までご一緒いたします」

「いつもひとりで行っているし大丈夫よ？」

「ジェイクの話が真実かどうかを確認しなければいけませんし、場合によってはレティーツィア様をお守りせねばなりませんので」

やけに気合いを入れているアウラを不思議に思ったものの、そこには触れないことにする。きっと何か理由があるからだ。それよりも気になるのは、彼女とジェイクの仲である。

（アウラは、ジェイクと話しているとき楽しそうだし……ひょっとしてひょっとするのかしら？　回帰前にはなかった接点だし、これも未来が少し変化したから起きたことだわ）

大切な侍女だからこそ、アウラにも幸せでいてほしい。常々そう思っているが、こうして目に見える形で実感できることが最近増えている。事実の積み重ねが、レティーツィアの心を勢いづけているのだ。

侍女と一緒に部屋を出ると、昨日と同じ道順で研究棟へと向かう。

ストクマン侯爵家は、王都の中心地から少し外れた場所に屋敷を構えている。というのも、医師や薬師が研究を行なう施設に加え、彼らの住居が敷地内にあるからだ。

中心地でない分、土地も存分に利用できる。広さに応じて警備も厳重で、特に中庭や屋敷の周囲は私兵の姿も多い。貴重な薬品を保管していることもあり、安全面を考慮した措置である。

バルコニーから中庭へ下りると、庭師や使用人たちとすれ違う。彼らと挨拶を交わし、警備兵に労《ねぎら》いの声をかけつつ、棟までの道のりを歩く。平時と変わらぬいつもの行動だ。

研究棟の扉の前まで来たレティーツィアは、自ら取っ手を掴もうと手を伸ばした。だが、アウラに「わたしが」と言って止められる。

常日頃ひとりで棟を訪れるために出た習慣は、なかなか抜けないようだ。

苦笑して頷くと、アウラが中に向かって声をかけた。

「失礼いたします。レティーツィア様をお連れいたしました」

言葉と同時に侍女が扉を開け放つ。ところが次の瞬間、目に飛び込んできたのは、見慣れた光景ではなく。

「レティーツィア嬢、来てくれたか」

「クロヴィス様……⁉」

昨日ぶりに見る婚約者、クロヴィスだった。

(まさか、ジェイクが言っていたのって、クロヴィス様のことだったの？)

ちらりとアウラに視線を向ければ、彼女はわずかに顎を引く。

確かに、何年も顔すら合わさなかったにもかかわらず、二日連続で来ていると言われても信じられない。アウラが疑うのも無理はなかった。

困惑したものの、レティーツィアは平静を装って室内に入る。中には昨日と同じ顔ぶれが揃《そろ》っているが、皆落ち着き払っているのが解せなかった。

「あの……どうかされましたか？　もしかして、薬に問題が？」

研究棟に連日足を運んでいるのだから、まず製品の不備を疑うのは当然だ。しかしクロヴィスは首を左右に振ると、一歩前に足を踏み出す。

「しばらくここで世話になることが決まった。よろしく頼む」

「え……っ」

「騎士団には、今のところ特別な任務はない。団員の訓練や会議などで空けることもあるだろうが、次の任務があるまではここで生活しようと思っている。もちろんストクマン侯爵夫妻には了承を得ているから、その辺は安心してくれ」

淀《よど》みなく答えたクロヴィスだが、レティーツィアの頭の中は混乱状態である。

（こんな状況は、回帰前にはなかったわ）

彼が長老たちと良好な関係を築くのであれば、願ったり叶ったりである。納品した薬に問題があった場合や、ちょっとした改善点などを気兼ねなく相談し合えるからだ。

ただ、棟に頻繁に出入りされると少し具合が悪い。研究に携わっていることを知られる恐れがある。長老たちのような専門家でないレティーツィアが開発したと知られれば、品質に疑いを持たれかねない。

ふたりの間で信頼関係が築けていない以上、わずかな懸念材料もあっては困る。惨劇を繰り返さないためには、少しの綻びすら許されないのだから。

しかし、レティーツィアの懊悩《おうのう》を知る由もないクロヴィスは、珍しく口数多く続けた。

「ここで世話になるにあたり、あなたに伝えておかなければいけないことがある」

「な、なんでしょうか……」

「じつは俺は、あなたが薬の研究開発に携わっていたことを知っている。これは、ブレドウ殿が教えてくれたことだ。この一年間で騎士団に納品された薬の報告書を送った際の返信も、あなたが書いてくれたものだと知りつつやり取りしていた」

「えぇ……っ⁉」

突然明かされた事実に、レティーツィアは淑女らしからぬ声を上げた。

「ご存じだったのに、薬を使ってくださったのですか……？」

「あなたが開発した薬は、薬学に精通しているブレドゥ殿が認めたものだ。今では騎士団にはなくてはならない品になっている。ずっと感謝を伝えたかった」

真摯な眼差しだった。感謝をされるためにしてきたことではないが、素直に嬉しいと思う。クロヴィスとの間に、以前はなかった信頼がわずかでも生まれた気がしたからだ。

回帰前には経験できなかった出来事が増えるたび、自分が歩んできた道に自信を持てる。

「わたくしだけの功績ではありませんわ。ここにいる皆の協力があったからこそ、研究に成果が出たのです。魔獣の脅威から国民を守っている騎士団のお役に立つことができたなら本望です。ですからどうか気になさらず、クロヴィス様はご自身の職責をまっとうしてくださいませ」

多忙な彼が、研究棟に身を置く理由はない。それに、秋季の中頃には討伐任務が発生するのだ。そのためにも、この期間は充分な休養にあててもらいたい。

そんな思いで答えたが、クロヴィスはなぜか落胆したように表情を曇らせる。感情を表に出さない男の珍しい姿に、レティーツィアは瞠目する。

「あの……もしやクロヴィス様は、研究棟にいなければならない理由がおありなのでしょうか。あっ、体調がよろしくないのですか？」

それならば、彼が侯爵家に話を通してまで滞在するのは理解できる。今まで交流していなかった婚約者の家に頼らざるを得ないほど不調があるのなら大問題だ。

「自覚症状はいつからですか？　具体的にどこが痛むとか、食欲がないとか、些細《ささい》なことでも構わないので教えていただければ……」

「いや、違うんだ、レティーツィア嬢」

焦って尋ねたところ、クロヴィスは何度か首を振った。

「あなたが騎士団のために尽力してくれているのに、俺は婚約者として不誠実だった。だから、次の任務に入るまでに感謝の気持ちを余すところなく伝え、謝罪をしたいと思っている」

「ええと……もう充分感謝は伝わりましたし、謝罪も必要ありません。クロヴィス様が第一に考えているのは騎士団の団員たちのことで、それは理解しております。……この先、仮に婚約を解消することになろうとも、これまでと変わらず薬は騎士団へ納品しますわ」

「待ってくれ」

レティーツィアの両肩を掴んだクロヴィスは、思わずというように顔を近づけてきた。

「あなたは、婚約を解消するつもりなのか？」

「いえ……ただ、そういう可能性はあるのではないかと。わたくしよりも、クロヴィス様にふさわしい女性はたくさんいらっしゃいますから」

もともと国王の命で婚約をしただけで、クロヴィスは最初断ろうとしていた。それなのに受け入れたのは、国王に問われて答えられなかったレティーツィアのためだ。

婚約してから今までの間、ふたりはほとんど会話すらしていない。婚約を解消しても、彼にはなんら影響はないはずだ。何より、レティーツィアが研究していることを知ったうえで薬を使用しているのなら、信用はしてくれている。あえて婚約者でいる必要性はないのだ。

(少し寂しいけれど、しかたないもの)

「もちろん、陛下の命ですから、すぐに婚約解消はできないかもしれませんが……何かいい方法が必ず見つかるはずです」

「俺は、婚約破棄をするつもりはない」

「は……えっ?」

「ここへの滞在は、騎士団の皆をはじめ誰にも言っていない。お忍びという扱いで頼む」

(クロヴィス様は、いったいどうされたの……!?)

なんとしてもこの場に留まろうとしている彼の意思を感じ、困惑するレティーツィアだった。

第二章　媚薬《びやく》の効果は強力でした

クロヴィスがストクマン侯爵家の研究棟で過ごすようになって三日後。レティーツィアは彼に乞われ、敷地内を案内していた。

「こんなところにも薬草畑があるんだな」

「はい。植物の種類によっては、日当たりのいい場所に植える場合もありますし、逆に湿気の多い場所でしか育たない植物もあるのです。できるだけ、特性に合った環境で育てたいので」

「いろいろ考えられているんだな。勉強になる」

彼は騎士団の制服は着ておらず、白の襯衣《シャツ》に黒の下衣という格好だ。汚れるのも気にせずにその場に膝をつき、薬草を観察している。

（なんだか、変な状況よね）

ストクマン侯爵夫妻は、クロヴィスの滞在を容認している。本邸の客間で宿泊してはどうかとも提案したようだが、固辞した彼は研究者たちと同じく離れの建物で寝泊まりしていた。

昼間は研究棟で長老たちの助手を務め、午後にレティーツィアがやって来るとなぜか後ろをついてくる。その姿は、さながら護衛騎士である。

ちなみにクロヴィスは、敷地内にいる警備兵から絶大な人気を誇っていた。アウラからの報告によれば、彼はここへ来た翌日から、午前と午後の一時間ほど一緒に訓練しているという。

貴族からの評判はあまりよくない黒騎士団だが、武に長《た》けた者たちの間では英雄らしい。命がけで魔獣を討伐しているのだから、それが正しい評価だとレティーツィアは思う。

「あなたに頼みがあるんだが、いいか？」

「はい……。わたくしにできることでしたら」

しばし薬草を見ていたクロヴィスは立ち上がり、レティーツィアの顔をじっと見つめた。

この数日間で、ずいぶん彼と会話をしている。回帰前の人生から回帰後の六年間を合わせても、これほどクロヴィスの顔を見た記憶はない。

（真面目な方だから、罪悪感からの行動よね……）

彼は、『感謝を伝え、謝罪がしたい』と言った。レティーツィアが薬の開発をしていると知り、感謝の念を抱いたと同時に、婚約者として接してこなかったことに自責の念があるのだ。

だが、彼にも言ったように気にして欲しくない。互いの立場では、関わらずにいるのが最善だった。

「……あなたは、どこか遠くを見ているな」

「遠く……ですか？」

「過去なのか、未来なのか、ここではないどこかを見据えている。……そんな印象がある」

何気なく告げられてドキリとする。彼とはそう長い時間を一緒にいるわけではないのに、すべてを見抜かれている気分にさせられる。これも騎士団長としての能力なのかもしれなかった。

「少しぼうっとしていただけです。それよりも、頼みとはなんでしょうか」

さりげなく話題を変えると、クロヴィスは「ああ」と、わずかばかり表情を和らげた。

「レティーツィア、と呼んで構わないか？」

「え、ええ……お好きなように、呼んでくだされば……」

意外な頼み事だった。許可を取る必要などないのに、律儀な人だと新鮮な驚きに目を丸くすると、彼はホッとしたように息を吐いた。

「わかった、そうする。あなたも、〝様〟はつけずに呼んでくれていい」

「まさか！　畏れ多いですわ」

「強要はしない。今は、知人から昇格するために段階を踏んでいる最中だからな」

「はい？」

「こちらの話だ」

言いながら、クロヴィスの目が薬草畑に向いた。

「ここも、あなたが管理しているのか？」

「はい。長老たちには、研究だけに没頭してもらいたかったのです。わたくしも薬草ごとの特性を知ることができましたし、勉強させていただきましたわ」

研究棟で長老に師事することが決まったとき、最初に任されたのが薬草畑の手入れだった。

彼らは、レティーツィアがすぐに飽きるだろうと考えていた。最初は棟の中にすら入れず、ひたすら薬草の種類や効能についてを畑で学び、枯らせることなく育てるよう厳命されたのだ。

回帰した直後でずいぶんもどかしい思いもした。未来で起こるだろう事件を知っていて、阻止できるのは自分だけ。そんな状況を重圧に感じたこともある。

それでも薬草を育てていくうちに、研究員たちとの絆《きずな》が生まれた。回帰前、引きこもっているときに得た書物の知識を駆使し、まだ世に出ていなかった新薬を以前よりも早く完成させている。

「本当に、薬学が好きなんだな。長老やジェイクは、『お嬢様は生まれながらの薬師です』と誇らしげに語っていた。彼らにとってレティーツィアは大切な仲間なんだろう」

「そう言っていただけるとありがたいです。お恥ずかしながら、わたくしは長い間屋敷に引きこもっておりました。健康でありながら、貴族としての役目も果たさず……ただ、恐怖に震えていたのです。ですから、今は自分にできることを精いっぱいやり切りたいと思っています」

新薬の開発には、回帰前に得た知識だけではなく、回帰後の研究で得た成果も反映している。目を瞠るほどの変化ではないが、着実に自分も成長したという自負はある。

「魔獣に効く毒物の研究もしているんだろう？　俺は、その話を聞いたときに衝撃を受けた」

「どうしてですか？」

「貴族、それも令嬢が好んで関わろうとしない生き物だろう。それに、レティーツィア自身が昔襲われている。恐ろしい記憶が蘇《よみがえ》るはずだ。それなのに、騎士団の任務が円滑に進められるように尽力してくれている。〝貴族の義務〟だけでは片付けられない行動だ」

クロヴィスに手を取られ、鼓動が跳ねる。彼はまるで祈りを捧《ささ》げるように、自身の額にレティーツィアの手のひらを押し当てた。

「こんなに華奢《きゃしゃ》な手で、多くの人々を救っているレティーツィアを尊敬する。……だが、教えてほしい。何があなたを駆り立てている？」

彼の問いは核心をつくものだった。長老たちは『婚約者の役に立ちたいため』と思っているようだが、正しいようで正確ではない。

レティーツィアの行動原理は、『王城での悲劇を回避すること』――つまり、クロヴィスや両親たちが命を落とすことなく、幸せに生きていくため。すべては、この目的を達成するための努力だ。

「……わたくしは、誰にも命を失って欲しくない。それだけですわ」

「レティーツィア……」

「わたくしも、クロヴィス様にお尋ねしたいことがございます。魔獣の討伐はどの個体でも苦労されていると思いますが、中でも強敵となる種《しゅ》を教えていただきたいのです」

できれば、強敵種に効く毒物を開発したい。そうすれば、命の危険は格段に減る。そう伝えたところ、クロヴィスはレティーツィアの手を握ったまま考え込む素振りを見せた。

「やはり、もともとの体が大きい種は手ごわいな。遭遇したら必ず負傷者が出るのが、熊の魔獣だ。やつらは通常時でも攻撃力が高い」

「そう……ですね」

〝熊〟という単語に心音が速くなる。それは、かつて彼の左眼を奪った魔獣と一致する。つまり、一番厄介な魔獣を相手にしているときに、国王の刺客まで現れたことになる。

（なんてことなの……。秋の討伐では、必ず熊の魔獣と遭遇する。それまでに、何か有効な手段を考えておかなければ）

クロヴィスの左眼も、他の団員も、傷つけさせるわけにはいかない。秋の討伐こそ、本格的に『王城の悲劇』を回避する第一歩となる。

知らずと神妙な顔つきになるレティーツィアを見たクロヴィスは、恐れていると思ったのだろう。

「魔獣を王都へ侵入させないために俺たちがいる」と、力強く言い放つ。

「もう二度と、あなたが魔獣に襲われることがないように俺が守る。騎士の名にかけて、絶対だ」

「っ……」

手の甲に口づけられて、心臓が破裂しそうなほどに高鳴った。

見目の麗しい騎士から誓いを捧げられるなんて、まるで物語の主人公になった気分だ。『王都で流行している恋愛小説です』とアウラから手渡された書物でも、男性が女性の手の甲へ口づけする場面が描かれていた。ふたりは恋人同士で、とても官能的な仕草に感じたのを覚えている。

今までまったく関わってこなかったのに、急にこのような扱いをされても困る。自覚できるほど顔が赤くなったレティーツィアが視線を下げると、彼は手を繋いだままの体勢で会話を続けた。

「それと、まだ出会ったことはないし、今では絶滅しているとも聞くが……最強種というなら、古代竜種だろうな。文献によれば、鱗《うろこ》は硬くて剣も槍《やり》も通さないらしい。おまけに知能も高いから、攻略するには一師団では無理だろう」

「竜ですか……確かに、最強種としてたびたび文献にも出てきますね。数百年前に生息が確認されて以降、目撃記録は残っていないようですが」

「そうだ。だが、遭遇すれば間違いなく全滅の危機に陥る。何せ、火を噴く個体もいたと記録がある。飛行種というだけでも厄介なのに、地上に降り立った場合も尾の一振りで木々が薙《な》ぎ払《はら》われたようだ」

聞けば聞くほど、遭遇は避けたい個体だ。とはいえ、熊や他の魔獣についても同様だ。クロヴィスたちのように戦闘に特化した騎士でなければ、視界に入ったら最後だと思っていい。

「では、熊の魔獣の弱点はわかりますか？　弱点がわかれば、そこを狙った毒物を作れるかもしれません」

「弱点、というのかわからないが、異様に鼻が利く。目撃情報があった地域へ討伐へ向かうときは、食事すらしないことがある。自分たちの居場所を感知されるからな」

「鼻が利くということは、臭いに敏感ということですよね。たとえば人体に無害な成分を配合した煙を吸わせることができればいいかもしれません。しびれ薬は直接体内に取り込ませないといけないので、どうしても接近する必要が……うーん、魔獣避けの香に即死効果をつけられればいいのに……」

最後のほうは、ほぼ独り言だった。レティーツィアは夢中になると人の声すら聞こえず、思考に深く沈む癖がある。新たな着想を得たときはいつもこうだ。ちなみに研究棟では、『お嬢様が何かを考えているときは声をかけるな』が合い言葉になっている。

（実際に魔獣と戦うのは、騎士団の方々だもの。間違いなく討伐できる製品じゃないと意味がないわ）

「しびれ薬だけでも、充分討伐の助けになる。だが、そうだな……即死とまでいかなくても、意識を失わせることができれば安全性は高まると思う」

レティーツィアの独白に答える形でクロヴィスが言う。その声は、なぜか明瞭に耳に届き――次の瞬間、思わず彼を見上げた。

「そうだわ……！　眠り薬です、クロヴィス様！　即死させる薬の開発よりも、眠らせる薬のほうが作りやすいかもしれません」

「これまでも魔獣用の眠り薬は研究されてきたが、いずれも完成には届いていないと聞く。人間とは体積がまったく異なるから、眠らせるにも相当量の薬が要るだろう。俺の発言は、『もしも』の仮定に過ぎない。あまり真に受けないでくれ」

従来、開発に力が注がれてきたのは、『いかに魔獣を街や村に近づけないか』という観点で作る薬だ。魔獣自体を弱らせる薬ではないため、討伐する騎士団の負担はかなり大きい。

（回帰前も、魔獣用の眠り薬はなかったものね。でも……）

クロヴィスから得た閃《ひらめ》きを無駄にしたくない。レティーツィアは今、強い想《おも》いに駆られている。

「実際に魔獣と戦っている方の発言です。どんな言葉も無駄にしませんわ。そうと決まれば、さっそく行動に移さなければ」

「……あなたは、まっすぐな人だな。騎士団に心を寄せ、最善を尽くしてくれようとしている。俺は、もっと早くに団長として向き合うべきだった。それに、婚約者としても」

まだ繋がれたままの手に、力がこめられる。

彼の懺悔にも聞こえたし、愛の囁《ささや》きのようにも感じられた。そんなはずはないのに、鼓動が妙に騒ぐ。

（勘違いしてはいけないわ。この方は、わたしに特別な感情なんてないもの）

「で、では……。わたくしは、これから近くにある集落へ行ってまいります。懇意にしている行商の媼《おうな》がいるのですが、とても物知りなのです。動物にも詳しいですし、きっといい知恵を貸してくれますわ」

クロヴィスとはここで別れようと、手を離そうとする。だが、彼はなぜかぎゅっと手を握り直した。

「それなら俺も行こう。護衛は必要だろう」

「え!? クロヴィス様にお手間を取らせるわけにまいりません。その……正式な外出ではなくお忍びですし、平民のふりをするのです」

こうした外出はたまにしていた。もちろんひとりではなく護衛はつけているものの、基本的にはアウラとふたりで行動することが多い。あまり目立っては、忍んでいる意味がないからだ。

（クロヴィス様は、どこへ行っても注目されそうだわ）

騎士団の制服を着ていない分、いつもよりも威圧感はなかった。その代わりに、生来の端整な顔立ちが際立っている。団長としての彼も目立つが、平服の彼は別の意味で人目を集めそうである。

「わたくしは大丈夫ですわ。クロヴィス様は、棟へお戻りください」

「迷惑でなかったら、俺も一緒に行きたい。いや、行かせてくれ。レティーツィアがどんな風に仕事をしているか、実際に見てみたいんだ」

クロヴィスは、やけに熱心だった。『離れたくない』と言われている気さえする。もちろんそれは、レティーツィアが勝手に感じているだけなのだが、こうも距離を詰めてこられると意識してしまう。

「わ……わかりました。では、すぐに向かいますが……手を、離していただけますか」

なぜかずっと繋がれているため、今さらながらに恥ずかしくなってくる。彼には意味などないかもしれないが、レティーツィアにとっては初恋の人だ。今までずっと影の存在に徹してきたのに、クロヴィスの目に自分が映っているだけでドキドキしてしまう。

「すまない……無意識だった」

「い、いえ！　大丈夫です」

彼の手がそっと離される。けれど、まだ自分の手はひどく熱を持っていた。

希望が聞き入れられてほっとしたはずなのに、温《ぬく》もりを手放したことがなぜか寂しい。

「……では、一度棟に戻って、それから出かけます。痛み止めの軟膏を持って行きたいので」

今から会いに行く人物へは毎回手土産として、新種の薬草や薬を差し入れることにしている。行商という職種から、薬が必要な人を見極めて届けてくれるからだ。

レティーツィアはクロヴィスの手の感触を振り切るように、研究棟へ向かった。

＊

レティーツィアの供でやって来たのは、侯爵邸から徒歩でも行ける距離にある集落だった。

侯爵邸は王都でもかなり外れた場所に位置しており、貴族街よりも平民たちが多く住む地域に近い。

高位の貴族になるほど平民とは距離を置くものだが、こういう部分でもストクマンの者たちは変わっていた。

(でも、その感覚が心地いい)

整備のされていない土道を慣れた様子で進んでいくレティーツィアを眺めていると、表情が緩んでいることを自覚する。クロヴィスは誰に指摘されたわけでもないのに、気恥ずかしくなった。

「着きました、ここです。この家に、お世話になっている行商人のおばあさんが住んでいるんです」

彼女に案内された家は、なんの変哲もない木造の平屋である。周囲の草木が家屋を覆い隠す勢いで生い茂っており、森の中にある隠れ家の様相だ。

「ルファさーん、こんにちはー！」

木製の扉前で一度止まったレティーツィアは、大きな声で家の主を呼び、そのまま扉を開けた。もう何度も訪れているのだと感じさせる自然な動きだ。

彼女に続いて中に入れば、そこは四方に商品が置かれた雑貨店だった。主に日用品と少しの食料品があり、集落の住民の生活が垣間見える。

「おや、レティじゃないか。どうしたんだい？」

店の奥から出てきたのは、小さな老婆だった。長老と似たような年頃だが、行商という仕事柄か洒落《しゃれ》っ気《け》がある。異国情緒溢《あふ》れる長衣を身につけており、かなり目立つ格好だ。大きな目をぎょろりとクロヴィスへ向け、「男連れとは珍しいね」と目尻に皺を刻む。

「あんたも、とうとう恋人を連れてくる年になったんだねえ」

「ルファさん、違いますから……！　この方は、その……長老のご友人です。お客様として、一時的に研究棟にお招きされているの」

「……クロヴィスだ。邪魔をする」

「あたしはルファ。ご覧の通り、しがない行商人さ。狭い店だけど、ゆっくりしてっとくれ。今、茶でも出すから待ってな」

「ルファさん、わたしも手伝うわ」

レティーツィアは、ごく普通の町娘のようにルファと接している。彼女を知らない者ならば、祖母と孫だと思うくらいに親密だ。

（こんなに平民と同じように振る舞えるとは、また新たな一面を知ったな）

屋敷にいるときよりも口調は砕けていたが、やはり振る舞いは美しく品がある。彼女がひとりで歩いていれば、すぐによからぬ輩が声をかけてくるに違いない。

想像すると、クロヴィスは嫌な気分になった。何かが詰まったように胸がむかつき、形容しがたい感情が心に渦巻く。彼女の身に何事かあったら、と思うだけでも、焦りを感じてしまう。

（落ち着け。なぜこんな妄想だけで、心臓が痛くなる？）

通常とは明らかに違う感情を抱いている。普段と違うといえば、先ほどもそうだ。レティーツィアから言われなければ、ずっと手を握っていたかった。集落へ向かうという彼女に強引についてきたのもそうだ。心配だったのもあるが、それ以上に離れがたかったのだ。

「それで、何か話があって来たんだろ？」

ルファが、ふたり分の茶を淹れて木製の卓に置いた。レティーツィアは小さく頷き、「熊のことを聞きたいの」と、直截《ちょくせつ》に話を切り出す。

「ルファさんは、色々な人たちに会って話すでしょ？　その中で、熊の生態について何か情報はない？　できれば、眠り薬を作りたいの。それか、熊に効く毒草ってないかしら？」

「あんた……また、何か作ろうとしてるね？」

「ふふっ、さすがお見通しね。じつは、魔獣対策のために熊の弱点を調べているの。即死効果がなくても、眠っているうちに討伐できれば格段に怪我人《けがにん》が減ると思って」

弾むような声音でレティーツィアが言う。

『熊の魔獣用の眠り薬を作る』と心に決めると、そのあとは一目散に目的へ向かって駆けていく。そういうところは彼女の魅力であり、クロヴィスは好ましいと感じている。

普通の婚約だったなら、これまでの時間で良好な関係を築いていたはずだ。国王の命などでなければ、ふたりの関係は今と違っていた。少なくとも、長年にわたって放置する真似はしなかった。

（いや、そんなものは言い訳だな。俺は、特別な女性など作っている状況ではないし、作るつもりもなかったんだから）

六年前に婚約を命じられる前も、縁談の話はあった。だが、そのすべてをクロヴィスは断っている。騎士団の任務が優先だったし、自分が大切な人を作れば害されるかもしれない恐れがあった。

何よりも、まだ力のない状態で、国王・ウーリ・ハンヒェン・ホルストの不興を買うわけにいかなかった。クロヴィスが自身を脅かすことを恐れているからだ。

〝国王〟という立場に興味などないと――ウーリに敵対するつもりはないと示す必要があったのだ。

団長の任に就いた今は、己の身だけでなく団員の命も守れるようになったと自負しているが、この境地に至るまでに相当の苦労を重ねている。それゆえに、結婚などまったく考えていなかった。レティーツィアからすれば、とんだ外れくじを引かされたようなものだろう。

（本当に、最低だ）

生き残ることだけに必死だった。国王との関係も予断を許さず、いつ刺客が放たれるか気を抜けない。にもかかわらず、優しい心根を持った婚約者を前に、どこか浮かれている。年甲斐もなく、と内心で己を嘲笑《あざわら》うも、視線は常にレティーツィアを追っている。

「残念だけど、これといった情報はないよ。そもそも、魔獣化していない熊だとしても遭遇して生き残っている人間のほうが珍しいからね。ただ……東方にある国の話で、面白い言い伝えがある」

「東方？　そういえば、ルファさんの衣装も東方のものよね。医術も発達しているというし、一度行ってみたい国だわ。珍しい薬や薬草もたくさんありそう」

レティーツィアは瞳を輝かせ、ルファと話を咲かせている。

明らかにこの場でのクロヴィスは異端だ。よくよく考えてみれば、彼女とは共通の話題がほとんどない。まだ知人の域を脱するのは難しそうだ。

つい眉間に皺を寄せ、それを揉み解した。するとそのとき、ルファがククッと喉を鳴らすように笑う。

「そこの色男、退屈かい？　女の話は長いからねえ」

「いや、待つのは嫌いじゃない。彼女には思うままに過ごしてほしいから、俺のことは気にしないでくれ。それに、レティはあなたと話していると嬉しそうだ。よほど慕っているのだろう」

レティーツィアが楽しそうに笑っているのを見ているだけで、有意義な時間を過ごせている。一緒にいると何もせずとも満たされるのだ。

「そうかい。それならいいよ。くくくっ、なかなか熱烈な御仁じゃないか」

呆れたように肩を竦めたルファとは対照的に、レティーツィアは恥ずかしそうにしている。

「もう、ルファさんったら……それよりも、東方の言い伝えについて聞かせてください」

「はいはい、焦りなさんな。――今から数十年前、東方で魔獣化した熊が出た。それまでは、魔獣化しても兎《うさぎ》や狐《きつね》みたいな、そこまで攻撃力の高い動物じゃなかったもんだから、そりゃあもう戦々恐々さ。討伐隊なんてものも、そのころにはなかったって言うし、被害に遭わないよう祈るしかなかった」

しかし、悲劇が起きる。山深くの村へ向かっていた行商が、熊の魔獣に遭遇したのだ。

「その行商は、自分が持っていた商品をすべて魔獣に向かって投げたそうだ。もちろん、そんなことしたって魔獣は撃退できやしない。必死で逃げようとしたが、腰が抜けてその場から動けなくなっちまった。いよいよ最期を迎えるのか……そう覚悟したとき、魔獣の様子がおかしいことに気づいたそうだ」

その行商が最後に投げたのは、とある薬品の入った小瓶だった。転がった小瓶を魔獣が踏み潰したところで異変が起きる。

突如、魔獣の巨体が地面に沈んだのだ。

「死んだわけじゃない。ただ、戦意は完全に喪失していたそうだ。これ幸いにと、行商は逃げ帰ることができたって話さ。それ以来、東方の行商の間では『山道を歩くときは、必ず小瓶を持ち歩け』って言い伝えがある。まあ、お守りみたいなもんさ」

「その小瓶に入っていた薬品が、熊の魔獣に効いたってことですね？　なんの薬だったんですか？」

前のめりになり、レティーツィアが尋ねる。茶を啜《すす》っていたルファはニヤリと笑った。

「精力増強剤……俗に言う〝媚薬〟ってやつさ」

「び……っ、媚薬……？」

予想外のことだったのか、彼女はひどく狼狽《ろうばい》していた。

「どうしてそんなものが効くのかしら……」

「さあねえ。人間にとってはただの精力増強剤でも、魔獣にとっちゃ毒ってこともあるんじゃないかい。何せ、魔獣なんていつ発生したのかもわからない未知の生物だ」

「たしかに……そうですよね……」

（これは、また夢中になっているな）

レティーツィアの面白いところは、人との会話でどんどん思考が研ぎ澄まされていくところだ。クロヴィスと話していたときも、『眠り薬を用いて魔獣を無力化できる可能性』を思いついている。今までに先人たちが成功しなかった手法であろうと、臆することはない。自分が行動しない理由を探すよりも、何ができるかを考えているのだ。

なぜそこまで前向きになれるのか。なぜそこまで強く在れるのか。

彼女の言動が羨ましかった。人の——特に、貴族という特権階級に属する人間の悪意に晒され続けてきたクロヴィスは、己の感情を殺すことでしかやり過ごす術を知らない。どのような理不尽であろうと、心がなければ痛みもしない。そうして、戦いに身を投じてきた。

ところがレティーツィアは、常識に囚われず行動を起こしている。彼女を見ていると、クロヴィス自身のほうが、よほど忌み嫌っていた〝貴族〟という存在に縛られていたことに気づく。

（俺は、ずっと孤独だったのかもしれない）

信じられるのは己の剣のみで、他人の純粋な善意などありえないと思った。利を提示しなければ、誰も自分のことなど気にも留めないと考えていた。

だから騎士団でも、自分の価値を示してきた。危険な任務でも常に先陣を切り、数多の魔獣を屠ってきた。与えられた褒賞は団員たちに平等に分け与え、『騎士団にいれば生活に困ることはない』と認識させ、命がけの討伐に見合った対価を提示して見せた。

その甲斐あって騎士団の士気は高く、死者もほぼ出ていない。この二年間で、ストクマン侯爵家から低価格で高品質な薬を提供されているおかげでもある。

クロヴィスが戦ってきたのは、ある意味で自分のためだった。他人のために自らのすべてを捧げるような生き方などできるはずもなかったし、そんな目出度《めでた》い人間は物語の中にしか存在しないと思っていた。

(それなのに、あなたは……)

レティーツィアの身分であれば、もっと楽に生きられる。餓《う》える心配もなければ、命の危険もない。何もせずとも、侯爵家という盾が守ってくれるだろう。

だが、彼女は騎士団に――クロヴィスに寄り添ってくれる。今まで無視し続けてきた婚約者を受け入れ、力になろうとしてくれる。

ずっと独りだったクロヴィスは、心を閉ざして生きてきた。それなのに、レティーツィアの優しさに触れると、どうしようもなく心が浮き立ち、癒やされている。

「レティ、考えるならここでじゃなく研究棟にしな。そのほうが、すぐに作業できるだろ」

「あっ……すみません！　そういえば、ルファさんに新しい薬を持ってきたのに、渡すのも忘れてました。これなんですけど……」

ルファに声をかけられて我に返ったレティーツィアが、手土産の軟膏を差し出す。

「これ、痛み止めの軟膏なんです。ハッカが入っているので、塗るとスーっとしますよ」

「ああ、それなら先に、隣の家のマリーに分けてあげてくれるかい？　あたしと同じ年頃だからか、最近膝が痛いって言ってるんだよ」

「それなら、今ちょっと行ってきますね」

さっそく扉を開けたレティーツィアを、慌てて呼び止める。

「レティ、俺も行く」

「大丈夫です、すぐそこですから」

「そうそう、この集落にレティを傷つける不届きな輩はいないよ」

ルファの言葉に嬉しそうに頷き、彼女は止める間もなく出て行ってしまう。

侯爵家の令嬢が、率先して使い走りをしている。実際に目撃していなければ、信じられない光景だ。自分が貴族であることを鼻に掛けていないからこそ、当たり前のように動けるのだろう。

「さて。あの子がいない間は、あたしがお相手をしようじゃないか。……『黒騎士団』のクロヴィス・バルバストル騎士団長」

「……俺を知っていたのか」

「ストクマン侯爵令嬢と一緒にいて、〝クロヴィス〟って名前なら騎士団の団長だと誰でもわかるさ。それにこれでも、あんたらが生まれる前から行商をやってるんでね。商人は情報が命なんだよ」

不敵に笑ったルファは、レティーツィアが出て行ったばかりの扉を眺め、ため息をつく。

「旦那から聞いてるよ。あんた、このところ侯爵家に居着いてるんだって？　いったいなんのために、今さらあの子に関わるのさ」

「旦那……誰だ？」

「ああ、ブレドウだよ。あたしらは夫婦で、もともとブレドウはここに住んでた薬師だったんだ」

まさか、長老とルファが夫婦だとは予想していなかった。クロヴィスはやや驚きつつ、「あなたも、長老と同じなんだな」と、無意識に口角が上がった。

「ふたりとも、レティーツィアを心から案じている。彼女の人徳なのだろうな」

「あの子は、身分に関係なくあたしらを扱ってくれるからね。ここの住人は、レティの調合した薬に何度も助けられてる。あの子に恩を感じてるんだ。だからね、団長さん。いくらあんたが有名な『黒騎士団』の団長で、魔獣からあたしらを守ってくれようと……あの子を蔑《ないがし》ろにする男なら許さないよ」

「……わかっている。俺も、後悔しているんだ」

「へえ？　それじゃあ今後は心を入れ替えるってわけかい。ずっと知らんぷりしてきたのに、今さら婚約者として振る舞うって？　ずいぶん虫が良い話だねえ」

容赦のない台詞を受け止めて拳を握りしめると、眉間に懊悩の縦皺《たてじわ》を刻む。

ルファに言われるまでもなく、身勝手な話だ。それに、国王に知られた場合の危険は計り知れない。国王は、クロヴィスが幸せになることをけっして許さず、大事にしているものは根こそぎ奪おうとする。もしもレティーツィアを婚約者として扱うようになれば、あの男なら必ず横やりを入れてくる。

「俺は、レティーツィアに感謝と謝罪をしたい。彼女を蔑ろにする真似は絶対にしないし、傷つけられないよう守る。たとえそれが、何者であってもだ」

仮に彼女に何か危機が迫れば、絶対に駆けつける。身を挺《てい》してでも守ろうと思う。それは、婚約者だからではなく、レティーツィアだからだ。

自分のためではなく、彼女のために行動したい。そんな思いに駆られるのは初めての経験で、クロヴィスは妙に落ち着かない気分で自身の口元を片手で覆う。

ルファは、「なんだい、こっちまで照れるじゃないか」と、くくっと笑った。

「その言葉、信じるよ。あんたがあの子を大事にするなら、あたしらもあんたを大事にすると約束しよう。レティは今や平民たちにとってなくてはならない薬師だからね」

「彼女はこの二年で、それほどの信用を得たのか」

「ブレドウたちの助けはあったけど、あの子の人柄だね。薬を渡して終わりじゃなく、その後も見舞ってくれるんだよ、レティは。『病気になっても、レティの薬があれば大丈夫』ってこの辺のやつらには常識になるくらいに、皆に愛されてるのさ」

レティーツィアを見ていれば、皆に愛されているのがよくわかる。ひたむきな姿を見ていると励まされるし、何より笑顔になる。周囲を巻き込む力は、彼女の大きな武器だ。

「団長さんとは長い付き合いになりそうだ。お近づきの印に情報をあげるよ」

茶を一気に飲み干したルファは、わずかに声を潜めた。

「国王が、国外から暗殺者を雇い入れたって噂《うわさ》になってるよ」

「なに？」

それまでの空気が一変し、緊張感が高まった。

クロヴィスには国王を注視せねばならない事情がある。命を狙われているからだ。それも、あえて長く苦しむようにとどめは刺さず、何度も何度も襲撃を繰り返すのである。

しかも王都にいるときではない。決まって、討伐へ向かっているときだ。国王は、クロヴィスが王都ではなく別の場所で死ぬことを望んでいる。自らの翼下《よくか》で血を流したくないのだろう。

「国王が何をしようと考えてるのかは知らないよ。けど、三日ほど前の晩に、城に引き入れたって話さ。まったく物騒なもんだね」

「……なぜ、その話を俺に？」

「『黒騎士団』が、国王からよく思われていないらしいのは知ってるからね。ほかの騎士団と比べても明らかに討伐回数が多いだろ。それなのに、褒章はほかと一律だ。なんなら、ほかより少ないって話まである。それに、中央政界とは距離を置いてるストクマン侯爵の娘と婚約させたのが何よりの証拠さ。バルバストル公爵家と有力な家門を結びつけたくなかったと考えるのが自然だろ」

ルファは鋭い視線をクロヴィスに投げると、やれやれというように肩を竦めた。

「……と、まあ、今までの状況を照らし合わせると、団長さんは国王に嫌われてるって話になる。べつに、あたしらは理由に興味はないよ。情報屋には『金になる事実』しか価値はないからね」

「参考までに聞くが、今の情報の値段はいくらだ？」

「重要度によって値段も違う。けど、銀貨五枚は欲しいところだね。高位貴族であるほど情報が取りにくいうえに、国王の情報なんてなかなか貴重だ」

「では、銀貨五枚を事前に払う。だから、国王について何かわかったときは、些細な情報でも構わないから教えてほしい」

手札を開示したうえで、自身の方針を示すルファに二心はないだろう。それに、レティーツィアを気遣う情もある。信用に値すると考えて問題はない。加えて、こちらの事情を深掘りしないところもいい。『情報屋には「金になる事実」しか価値はない』という言葉に嘘がない証拠だ。

「いいよ、わかった。バルバストル騎士団長閣下の依頼、しかと承ろうじゃないか」

愉快そうに言いながら、ルファが手を差し出す。クロヴィスが懐から取り出した銀貨五枚を手に乗せると、「これはオマケで教えるけど」と、銀貨を卓の引き出しに収納しつつ続けた。

「暗殺者は、西国の人間だって話だ。基本的には接近戦は好まないと聞いているけど、体術にも秀でているらしい。弓術が得意だってことだから、頭に入れておくといいよ」

「なるほど。情報、感謝する」

ごく当たり前に告げると、ルファが丸い目を大きく見開いた。

「身分の低い人間に感謝だなんて、あんたもレティと同じくらい変わってるねえ。貴族社会じゃ生きづらそうだけど、あたしは嫌いじゃないよ」

皺の多い小さな手を差し出され、その手を握る。

国王が暗殺者を雇ったこと、その者たちの得意戦術。これらがわかるだけでも、格段に戦いやすくなる。

（おそらくは、次の秋季討伐で仕掛けてくる）

刺客に襲われることがわかっていれば、いくらでも備えておける。

思いがけず得た行商人ルファとの繋がりは、レティーツィアから齎《もたら》されたもので――クロヴィスは、彼女に助けられている事実を改めて自覚した。

＊

クロヴィスとルファの店へ行ってから七日ほど経った。

レティーツィアはその間、ほぼ研究棟で過ごす日々を送っている。東国の言い伝えに倣い、媚薬を作ろうとしているのだ。

とはいえ、簡単にできる代物ではない。というのも、東国はルファの服装からもわかるように、独自の文化を形成している。薬学も同様で、王国やその他の国々で広まっている薬の生成法では東国と同じ製品は作れなかった。

(東国の薬が出回っていないのは、生成方法を流失させたくないからかも)

文献で調べた主な成分となる薬草や植物の実を調合し、試薬を作ってはいる。だが、魔獣どころか人間にも効かないような失敗作ばかりが積み上がるばかりだ。

「……秋季討伐までには、必ず完成させないと」

実際に媚薬が完成しても、魔獣に効くかどうかは賭けになる。それでも、何もしないよりもずっとマシだ。レティーツィアにできるのは、クロヴィスや騎士団が無事に戻れる可能性を高めること。そのための製品を作る。それだけだ。

気持ちを入れ替えて、机に向かう。これまでに試した配合は、すべて記録している。侯爵家に代々伝わる薬師が残した文献も参考にしているが、思ったような成果が上げられない。

すでに窓の外には夜の帳《とばり》が下りていた。毎晩遅くまで棟にこもっているためアウラが心配するのだが、媚薬の完成まではこの生活になりそうだ。

「何が足りないのかしら……」

薬師たちの知の結集を開いても答えが得られず、頭を抱えたとき、開け放していた扉からクロヴィスが入ってきた。

「まだ残っていたのか」

「は、はい。クロヴィス様は、どうされたのですか？」

思わず立ち上がって出迎えると、彼は腰に下げていた剣を指し示す。

「鍛錬をしていた。宿泊棟へ戻ろうとしたが、明かりがついていたから寄ったんだ」

「そうでしたか……。お気を煩わせて申し訳ありません。わたくしも屋敷に戻りますので、クロヴィス様もお休みになってください」

レティーツィアが笑顔で告げると、彼は小さくため息をつく。

「あなたは、ルファの店に行って以降、ずっと夜遅くまで研究しているだろう。昨晩もその前も、棟には夜半まで明かりがついていた」

「……ご存じだったのですね」

「ああ」

レティーツィアに歩み寄ったクロヴィスは、そっと頭を撫でた。

「俺は、あなたのことが気になってしかたない。どこで何をしていようと、レティーツィアのことを常に頭の片隅で考えている」

「え……」

（そういえば、集落に行ったときも心配してくださっていたものね）

回帰前には知らなかったことだが、彼はかなり面倒見がいいようだ。労《ねぎら》うように撫でてくれる手のぬくもりを心地よく思いながら、彼を見上げた。

「ありがとうございます。クロヴィス様は、優しい方ですね」

「……俺の感情が正確に伝わっていない気がする。気のせいか？」

「理解は……していると思いますが……」

「いや、そうだった。言葉が少ないなら、伝わるように工夫する必要があったんだ」

ひとり呟いたクロヴィスは、レティーツィアの後頭部を引き寄せた。

突然抱きしめられたレティーツィアは、頭の中が真っ白になり、瞬《まばた》きすら忘れて立ち尽くす。

（どういうこと……⁉）

鍛錬後だからか、彼からはほんのり汗の香りがした。しかし不快なものではなく、むしろ胸がドキドキと高鳴っている。

「許されるなら、常にレティーツィアに触れていたい。俺の目の届かない場所に行かないでほしいし、傍にいてほしいと思うようになった。こんな感情は今まで抱いたことがない。あなただけが特別なんだ」

至近距離で響く彼の声が甘く耳朶《じだ》を擽《くすぐ》る。何か答えないといけないのに、まるで石像になってしまったように動けずにいる。

「今まで文ひとつすら寄越さなかった婚約者が、何を今さらと誹《そし》られてもしかたない」

「そっ、そのようなこと……おっしゃらないで、ください」

レティーツィアは彼を見上げると、意を決して口を開く。

「クロヴィス様にご事情があったのは、存じ上げています。父から、陛下とのご関係を聞いたのです」

「……そうか。あなたも知っていたのか」

事情的に呟いた彼は、ぽつぽつと語り始めた。

「先代の国王陛下と王妃の間には、子どもがひとりしかいなかった。しかしその子ども……ウーリ・ハンヒェン・ホルストは、幼いころは母親に似て身体が弱かったそうだ」

王家の血を絶やさぬためには、子がひとりでは心許ないと考えた先代国王は、もうひとり男子を儲けたいと願った。だが、王妃は身体が弱く、今一度の出産に耐えられる体力はなかったという。

「そこで先代国王は、自分の侍女として働いていた女に子を産ませることにした。それが、俺の母だ」

先王の思惑通り、侍女は男子を産んだ。子どもはクロヴィスと名付けられ、第二王子として王宮で育てられるはずだった。

ところが、クロヴィスが生まれて一年経たぬうちに問題が起きる。

「俺の母が、王妃によって毒殺されたんだ」

「っ……」

以前、父から聞いていたこととはいえ、レティーツィアの心は鋭い痛みを覚えた。

先代国王の妃――現国王ウーリの母は、自身の子の立場を守るために、クロヴィスとその母の殺害を企てた。

王妃から私的な茶会に招かれたクロヴィスの母は、そこで毒入りの茶を飲まされた。ほとんど即死の状態だったという。王宮は一時混乱し、騒ぎに乗じてクロヴィスも暗殺されかけた。

それを助けたのが、王宮に参じていたバルバストル公爵だったそうだ。

「暗殺事件の黒幕が王妃だと知った父は、『王妃の処罰』と『第二王子の安全確保』を先王に求めた。だが、王妃は二大貴族と呼ばれ、バルバストル公爵と双璧を成す公爵家の娘だったことから、事件は極秘裏に処理されることとなった」

実行犯は処刑されたものの、王妃は離宮に幽閉されるに留まった。表向き事件は解決したように見せかけたが、実際は問題を隠蔽したに過ぎなかった。

「王妃が幽閉されたあとも、俺は命を狙われ続けたそうだ。そこで父が、『第二王子を公爵家の養子にしてはどうか』と提案した。このままでは近い将来命を落とすだろうと……『王子という身分を捨て、公爵家の息子として生きればいい』と言ってくれたと聞いている」

王位継承権を放棄すれば、王妃も納得するのではないか。周囲の大臣らも先王に進言したが、王の了承は得られなかった。

『第一王子だけでは先行きが不安だ。いつ何が起きるかわからん。公爵の家に預けるが、王位継承権は、ウーリが即位し治世が安定するまで、向こう十年間は残しておくように』

それは、今から二十四年前。クロヴィスがまだ二歳の出来事だった。

「二歳で俺がバルバストル公爵家に引き取られ、その八年後に先王は逝去している。先王を追うようにして王妃も亡くなった。それを契機に、平和だった公爵家での生活が一変したんだ」

先王亡き後、新たな国王として弱冠二十歳のウーリが即位した。そして、父王と同じく王妃となる娘を二大公爵家の一翼より娶《めと》った。これにより、現王はバルバストル公爵ではなく、もう一方の公爵家を引き立てるようになっていく。

「現王が結婚してから五年は、まだよかった。だが、妃に子ができなかったことで、俺はふたたび命を狙われるようになった」

「そんな……」

レティーツィアは、クロヴィスが語る内容の過酷さに茫然とする。

父からある程度聞いてはいたが、実際に当事者から聞くと衝撃が強くなる。彼にはなんら非はなく、ただこの世に生まれてきただけ。たまたまそれが、王家という場所だっただけだ。

（それなのに、どうしてこの方ばかり……）

憤るレティーツィアを宥めるように背を撫でたクロヴィスは、ふっと吐息を漏らす。

「公爵家で暮らしていると、迷惑をかけることになる。そこで俺は公爵家とは距離を置くために、騎士団に入団した。ちょうど十五の年だった。それからは、必死で騎士として身を立ててきた。気づけば団長職になるくらいに剣の腕は上がったが、それでも刺客は定期的に現れていた。現王は、母親が失脚する切っ掛けとなった俺の存在が許せないんだろう」

それでも、刺客を退けていたクロヴィス。ところが、このところ現王の動きが怪しいという。

「ルファからの情報によれば、国王は西国から暗殺者を雇ったようだ。おそらく、秋季討伐の間に仕掛けてくるつもりだ。今までの刺客は国内の裏稼業の者たちだったが、今回は相手もかなり本気になっている」

「な……なぜ、暗殺者なんて……」

「国王の遺言が原因だろう。『クロヴィスが三十歳を迎えるまでに、ウーリに後継者がいない場合は、速やかに退位すること』『ウーリが退位したあとは、クロヴィスが王位に就くこと』――だが、現王と王妃の間にはいまだに子がいない。あの男がこの先も王でいるためには、あと四年しか猶予が残されていないことになる。俺は王位など必要ないのに……先王も現王も、何をしていても俺の人生に介入してくる。放っておいてくれればいいものを」

吐き出すように告げられたのは、彼の本音だった。

クロヴィスの話を聞いたレティーツィアは、ようやく回帰前に起こった悲劇の理由を知る。

（ご自分に刺客が放たれても耐えて、耐えて、生き抜いてきたのに……団員に被害が出たことで、看過できなくなったのだわ）

王位に興味はないと示してきたにもかかわらず、現王はクロヴィスの影に怯えている。亡き王妃への思いも相まって、執拗《しつよう》に命を狙ってきた。

それでも、まだ自身の王位が揺らがなければ、あるいは彼を捨て置いたかもしれない。けれど、先王の遺言があり、ウーリの立場が盤石でないからこそクロヴィスを憎んでいたのだ。

「クロヴィス様は……何を、望まれておられますか」

レティーツィアは彼の目をまっすぐに見つめ、今後重要な指針となる問いを発した。

クロヴィスは、王家に人生を狂わされたといっても過言ではない。いつでも第一王子の身代わりとなれる存在とすべく生を享《う》けただけでも遣《や》る瀬《せ》ないのに、まだ赤子のとき理不尽に母を毒殺された。その後も、王子としての待遇を享受できず、それどころか命を狙われている。

王家によって、人生を、自由を奪われてきた。恨み、憎んでも当然だと思える状況だ。

（わたしは、クロヴィス様が抱えてきた苦しみをわかっていなかった）

もしも彼が、ウーリへの憎悪を募らせているのであれば、回帰前にあった出来事はふたたび現実となる可能性が大きい。あの悲劇は、団員が命を失ったことが切っ掛けで、積年の恨みが現れた結果なのではないか。

「……俺の望みは、さほど大きなものではない」

しばし黙考していたクロヴィスは、ぽつりと呟いた。

「自分の周囲の人間を守りたい。それだけだ」

（この方は……自分が傷つけられるよりも、人を傷つけられることを厭《いと》うのだわ）

今までの人生で、己の境遇を嘆いたこともあるはずだ。それでも彼は、王家に復讐を考えていない。愚直なまでに、周囲の人々へ想いを馳せているだけだ。

不器用な人だ、とレティーツィアは思った。彼の生き方を知り、胸が締め付けられる。他者へ心を砕くくせに、自分自身には無頓着なのだから目が離せない。

「わたくしは、クロヴィス様の望みが叶うようにお手伝いしたいです」

命がけの任務に身を投じ、自らが傷つくことを恐れない。だからレティーツィアは、彼を守りたいと、今、強く感じている。

「クロヴィス様も、騎士団の方も、誰も傷つかないように。必ず、魔獣討伐の助けになる薬を完成させてみせます。ですから……どうか、独りにならないでください」

騎士団長を務める彼は、この国の誰よりも強い武を誇っている。それは、回帰前に見た光景からも、魔獣討伐で功績を挙げてきた実績からも明らかだ。

だからこそ、全部ひとりで背負ってしまう。けれど、誰の助けも必要ないくらいに強い人であろうと、辛くないわけではないはずだ。

「あなたは、俺の心まで救ってくれようとするのか」

彼の目が穏やかに細められ、レティーツィアを見つめた。

間近に迫った相貌は見入ってしまうくらい美しく、神の祝福を受けているのかと思うほどだ。本来であれば、その功績から大勢の称賛を浴びるだろう彼が孤独なのは、あまりに寂しいことではないのか。

彼を救うなどと、胸を張って答えられるほど強くはない。それでも、これだけは断言できる。

「クロヴィス様は、わたくしを助けてくださいました。陛下を恐れて口がきけなかったあの日、わたくしに代わって婚約を受け入れてくださったときから……クロヴィス様は英雄なのです」

笑顔で告げた、次の瞬間。

「レティーツィア、あなたのためであれば、俺は悪人にも英雄にもなれる」

言葉とともに、感情をぶつけるような口づけをされた。

彼の舌先が唇に割り入り、口内に侵入する。突然の行為に驚くも、大きな手のひらに後頭部を押さえられ、身動きが取れなくなった。

「ん……っ」

舌の表面を撫でられてぞくりとする。彼と唇を合わせるだけでも信じられないのに、深いキスをするなんて想像すらしなかった。

なぜクロヴィスに、恋人がするような行為をされているのか。考えが及ばないけれど、嫌な気持ちはまったくなかった。彼が、不誠実な人ではないと知っているから。

口内を舌でくすぐられ、唾液が溜《た》まってくる。舌を動かすたびにくちゅりと淫らな音が耳に響き、一気に頬の火照りが増した。

レティーツィアは、夢を見ているような心地だった。彼にとって自分は取るに足らない人間で、記憶の片隅にも置いてもらえない存在だと思っていた。

もしも彼が、この先、闇に呑まれそうになったとき、踏《ふ》み留《とど》まれる理由のひとつになれたらいい。

それが、レティーツィアのひそかな望みだ。

「は……ぁっ」

唇が離れると、指先で頬を撫でられる。息が整わぬまま見つめれば、彼の視線は逸《そ》らされることなくレティーツィアに注がれていた。

「覚えていてくれ。俺は、もっとあなたに触れたい。こんなことを思うのは、人生で初めてだ。知人でも友人でも足りない。レティーツィアとは、特別な関係でいたい。そのためなら、なんだってするつもりだ。この六年間の失態は、絶対取り戻してみせる」

いつになく強いクロヴィスの言葉に、心臓が早鐘を打つ。

口づけの感触と、それ以上に熱い彼の言動に、レティーツィアは心を奪われていた。


それから数日が経ったが、普段とは違う光景が研究棟で毎日観測されるようになった。

クロヴィスが、レティーツィアの研究を同じ部屋でずっと眺めているのである。

むろんそれだけではなく、鍛錬を済ませ、研究員たちが行なうような雑用も積極的にこなしている。

そのため、誰も口を出せずにいるが、異様であるのは変わりない。

「お嬢様、あれ、なんとかなりませんかねえ⁉」

扉の前でずっと立ち続けているクロヴィスを見かねて、ジェイクが抗議する。

「〝あれ〟なんて言うものではないわ。それに、わたくしに言われても……」

口づけを交わした翌日からこの調子で、レティーツィアの傍を離れようとしなかった。口の悪いジェイクは、最初こそ『お嬢様はいつの間にイヌを飼い始めたんです？』などと失礼なことを言っていた

が、何日も同じ状態とあり気になってきたようである。

彼は、レティーツィアだけを一心に見つめていた。基本的に無表情だが、目が合えば嬉しそうだし、薬草畑に行くと言えば後ろから一定の距離を保ってついてくる。

邪魔をすることがないため皆黙認しているが、心の中では『本当に黒騎士団の団長か？』と思っていることだろう。

クロヴィスの視線を感じつつ考えていたレティーツィアだが、しっかり手は動かしている。

今日配合した材料を紙に記し、媚薬と似た効果のある薬について書かれた書物を読み直す。しかし、文献にある薬草を同じように配合しているにもかかわらず、なぜか媚薬ではなく意味のない液体が出来てしまう。

「この本には、薄い緑色の液体になるって書いてあるのに……なんで茶色いのかしら」

「そんなの、失敗してるからに決まってるじゃないですか」

「わかっているわ。その理由がわからないから、苦労しているんじゃない」

ジェイクに答えてため息をついたとき、クロヴィスが興味深そうに近づいてきた。

「これは、どうして失敗したとわかるんだ？」

「文献に記された製法通りに製薬したのですが、色味がまるで違うのです。肌に試し塗りしても、まったく変化はありませんでした」

「……自ら試しているのか？」

やや驚いたようなクロヴィスに答えたのはジェイクだった。

「人間相手の薬の場合は、また別なんですけどね。今回は対魔獣用なのと、媚薬っていう特殊な薬なので、自分で試すしかないんですよ。まあ、副作用がありそうな危ないものは試しませんけど」

ジェイクの言うように、今回は特殊なケースである。

薬液の場合、経口摂取が主な使用法だが、今研究しているのは皮膚からも吸収させる形のものだ。魔獣は巨体のため、的が大きく投擲《とうてき》が可能なこと。進撃経路に媚薬を仕掛け、足や手など体毛に覆われていない部分から薬を取り込ませることを目的にしている。

「少量を指先ですくって、手のひらに馴染《なじ》ませるのです。媚薬の効果と言われている〝体温の上昇〟や〝酩酊《めいてい》感〟が出れば成功なのですが……いまだに、それらの状態は得られません」

レティーツィアが小瓶を見て肩を落とすと、クロヴィスが手を差し出してくる。

「少し見ても構わないか？」

「ええ、もちろんです。ですが、直接皮膚に液体を塗布しないでください。クロヴィス様にもしも異変が起きては大変です」

「多分、大丈夫だ。昔から毒を盛られていたから耐性がある。大概の毒物は効かない」

なんでもないことのように言うクロヴィスに、周囲がギョッとする。

（きっと、陛下の刺客の仕業なのね……）

王族は毒殺を防ぐ目的でわざと少量の毒を摂取し、耐性をつけるという話も聞く。だが、彼の場合は違う。幼いころに公爵家に避難しなければならないほど命を狙われてきた。その中には、毒物を用いた暗殺もあったに違いない。

耐性がつくまで毒を盛られるとは、どれだけ苦しかっただろう。クロヴィスの歩んできた過酷な人生を思って胸を痛めていると、彼は媚薬の入った小瓶の蓋を開けた。

「これは、無色透明なんだな。それに、無臭だ。媚薬というから、もっと何か特別な香りがするのかと思っていた」

「え、ええ……文献の記述では、媚薬は無色透明だと……」

説明していたレティーツィアは、そこでハッとする。

（そういえば、香りについては何も書かれていなかったけど……熊は臭いに敏感だとクロヴィス様が言っていたわ。ということは、東国の媚薬はなんらかの香りがついていたのかも……！）

「ジェイク！　東国でも使われている薬草や植物ってある？」

「東国……それなら、幹生花《かんせいか》の実を乾燥させたものが倉庫にありますよ。あれって確か、東国に多い植物だって話ですけど」

「それなら、今まで作った媚薬を土台にして、幹生花の実を配合してみるわ。ひとまず幹生花を中心に、ほかにも東国産の薬草や植物を探しましょう」

ジェイクはすぐに頷き、手の空いていた研究者たちを呼び集めている。

「クロヴィス様、ありがとうございます。先ほどいただいた感想が糸口になりそうです」

「……そうなのか？　役に立ったのならいいが、俺よりもレティーツィアの閃きが素晴らしい。薬効の高い治療薬は、こうして作られていたのだな」

「はい。気が遠くなるような地道な作業です。ですが皆、自分たちの作った薬が誰かの助けになるのを励みに研究を続けています。今回は新薬ではないので、方向性がわかっているのはありがたいですわ」

閃きが正解とは限らないし、実際は不正解であることのほうが多い。だが、研究とは九十九回の失敗があろうと、百回目には成功を信じて続けるものだとレティーツィアは考えている。そして、研究棟の皆も、同じ考えの持ち主たちだ。

「お嬢様――！　幹生花の実、倉庫にある分を持ってきたけど」

「ありがとう！　半分だけ個室へ運んでくれる？　細かく配合を調整して試していくわ」

「それなら俺たちは、幹生花以外の東国原産の植物を試してみます」

「ええ、お願いするわ」

ジェイクとやり取りを交わすと、クロヴィスに視線を戻す。

「クロヴィス様、わたくしはこれから個室にこもります。ほかの皆も少し忙《せわ》しなく動くと思いますが、あまり気にしないでいただけると助かります」

「わかった。邪魔をしないようにしよう」

状況を正しく把握したクロヴィスが、レティーツィアの肩にそっと触れた。

「媚薬が完成することを願っている。ただし、あなたは夢中になりすぎて寝食を忘れてしまうと長老から聞いている。くれぐれも、無理はしないでくれ」

「はい、お気遣い感謝します」

彼に触れられた肩から伝わる優しさに、レティーツィアは微笑んだ。

それからすぐに個室にこもり、幹生花の実と失敗作の媚薬との配合を始めた。

こうした研究が奥深いのは、わずかな量の違いでも薬効がまったく変わってしまうところだ。だからこそ、慎重を期してひとりで集中する必要があった。

幹生花といっても様々な種類があり、東国で自生している種は総じて甘い香りが漂っている。以前、しびれ薬の研究をしていた際に取り寄せたものだった。

幹に直接実がなる植物で、円柱状で両端が細い実の中に十数個の種子がある。使用するのはこの種子の部分で、乾燥させたものをまず粉状に磨《す》りつぶした。

これを今までの失敗作である液体状の媚薬に溶かしていこうとしたのだが、かなりの時間を要した。粉状にした種子が液体に馴染まないのである。

（これは、根気が必要ね。時間がかかりそうだわ）

目の前にある大量の種子と媚薬を前に、覚悟を決めるのだった。


——数日後。レティーツィアは疲労が色濃く残る身体を椅子から引《ひ》き剥《は》がし、うんと大きく伸びをした。食事と就寝以外はほぼ研究棟の個室で試薬を作っていたが、ようやく形になってきたのだ。

窓の外は真っ暗だが、研究が大詰めになるといつものことである。ジェイクたちもやはり個室に入って集中しており、ほとんど顔を合わせていない。

研究棟の皆も、魔獣を討伐すべく、戦っているのだ。

(種子を加えた媚薬のほうが、甘い香りがするわ。それに、粘度も出てきたみたい)

レティーツィアは今回、幹生花の種子の配合率を変えた媚薬を五種作っている。左から種子の配合が少ないものを並べていき、右には一番多く種子を含んだ媚薬を置いた。透明な小瓶に入れたそれは、一見すればなんの変哲もない液体だ。

だが、蓋を開ければかすかに甘い香りが漂う。これが、前に作った媚薬と違うところだ。小皿に数滴垂らしてみれば、配合率の高いものはかなり粘り気がある。

「まずは、一番軽いものからね」

小皿に垂《た》らした液体をヘラに浸してすくうと、手のひらに塗り込む。種子の配合が少ないものについては、特別な効果は得られなかった。

五本のうちの二本は変化がまったくない。結果を紙に記録しつつ、三本目も同じように手のひらに塗ったとき、ぴりっと痺《しび》れるような感覚があった。

(これは……!)

レティーツィアは急いで手を拭くと、四本目の小瓶の蓋を開けた。

三本目で初めて変化が見られたということは、四本目では想定通りの結果が得られるかもしれない。今まで失敗してきた分だけ、期待が一気に高まってくる。

これまでの手順と同じように、ヘラを使って手のひらに液体を塗った。すると、先ほどよりも強い刺激に襲われる。ぞくぞくと肌が熱くなっていき、心拍が一気に上昇していく。

「あ……っ」

呼吸を浅く何度も繰り返す。意識が朦朧《もうろう》とし、熱くなった身体をぎゅっと抱きしめた。

(大丈夫よ……身体に害はないものだし、少しすれば落ち着くはず)

徐々に力が入らなくなってくるも、正しく媚薬の効果が発揮されていることが感じられるのは嬉しかった。

人よりも巨体で体力もある魔獣ならば、五本目の種子を一番多く配合しているものを使えばいい。それとも、もっと配合を高めたほうがいいのだろうか。

媚薬にどんどん侵されていく中でなんとか理性を保とうと思考を働かせたが、かなり難易度が高かった。意識が身体の高揚に引きずられるのだ。

レティーツィアはこれまで性的な欲求を感じたことはない。いや、つい先日、クロヴィスに口づけられたときは、わずかにそういう気持ちが生まれていた。

(クロヴィス様に、もっと口づけをしていただきたかったもの)

あれから顔を合わせるのは少し照れくさい。なんでもない風を装っているが、彼と会うたびに心臓が躍り狂っている。

クロヴィスは初恋の人だった。だが、回帰前に経験した悲劇の記憶は、レティーツィアに恋という感情を封印させた。

あえて自分の気持ちに目を向けず、彼がもう仲間を喪《うしな》うことがないように、傷つかずに済むように、自分なりに頑張っていた。それが、何も見ず、考えず、侯爵家に生まれながら責務を果たせなかった昔の自分に課せられた使命だと胸に刻んだ。

けれど、クロヴィスから気持ちを差し出されたことで、それまで抑え込み、忘れようとしていた恋情が鮮やかに蘇ってしまった。それも、以前よりもずっと強烈に。

(だって、実際にあの方とお話して……触れてしまったから)

彼の孤独を知り、寄り添いたいと願った。誰を恨むでもなく、憎むでもない。清廉で美しい彼の生き方は、レティーツィアの指針になっている。

触れたい、と言われて、嬉しかった。それは、回帰後に知った現在のクロヴィスに恋をしたからだ。

自覚すると、ときめきで胸が高鳴る。しかし、同じくらいに媚薬の効果で身体が火照っている。

(早く、治まって……!)

心の中で叫んだときである。

「レティーツィア、少しいいか?」

部屋の扉が控えめにたたかれ、クロヴィスの声が聞こえた。

驚いて止めようとしたが遅かった。扉が開いた瞬間、彼は「どうした!?」と、声を荒らげて駆け寄り、肩を抱き支えてくれる。

「具合が悪くなったのか？　すぐに長老を呼んでくる！」

「待って、ください……体調は、平気なんです。……媚薬のせいで……少し、身体が熱くて……」

「それだけか？　どこか痛むとか、苦しいとか、不調はないか？」

クロヴィスの問いにゆるりと首を振る。

彼は、見たことがないほど焦っていた。それだけ心配してくれているのだ。胸がいっぱいになり、クロヴィスをただ見つめる。すると、一瞬息を呑んだ彼は、そっと身体を離した。

「……少しだけ待っていてくれ。屋敷の部屋まで連れていく」

「あ……」

言うが早いか、クロヴィスが部屋を飛び出した。

椅子に背を預け、呼吸を整えながら開け放たれた扉を見遣る。

本気で心配してくれる気持ちが嬉しかった。回帰前とはまったく違う関係性になったことで、クロヴィスの真実の姿を知った。意外に不器用で、まっすぐで、冷たく見えるのに全然そんなことはない。

（ああ、わたしは……回帰後もまた、クロヴィス様に恋をしているのだわ）

生を繰り返そうと、同じ人により深く恋をした。きっと、ふたたび回帰しようとも、クロヴィスに想いを寄せるに違いない。

ぼんやりとする頭で考えていると、部屋に戻ってきたクロヴィスの手に上着があった。大きなそれごとレティーツィアの身体を包んで抱き上げ、足早に部屋を出る。

「警備兵に呼び出してもらい、侍女殿と話をつけた。屋敷の裏口で待機してくれている。人目につかない通路を使い、あなたの部屋まで誘導してくれるそうだ」

アウラが協力してくれるなら安心だ。さすがにこの状況を見られたら、長老をはじめとする棟の皆は心配するし、下手をすれば研究を止められかねない。

彼の首にぎゅっと腕を巻き付ける。歩行の振動すら敏感に拾った身体は熱を発し、意思に反してぴくぴくと揺れ動いている。

屋敷の裏口に到着すると、すでにアウラが待機していた。

「こちらです」

小声で短く告げ、屋敷の中へ入っていく。誰かに目撃される心配のない通路を選び、かつ、迅速にレティーツィアの部屋までふたりを案内してくれた。

室内に足を踏み入れたクロヴィスは、すぐに寝台へレティーツィアを横たわらせる。

「彼女は媚薬の効果で一時的に熱が出ている状態だ。少し休めばよくなるそうだし、今晩は俺がついている。侍女殿にはこの部屋に誰も近づけないよう計らってもらいたい」

「……かしこまりました。そちらにお水のご用意がありますので、お嬢様に飲ませて差し上げてください。ご用の際は、呼び鈴を二度鳴らしていただければすぐにまいります。明朝に様子を見に伺いますので、お嬢様をどうかよろしくお願い申し上げます」

「承った。寝ずに見ているから安心してほしい」

言いたいことも聞きたいこともあるだろうに、アウラはすべてを呑み込んでクロヴィスにレティーツィアを託した。それが主の願いだと察しているのだ。

侍女として完璧な仕事をこなす彼女に微笑んで見せる。アウラはひとつ頷くと、一礼して部屋を辞した。

「水を飲んだほうがいいな。起き上がれるか？」

「は……い」

彼の助けを借りて上体を起こすも、それだけで一苦労だった。

水差しから器に水を注いだクロヴィスが、レティーツィアにそれを差し出す。けれど、力が入らずに器を持つ手が震えている。

「申し訳、ありません……無作法で……」

「気にしなくていい。今は、非常事態だ。無作法というなら、俺のほうがよほどだろう」

クロヴィスはレティーツィアの手から器を取った。そのまま水を口に含み、唇を重ねてくる。

「っ、ん……」

口移しで少しずつ水を注がれ、喉を通っていく。冷たい液体はすぐに吸収されたが、体内の熱を冷やすどころかさらに高めていた。クロヴィスの唇の感触に感じているからだ。

「落ち着いたか？」

唇を離した彼に問われるも、言葉にできる余裕はない。左右に首を振ったレティーツィアは、自然と潤む目で彼を見つめた。

もっと触れてほしい……そんな淫らな欲望が湧き上がる。それは媚薬のせいでもあったし、心の奥底にあった隠された願いかもしれなかった。

「っ……」

息を詰めたクロヴィスは、レティーツィアをふたたび寝台へ横たえた。何かに耐えるように眉根を寄せ、しばし無言で沈思している。

「クロ……ヴィス、様……わたくしは、大丈夫、です。だから……」

これ以上傍にいると、はしたない姿を見せてしまう。もう迷惑も負担もかけたくないと口を開けば、彼はそれを遮った。

「レティーツィア、ひとつ提案がある。あなたに触れさせてくれないか」

「え……」

「性的に高まっている状態はつらいだろう。一度気を遣れば、少しはましになるはずだ」

「それ、は……」

「あなたが苦しんでいる姿を見るのは俺もつらい。抱きはしない、ただ快感を与えるだけだ」

クロヴィスの指先が頬に触れる。びくんと身体が震えたが、恐ろしかったわけではない。期待感で、無意識のうちに反応しているのだ。

「わたくしを……助けて、くださるのですか……？」

「そんな高尚な精神ではないな。ただ、自分の手でレティーツィアを導きたいという欲求と……誰でもなく、あなたに触れるのは俺だけだと悦に浸りたいだけだ」

レティーツィアに負担を感じさせないように、あえて露悪的な物言いをしている。彼の優しさに触れ、ますます強く惹かれていく。

クロヴィスはわずかに口角を上げると、自身の身体を傾けた。

首筋に吸い付かれ、その感触だけで肌が戦慄《わなな》く。湿った呼吸が耳朶を撫でる感触に彼の袖口をぎゅっと掴めば、今度は優しく唇が重ねられた。

唇の合わせ目から侵入してきた舌先が、自分のそれに擦り付けられる。口の中をかき混ぜられて、身体の疼《うず》きが増していく。くちゅくちゅと唾液が攪拌《かくはん》される音に煽《あお》られ、意識が彼で占められていた。

「脱がせるぞ」

キスを解いた彼は宣言し、性急な仕草でレティーツィアの衣服を剥ぎ取った。肌着が露わになると、薄布を押し上げるほど豊かな乳房にゆったりと指を食い込ませ、弾力を確かめながら胸の頂きを手のひらで摩った。

「ん、あ……っ」

ぴりぴりと甘い刺激が身体を駆けていき、はしたなく身体をくねらせる。クロヴィスはレティーツィアの反応を探るかのように上目で見つめながら、布越しに乳頭を咥《くわ》えた。

「や……ぁっ」

片方を唇で咥えられ、もう片方を指で挟まれた。初めての感覚に身悶《みもだ》え、呼吸がどんどん乱れていく。火照りを増した肌はひどく敏感で、鼓動が速くなっていた。

「んんっ、ぁっ……クロヴィス、さ……ぁっ」

漏れ出た声は、自分のものではない甘ったるさだ。羞恥を覚えたレティーツィアだが、それよりも彼の愛撫《あいぶ》に意識が囚われてしまう。

布ごと乳首を扱《しご》かれ、全身に疼きが広がっていく。自分の身体だとは思えないほどに、彼の手によって快感を引き出されていた。

（クロヴィス様に触れられていると、心地よくてどうにかなってしまいそう）

レティーツィアは、彼の頭に手を伸ばした。想像よりもずっと柔らかな黒髪が指を撫で、その感触にすら煽られる。

ずっと憧れてきた精悍《せいかん》で清廉な騎士。その彼が自分に触れてくれるなんて、回帰前では考えられなかったことだ。実感すると、胸が詰まって締め付けられた。

「レティーツィア……気持ちいいか？」

顔を上げたクロヴィスは、レティーツィアと視線を合わせてきた。普段冷静沈着な黒瞳は、今、欲望を滾《たぎ》らせている。自分が彼を高揚させていると思うと、恥ずかしさと喜びでくらくらした。

小さく頷くと、クロヴィスに肌着を剥《む》かれ、乳房がふるりと揺れる。先ほどの愛撫で乳首が鮮やかに色づき、淫らに勃起しているのが見えた。とっさに隠そうとするも、彼はそれを許してくれず、両手を頭上で縛《いまし》められてしまう。

「隠されると、気持ちよくしてやれない」

そう言われれば、レティーツィアに拒むすべはない。彼の望むままに抵抗を止めると、注がれる視線の熱が増す。クロヴィスに見られていると思うだけで、全身が蕩《とろ》けていくようだ。

「いい子だ」

甘やかすような声で告げたクロヴィスは、レティーツィアの胸のふくらみに唇を寄せた。乳頭を舌で舐《な》められて、ぴくぴくと身体が震えている。

媚薬で昂《たか》ぶった身体は余すところなく快楽を受け止め、体内からは愛液が吹《ふ》き零《こぼ》れる。感じていることを自覚して羞恥を覚えたとき、クロヴィスは両膝に手をかけて大きく左右に割り開いた。

「っ……！」

一糸纏わぬ姿を晒すだけでも恥ずかしいのに、秘すべき箇所を彼に見られている。意識したことで、視線すら喜悦の糧となって胎内を潤ませていた。

「……悪い。あなたが苦しんでいるのに、触れられるのが嬉しい」

熱に浮かされた口調でクロヴィスが言う。彼の想いを感じ取り、蜜口がさらに熟《う》れてくる。まるで全身が喜んでいるようだった。

「わ、わたくしも……嬉しい、です……こんなこと……クロヴィス様とじゃなければ……無理です」

素直な気持ちを吐露すれば、クロヴィスの秀麗な顔に赤みが差した。

「あなたは……俺を煽ってどうするつもりだ」

吐息混じりに呟いたと同時、割れ目を指で押し開かれた。とろりと愛液が零れる様を眺めたクロヴィスは、指で押し開いた秘裂に顔を近づけると、躊躇いなくそこに舌を這わせる。

「や……っ、……おやめくださ……あぁっ」

彼はレティーツィアが止める声も聞かず、蜜に濡れる花弁を一枚ずつ舐め始めた。恥部に吹きかかる呼気が、今されている行為に実感を伴わせる。

（どうしよう……こんなに恥ずかしいのに……）

やめてほしいのに、もっとしてほしい。相反する感覚に戸惑っていたのもつかの間、今度は敏感な肉芽を舌で包まれた。

「あぁっ……！」

ぞくぞくと肌が粟立ち、腹の内側が煮《に》え滾《たぎ》る。知らずと下肢に力が入ったとき、クロヴィスは唇に花芽を招き入れた。

「っ〰〰〰！」

淫芽を口中で転がされ、視界がちかちかと明滅する。舌の動きに合わせて蜜孔が蠕動《ぜんどう》し、切迫感に襲われた。腰をくねらせて快感から逃れようとするも、しっかり押さえられているため叶わない。

秘部が熱く蕩けていき、愛液が止まらなくなっている。一番感じる場所を執拗に攻め立てられれば、為《な》す術《すべ》もなく快楽を受け入れるしかできなかった。

「ん、あぁっ……」

淫らな熱に浮かされたレティーツィアは、意識を繋《つな》ぎ止《と》めるのに必死だった
彼の舌が艶《なま》めかしく動くと、最奥が切なく啼《な》いた。もう解放されたいと思う一方で、この快楽を永遠に感じていたいと思ってしまう。それは媚薬の効果かもしれなかったし、自分自身すら知らなかった本心なのかもしれなかった。

股座《またぐら》は彼の唾液と蜜液に塗れている。荒く呼気を吐き出したレティーツィアが彼の名を呼ぶと、そこでようやくクロヴィスが顔を上げた。

「どうした?」

「……粗相《そそう》を、しそうなので……もう……」

「感じている証だ。むしろもっと乱れて、媚薬の効果を発散させなければ」

彼は、ひくひくと蠢《うごめ》く蜜口へそっと指を差し入れた。刹那、それまでとは違う愉悦の始まりに背を仰《の》け反《ぞ》らせる。

「ん、ぁあ……っ」

「だいぶ綻んでいる。もうすぐ楽になれるから、何も考えずに身を任せるといい」

根元まで指を押し込まれ、指の形がわかるほど蜜孔が引き締まる。彼はゆっくりと探るような動き

で指を抽挿させ、空いた手で乳房を揉《も》み込《こ》んでいく。

今までの人生で初めての淫悦を味わい、何をされても感じて腰が跳ねる。腹の内側からせり上がる正体不明の切迫感に、リネンを握りしめていきんでしまう。

「ん、ゃあっ……くろ……ヴィス、さま……ぁっ」

「可愛い、レティーツィア。あなたはこの世で一番尊く美しい」

指の動きが徐々に激しくなっていく。

クロヴィスの愛撫と言葉が、レティーツィアを溶かしていく。限界近くまで溜まった愉悦は今にも爆《は》ぜる寸前だった。大きく膨れた花芽は疼き、全身が痙攣《けいれん》する。

「あ……あ、っ、んぁあ……――っ」

肉壁を押し擦られながら乳首を抓《つね》られたレティーツィアは、快感の頂点を迎えた。

嬌声《きょうせい》を上げ、媚肉が淫らに収縮する。指を咥え込んだまま腰が大きく上下に動き、身体中で彼に与えられた快楽を享受する。

(意識が……遠く、なっていく……)

絶頂を迎えたレティーツィアは強い眠気を感じ、意識が白い光に呑み込まれていた。

＊

レティーツィアが絶頂したあと、すぐにクロヴィスはあらかじめ部屋に準備があった手拭いで彼女の身体を清めた。その後、夜着を着せてからようやくひと息つく。

(落ち着いたようだな)

媚薬の効果が切れたのか、それとも達したことで発散されたのか。あるいはその両方が理由かもしれないが、呼吸の乱れもなく、発熱したように熱かった肌も今は通常時と変わらない。

しばらく寝顔を眺めてから、ようやく安堵する。気が緩んだところで、一気に疲労が押し寄せた。

先ほど棟に行ったのは、レティーツィアに話があったからだ。しかしそれどころではなかったため、目的を果たせずじまいである。

(あなたは、どんな顔をするのだろうな)

今日付で秋季討伐命令が下った。十四日後だ。その前に、出征式という名目のパーティがある。国王が、自らの権威を見せつけたいがために開かれる。意味のない集まりだった。

これまでクロヴィスは、どうしても出席しなければならない催しのみ参加している。婚約してからも、ずっとひとりで出ていた。レティーツィアが社交界デビューをしていなかった、というのが表向きの理由だが、国王を喜ばせるための行動を避けていたのである。

クロヴィスのパートナーというだけで、国王からは目をつけられる。貴族の嫌われ者だから、ほかの出席者もまず声をかけてこない。肩身が狭いだけの場所にわざわざ行く必要はないと思ったのだ。

しかし今回は、国王から『婚約者を同伴しろ』とわざわざ命令されたため、レティーツィアの意見を聞こうと思った。婚約者として真摯に向き合うのなら、自分の意見だけで事は進められない。

（本当は、今まで通り連れて行かないのが一番なんだが）

レティーツィアは、誰の目から見ても美しく聡明《そうめい》な淑女だ。パーティに顔を出せば、ダンスを申し込む男性が列を成すと断言できる。

屋敷にいるときの彼女は、研究者としての意識が強いためか飾らない衣装が多い。にもかかわらず、内面から溢《あふ》れ出る心根の優しさや、この世の美を結集したような容貌が際立つのだから不思議だ。

「レティーツィア……」

眠る姿は可愛らしいが、先ほど快感に喘《あえ》ぐ姿は戦《おのの》くほどの色気を湛《たた》えていた。柔らかな唇や豊かな胸のふくらみ、淫らに濡れる秘部の感触を思い出すだけで下半身に熱が集まる。

「っ、くそ……」

舌打ちしたクロヴィスは、劣情を抑えようと目を閉じる。

討伐任務が終わった直後には興奮が収まらず、娼館に繰り出す団員も多くいた。しかしクロヴィスは、身体的にも精神的にも性的な高揚は感じなかった。あったとしてもごく稀《まれ》で、そういったときは自身で処理していた。

性欲など感じる間もなく命を削る任務に就いていたのも大きい。そうでなくとも、女性に魅力を覚えたことはなく、自分は情が薄いのだろうと思っていた。

だが、レティーツィアに対し、今までにないほど欲情している。襲いかからずにいられるのは、ひとえに彼女を傷つけたくないから。媚薬に侵されたまま身体を繋げる真似はしたくなかったからだ。

ただでさえ今は、婚約者として関係を立て直している最中だ。弱っているときに付け込むなど、騎士として、男としてあってはならない。

「く……」

いよいよ隠しきれないほどに下衣の形が変わってくる。布を押し上げて主張しているクロヴィス自身は、レティーツィアに愛撫を施していたときから熱を持ち続けている。

（長い夜になりそうだ）

その夜クロヴィスは一睡もしないまま、愛《いと》しい婚約者を前に悶々《もんもん》とする羽目になった。

第三章　あなたを抱きたい

媚薬騒動から三日後。クロヴィスは研究棟の個室の前で石像のように動かず、じっと扉を見ていた。部屋の中にレティーツィアがいるからである。

先日、研究中に媚薬に侵された彼女に、愛撫を施した。症状を緩和させるための措置だったが、その判断は間違っていなかった。達してそのまま気を失った彼女の様子を見続けたクロヴィスは、明け方に侍女に声をかけ部屋を辞している。

いくら婚約者とはいえ、未婚のレティーツィアの部屋に自分がいるのは外聞が悪い。疾《やま》しいことなどしていないが、周囲はそうは思わない。侯爵夫妻とて、大切な娘に不名誉な噂を立てたくはないだろう。何より、彼女の名誉を傷つけたくなかった。

秋季討伐命令と出征式の件は、体調が回復したら話せばいい。

そう考えたクロヴィスだが、あの夜以降レティーツィアと会えない日々が続いた。なんでも完成した媚薬を量産するために、誰とも会わずに集中したいのだという。

理由は充分理解できる。しかし、クロヴィスは日を追うごとに憂鬱になっていく。

（まさか、避けられているのか？）

レティーツィアの顔が見たい。声が聞きたい。話したい。――彼女に触れたい。

一向に開かない扉を前に、だんだんと焦れてくる。油断すると、強引に部屋へ突入しそうだ。

「閣下、なーに捨て犬みたいな顔してんですか」

彼女がこもっている個室の前で待機していると、ジェイクが声をかけてきた。

捨て犬とは言い得て妙だ。たしかにクロヴィスは、そんな気持ちを味わっている。魔獣退治しか能がない野蛮な騎士団長だと貴族に顔を背けられても、国王に冷笑を浴びせられても、心が動くことも傷つくこともなかった。

それなのに、レティーツィアに避けられているかもしれないと思うだけで胸が痛む。

「ただ、顔が見たいんだ。話せなくても、傍にいるだけでいい」

「……六年もほったらかしにしていた人とは思えない発言ですねえ。なんなんです？　そんな百戦錬磨みたいな顔してるわりに、純情なこと言って。初恋ってわけでもないでしょうに」

「恋……そんなものしたことがないな」

クロヴィスの人生には縁がなかった単語である。だが、ジェイクはひどく狼狽した。

「え……はあ⁉　閣下、それ冗談でしょ？」

「冗談を言う理由がない」

「えええ？　女性を何股もかけて取っ替え引っ替えみたいな顔で？　いくら口下手だからって、恋愛したことないとか嘘でしょ？　お嬢様と婚約する前に、色恋沙汰はなかったんですか？」

「ないな」

そもそも誰かを特別に思うほど深く関わらなかったし、色恋など不要だった。いつ命を落としてもおかしくない任務に就いて、そんな余裕もなかった。

「うーわー……勘弁してくださいよ……。そんな二面性、意外すぎますよ。というか、ふたりして初心者なんて事故になる予感しかしないんですけど」

「意味がわからないが、何が事故になるんだ」

「こんなヤバそうな状況だと、協力するしかないってことですよ。本当は、お嬢様を放置したことについてもっと反省してもらいたいのに」

「反省はしている。というより、後悔している。俺は今まで、自分のことしか考えていなかったから」

騎士団に卸《おろ》される薬がレティーツィアの開発だと知らなければ、彼女に会おうと思わなかっただろう。そう思うと、今ここにいる自体が奇跡のようなものだ。あのとき行動していなければ、クロヴィスの人生において大きな損失となっていた。

そう、レティーツィアと出会ったことで、世界が彩りを得たのだ。それを恋と呼ぶのなら、間違いなくクロヴィスは彼女に恋をしている。

「レティーツィアには本当にひどいことをした。生涯をかけて誠意を見せていきたいと思う」

「……重いんですけど、それ。一生お嬢様を離さない気満々じゃないですか。閣下がそんな恋愛下手で面倒な人だとはね。……ま、嫌いじゃないですけど」

ジェイクはそばかすのある頬を指で掻《か》きながら、クロヴィスを見上げた。

「ここにいる研究員は、みんなお嬢様に幸せになってもらいたいんですよ。特に俺は、お嬢様に助けてもらったようなものだから」

言いながら、ジェイクの目が個室の扉に向けられる。

「俺は、しばらくの間、研究棟のお荷物でした。何をやっても成果は得られない。誰も文句を言う人はいなかったけど……ここにいる人たちはすごい人ばっかりですし、自分だけ落ちこぼれだなんて自尊心が許さなかった。当時、必死になって研究していたのは感冒薬……あ、これなんですけどね」

ジェイクが取り出したのは、手のひらに収まる瓶に入った液体だった。

「これは?」

「樹皮から有効成分を抽出してできた、子どもでも飲める薬です。今までの感冒薬は副作用が強かった割には解熱効果も薄かったし、かなり高額だったんです。俺はどうにかして、子どもが安全に、安価に飲める薬を開発したかった」

懐かしそうに語ったジェイクは、ふと目を伏せる。

「でも、平民、それも子ども向けの薬なんて儲《もう》からないでしょ? だけど、お嬢様が後押ししてくれたんですよ。『この研究は意義がある。開発できれば、子どもだけじゃなくお年寄りや女性でも無理なく服用できるんじゃないか』って。平民用だけだと採算が取れませんけど、貴族用で特別感があるものを作ればいいんだって提案してくれて」

それだけでなく、レティーツィアはジェイクの開発を手伝った。貴族用には花油を使って香り付けをして、薬の容器にも高級感を出した。

平民用の薬と差別化することにより、上手く棲《す》み分けすることができたのである。

「貴族用の薬は、同じ成分でも高価格で卸してるんです。侯爵様もお嬢様も、『この薬の開発は、いずれ国の宝になる』『貴族は特権があるが、それは自分たちが利益を享受するためではない』と仰る方々なんですよ。俺にはよくわかんないですけど……閣下が、〝外敵から民を守る〟のを義務としているなら、侯爵様たちは、〝この国の民に分け隔てなく薬が行き渡るようにする〟のが自分たちの義務だと思ってるんでしょうね」

町医者に薬を安価で卸すだけに留まらず、孤児院などには無償で提供しているのだという。ただし、これらの活動はあまり公にしていない。なぜなら、無償で提供されたと知れば、孤児院に薬を無心に来る者や、盗みに入る者、許可なく売る者などが出てくるからだ。

「……ストクマン侯爵家は、この国を内部から支えているんだな」

「ええ、そうです。公然の秘密なので口にはできませんが、皆、侯爵家には感謝しています。高位貴族でありながら平民に心を砕いてくれる貴族なんて稀《まれ》ですから」

ジェイクは誇らしげに笑い、薬を懐へ収める。

「この薬が完成したおかげで、感冒で苦しむ子どもが減りました。俺たちは、ここで研究できることを誇りに思ってます。あの方たちは、平民の希望なんですよ。だから俺は、お嬢様をほったらかしにした閣下が、ものすごく嫌いだったんです」

「……返す言葉もないな」

「けど、閣下がただの恋愛童貞だってわかったんで、前ほど嫌いじゃないです。もちろん、今後お嬢様を泣かせないってのが大前提ですけどね」

おそらく、ジェイクだけではなく、この棟に勤める研究者や屋敷にいる使用人の総意なのだとクロヴィスは思った。そして、彼らに慕われているレティーツィアやストクマン侯爵は、貴族としても人としても尊敬できる。

「んじゃ、ちょっと協力してあげます。閣下は声出さないでくださいね」

「ああ、それは構わないが何をするんだ？」

「黙って見ててくださいって」

言うが早いか、ジェイクは目の前の扉を乱暴に叩き。

「お嬢さまー！　入りますよー！」

大きな声を上げると、止める間もなく開けてしまった。

驚いたクロヴィスだが、当の本人は慣れた様子で部屋の中へ入っていく。困惑しつつもそれに続けば、部屋の奥にレティーツィアが見えた。

彼女はこちらに背を向けていた。作業中のようだ。赤みを帯びた金の髪をうなじで結び、白衣を羽織っている姿は、研究者としての貫禄があった。

「ジェイク、ちょうどよかったわ。対魔獣用の媚薬が十本完成したの。あとで保管庫へ収納をお願い」

「了解でーす。お嬢様、ちょっとくらい休憩しないんです？」

「うん、集中できるときにやらないと。いくつあっても困るものではないだろうし」

彼女はこちらを向かず、手を動かしたまま会話をしている。

何日かぶりに聞く声に、クロヴィスは心臓が鷲《わし》づかみにされたように苦しくなった。こんなことは初めてで、つい胸を押さえてしまう。

（どうしたんだ、俺は）

レティーツィアの声を聞いただけなのに、ひどく高揚している。自分で自分の心が制御できない。気を抜けば、彼女を背中から抱きしめてしまいそうだ。

「そうそう、この媚薬、もう少し改良すれば人間用にもできるんじゃないかと思ったの。上手くすれば、貴族のご婦人たちのお役に立つかもしれないわ」

「へ？　なんでまた」

「以前、招待していただいたお茶会で相談を受けたのよ。閨に役立つ薬はないかって」

彼女の話によれば、後継者がなかなか生まれず悩んでいる夫人がいるという。子どもはいても、性生活が上手くいっていない夫婦もいるようで、なんとかしたいと言われたらしい。『王国の薬師』の二つ名がある侯爵家の令嬢に、一縷の望みを託したのだろう。

「後継者問題もあるみたいで、深刻に悩んでいらっしゃる方もいらしたわ。こういう悩みはなかなか他人には話せないから、ひとりで抱えてしまうそうなの。だから、そういう方たちのために役立てられないかと考えているの」

「いいと思いますよ。でもお嬢様は、他人のお悩みよりまずこの方の悩みを解決して差し上げるべきだと思いますけどね」

「え？」

不思議そうに振り向いたレティーツィアは、次の瞬間見事に固まった。

「っ、ク、ク、ク……！」

「お嬢様、なんだか悪役が笑うみたいな感じになってますよ」

「ジェイク……！　どうしてクロヴィス様が……!?」

「なんか、捨て犬みたいで可哀想《かわいそう》だったんで入れてあげました。眉間に皺寄ってますけど、案外可愛いところあるんですよ」

ジェイクの中で、クロヴィスはすっかり犬扱いである。

彼女は予想以上に動揺していたが、まず顔を見られたことに気持ちが弾んだ。それと同じくらいに、気安く会話をしているジェイクを羨ましく感じる。

（ああ、またダ）

彼女の姿が見られるだけで満足するはずが、美しい翠眼に自分を映してほしいと思ってしまう。

「レティーツィア」

「な……なんでしょうか」

「邪魔はしない。だから、ここであなたを見ていたい」

「そ、れは……」

口ごもったレティーツィアは、困ったように俯《うつむ》いた。

ただ見ているだけでも許されないのかと思うと、心が荒れすさぶ。もっと踏み込みたい。だが、彼女に嫌われる真似はしたくない。

「あー……本っ当に、拗《こじ》れてますねえ、おふたりとも」

ジェイクはやれやれという風に首を左右に振ると、レティーツィアに扉を指し示した。

「お嬢様は、閣下と散歩にでも行ってください。ずっと部屋にこもりきりで、不健康ですよ」

「でも、媚薬を作りたいし……」

「閣下に見られながらできます？　そんなに意識してるんじゃ無理でしょ」

断言されたレティーツィアは、何かを言い返そうとしたものの口を閉じた。おそらく困らせている。

わかっているが、そんな表情すら魅力的で目が離せない。

「……わかったわ」

彼女は小さく息をつき、意を決したように顔を上げた。

「クロヴィス様……その、お付き合いいただいてもよろしいでしょうか」

「もちろんだ。どこへでも一緒に行く」

ようやく彼女と視線が絡んだ。しかしそれは一瞬のことで、すぐに逸らされてしまう。

「ジェイク、少し外に出てくるわ」

「少しじゃなく、しばらく行っていいですよ。だいたいお嬢様は、働き過ぎなんです。さ、そうと決まればさっさと出てってください。俺はこれから仕事するんで」

早く行けとばかりにふたり一緒に背中を押された。部屋を出たと同時、すぐに扉を閉められてしまう。

「まいりましょう、か」

「そうだな。どこに行く？」

「あまり遠くへ行っても人目につくかもしれませんし……庭をご案内させてください。あっ、それとも、すでにご覧になっていましたか？」

「いや、見ていない。ここに来てからは、ほとんど訓練場と研究棟にいたからな」

廊下を歩きながら話すと、レティーツィアが眉尻を下げた。

「申し訳ありません。お客様なのに、侯爵家の私兵まで訓練してくださっているのですよね」

「俺も訓練になっているし、気遣いは無用だ。それに、客扱いされても困る。ここにはあくまでも、お忍びで来ているだけだ」

外へ続く扉を開けると、レティーツィアを促す。空を見上げた彼女は眩《まぶ》しそうに目を細め、ふわりと穏やかに微笑んだ。

「……久しぶりに、太陽の光を浴びた気がします。室内にずっといると、今が暖かいのか寒いのかも気にならなくなってしまって」

「それだけ集中していたんだろう」

手を差し出すと、レティーツィアは戸惑いながらもクロヴィスの手を取った。

エスコートというよりも、ただ彼女に触れたいだけの行動だったが、断られずに安堵する。

秋の柔らかな陽光が、広大な屋敷の中庭を優しく照らす。風に揺れる木々の葉が囁くように音を立て、妙なくすぐったさを覚える。人影もないからか、世界にふたりきりしかいないような気分になって心が浮き立っていた。

「その後、体調はどうだ？」

「っ……も、問題は、ありません。その節は、ご迷惑をおかけいたしました」

彼女は目を合わせずに、耳まで赤くして俯いた。思わず抱きしめたくなるほど愛らしい反応だ。

クロヴィスは足を止めると、繋いでいる手に力をこめた。

「迷惑ではないし、仮にあなたに迷惑をかけられるなら望むところだ。……それよりも、そろそろ俺を見てくれないか。先ほどからずっと目が合わない」

「……失礼な態度を取って申し訳ありません」

「謝罪が欲しいわけじゃない。理由が知りたいだけだ」

理由がわからなければ、対応もできない。彼女に拒否されたらと想像するだけで気が気でなかった。

「レティーツィア？　こっちを向いてくれ、頼む」

我ながら必死すぎると、内心で苦笑する。

彼女との関係は、婚約者という立場はあれど曖昧だ。知人の域は出たはずだが、それでも親しくなれたかと問われれば即答はできない。

「……座ってお話しませんか？」

レティーツィアはそう言うと、庭の中央にある噴水の前へとクロヴィスを誘った。近くにある木製の長椅子にふたりで腰かけると、水の音が心地よく響いている。

彼女の髪は陽光を受けて輝き、まるで絵画で描かれる光景のようだ。手を伸ばせば消えてしまいそうな儚さと聖性がある。純粋に美しいとクロヴィスは思った。自分の腕の中に囲い、閉じ込めておきたい、とも。

だが、厄介な出自の自分が大切な人を作れば、誰かに――国王ウーリ・ハンヒェン・ホルストに害されかねない。

水音を聞きながら考えていると、レティーツィアはおもむろに口を開く。

「ちゃんとお礼を言えていませんでしたが……先日は、ありがとうございました。クロヴィス様が来てくださらなければ、部屋の中でひとり倒れていたかもしれません。ご迷惑をおかけしました」

「礼なんていいし、迷惑でもない。ただ、ひとりで危険な真似はしないでほしい。研究に必要なことだとしても、あなたが倒れたら意味がない。媚薬ではなく、何か害のある薬だったらと思うと気が気でなくなる」

彼女は、魔獣を即死させるような毒薬の開発も考えている。もしも研究途中でまかり間違って体内に毒物を摂取したならば、先日の媚薬の比ではない。下手をすれば、命の危険もある。

「約束してくれ。絶対に、危険なことをしないと」

「……おそらく、今後は大丈夫かと」

「〝約束〟だ」

繋いでいたままの手を持ち上げたクロヴィスは、レティーツィアの指先に口づけた。その瞬間、彼女はパッと手を引っ込めると、背中を向けてしまう。

「どうしたんだ？」

「こんな……余計にクロヴィス様のお顔が見られなくなってしまいます」

「それは困るな。俺は、あなたと会えなくて胸が痛くなった。声を聞きたいし顔を見たいし、触れたくてどうしようもないんだ」

素直な心情を吐露するクロヴィスに、レティーツィアが身を竦めた。

「もう……ただでさえ恥ずかしくて会わせる顔がないのに」

「恥ずかしい？」

「あっ、あんな痴態を見せてしまって、恥ずかしくないわけありません。あれほど乱れた姿など、はしたないと思われたでしょう？」

レティーツィアは激しい動揺を見せつつ、自身の気持ちを語ってくれた。

媚薬が効いて淫熱に苛《さいな》まれた身体を、クロヴィスによって鎮められた。それはもちろんありがたかったものの、迷惑をかけて申し訳ない気持ちでいっぱいになったという。だが、それよりも大きな羞恥心に襲われて、顔をまともに見ることができなくなったのだ、と。

（そんな風に感じていたのか）

クロヴィスは何度も棟を訪ねたが、レティーツィアは『媚薬作りに集中する』と、個室に引きこもって作業していた。もちろん本当のことではあるが、半分は顔を合わせないための口実だったようだ。

「はしたないなんて思うはずがない。ただ……いくら媚薬を作る必要があるとはいえ、何日も顔を合わせられないのはきつかった。気づかないうちに嫌がることをしていたかと、あの日のことをずっと考えていたんだ」

「ち、違います。クロヴィス様が嫌だったのではなく……恥ずかしかったのです。あの夜のことを、鮮明に思い出してしまって……。お礼もしっかりできずに申し訳ありませんでした。あの日のことは、できれば忘れていただけると嬉しいです」

消え入りそうな声で語るレティーツィアを見たクロヴィスは、思わず腕を伸ばした。華奢な身体を抱きしめると、言葉にならない幸福感で満たされる。

「忘れるなど無理だ。忘れられないし、忘れたくない。できればあなたにも、忘れて欲しくない」

あの日の夜を思うと、身体に熱が灯《とも》る。肉欲に駆られているわけではない。昂ぶるのは、レティーツィアが相手だから。彼女でなければ、すべて意味がない。

「好きだ、レティーツィア」

「え……」

「あなたを前にすると、どうすれば振り向いてくれるのかと考えてばかりいる。叶うならずっとこの腕に閉じ込めておきたいと思うし、自分で自分が抑えられない。こんなことは初めてだ」

執着を持たずに生きるのが当たり前だった。いつ命が尽きてもいいように常に準備してきたクロヴィスが、初めて人の善意を信じることができた。それは、これまでの人生にはなかった彩りを齎した。

雨中で泥濘に足を取られ、重い身体を引きずっている。そんな心地で生きていた。自身の生い立ちも影響し、気づけば感情が動かない人形のようだった。

それが、レティーツィアが薬の研究をしていることを知って、クロヴィスの心がわずかに動いた。やり取りを重ねていくうちに、失われていた感情が蘇ったのだ。

「六年間、あなたを無視してきたことを謝罪する。申し訳なかった」

「クロヴィス様……それは、事情があってのことです。わたくしは気にしておりません。それよりも、その……先ほどのお言葉は、どういう意味で捉えれば良いでしょうか」

「意味、とは？」

「〝好き〟という感情には、いろいろな種類があると思うのです。家族や友人に対するものと恋愛感情は、おそらく同じではないはずですわ。……クロヴィス様のお言葉はとても光栄なのですが、わたくしはなんとお答えするのが正しいのか……」

クロヴィスの腕の中で、レティーツィアはかなり戸惑っているようだった。

侯爵家で過ごすようになり、彼女とは交流をしてきたつもりだ。だが、自分の気持ちでさえ先刻名前がついたばかりだというのに、相手に正しく伝わるわけがなかった。

「俺が好きだと言ったのは、家族や友人に対するものではない。あなたをひとりの女性として好きだと思っている。レティーツィア、あなたが信じてくれるまで何度も伝える。俺が好きだと告白するのは、生涯であなたただ一人だけだ」

口下手を自覚しているクロヴィスは、精一杯気持ちを伝えようと思った。

恋だと気づいたのはジェイクに指摘されたからだが、レティーツィアに会おうと決めたときにはすでに好意を持っていた。いつになく強く直接礼を告げたいと願い、直接会ったことで想いが膨れ上がった。それはもう、本人ですら予想しなかったほどに。

「信じてもらうまで、何度でも言う。どれだけ時間をかけても、あなたを俺の妻にする。そのためなら、なんだってしてみせる」

彼女に、というよりは、自分自身への宣誓だった。

言葉にすれば、進むべき道が明確になる。これまで漠然としていたレティーツィアへの想いが、〝恋〟と名付けられたことで、クロヴィスの心は晴れやかだった。今まで無縁だったものなのに、いざ体験すると目眩《めまい》がしそうなほどの幸福感だ。

（俺の生涯で恋するのは、あなただけでいい）

クロヴィスは抱きしめていた腕を解き、レティーツィアの手の甲や手のひらに口づけを落とした。

この六年を考えれば、婚約を解消されてもおかしくない。むしろ、そう望んで距離を取っていた。誰とも深く関わってはいけないと己を律していたはずが、今は初めての恋を手放すまいと、無様なほどに足掻《あが》いている。

「わっ、わかりました。……ですから、手を離してくださいませんか」

「なぜ？」

「ドキドキし過ぎて、心臓が痛いんです。クロヴィス様に告白されるなんて、そんなこと全然想像もしていなかったから……」

レティーツィアは消え入りそうな声で身を震わせている。嬉しいのか、それとも混乱しているだけなのか、クロヴィスは察することができない。男女の機微に聡《さと》ければ、もっと上手く彼女を誘えただろう。けれど、そんな器用さはなく、愚直に彼女へ深く踏み込む。

「聞かせてくれ、レティーツィア。俺にこうされるのは嫌か？」

彼女の指に自分の指を絡め、ふたたび唇で触れる。レティーツィアはふるふると首を振り、「嫌だなんてありえません」と、顔を赤くした。

「……わたくしは、クロヴィス様が初恋なのです。六年前、魔獣から助けてくださったときから……幼いながらお慕いしていました」

「あなたがそう言ってくれたなら、自分にも少しは価値があったのだと思える。俺は、魔獣退治しかしてこなかったから、気の利いたことなどできない。こんな男が初恋相手で幻滅されそうだ」

自嘲気味に告げれば、レティーツィアは「何をおっしゃいますか！」と語気を強めた。

「わたくしが言うまでもなく、クロヴィス様はこの国の英雄でいらっしゃいます。あなたの価値はこの国に生きる者なら当たり前に存じ上げております。それに、幻滅などするわけがありません。クロヴィス様と交流を持つようになって、わたくしは……憧れの気持ちが大きかった初恋が、育っていくのを感じたのです」

レティーツィアは顔を上げ、クロヴィスと視線を合わせた。

大切な言葉を話すときは、目を逸らすことがない。そこにはもう、魔獣に襲われ、国王を前に尻込みしていた幼い少女はいなかった。自らの意志で薬の研究を行なっている美しい令嬢。貴族らしくはないが、誇り高き高貴な淑女だ。

「わたくしも、クロヴィス様と同じ気持ちです。初恋が早かった分、わたくしのほうが気持ちが大きいかもしれませんわ」

（ああ、俺はこの先……レティーツィアには一生敵わない）

彼女が告白を受け入れてくれたどころか、同じ気持ちだと応えてくれた。それがどれほどの幸福感をクロヴィスに齎し、生への活力となったのか。おそらく知る由もないだろう。

「それなら、これからは俺のほうがあなたを好きな気持ちが強くなるだろうな。何せ、この年までまったく恋というものを知らずに生きてきたんだ」

クロヴィスはふたたびレティーツィアを抱きしめ、腕の中に閉じ込める。

「だから、今こうしているのが信じられない。夢を見ているようだ」

「夢……ではありませんわ。わたくしは、ここにおります」

彼女は自身の存在を示すかのように、クロヴィスの背中に腕を回した。その小さく華奢な身体を包み込み、何に替えても守ってみせると心に刻む。

「レティーツィア、話しておかないといけないことがある」

甘い空気に浸っていたかったが、そうも言っていられない。彼女に会おうとしたのは、相談しなければいけないことがあったからだ。

「秋季討伐が決まった。それに伴い、国王主催で出征式という名のパーティが開かれる。あなたも参加するようにと国王から打診があった」

〝国王〟と聞いたレティーツィアが、わずかに息を呑む気配がした。

「……とうとう新たな任務の命が下されたのですね」

「ああ。パーティについては、あなたが嫌なら出なくていい。俺のパートナーとして出ても、楽しい思いはしないだろうしな」

実際、今までこの手の集まりで楽しい思い出などいっさいない。国王には目の敵《かたき》にされていたし、ほかの貴族連中も権力者の意向に沿った振る舞いをする。国王に嫌われているクロヴィスは、貴族の輪にも入れない鼻つまみ者だ。

「国王の気まぐれで開かれるだけで、大した集まりじゃない。研究をしているほうが有意義だ」

「いえ、行きます」

レティーツィアは間髪を容れずに答えると、クロヴィスから離れて笑顔を見せた。

「クロヴィス様の婚約者として呼ばれたのなら、行かないという選択肢はありませんわ。それに、わたくしも六年前とは違うのです。陛下に怯えて何も言えずにいたときよりも、成長しましたもの」

凛《りん》とした姿だった。不安があるだろうに、そうと感じさせない強さがある。

婚約者として隣にいると迷いなく言い切る彼女に、クロヴィスは思わず笑みを浮かべる。

「そうか……うん、あなたはすごいな。俺の迷いなど吹き飛ばしてしまう」

「六年前、クロヴィス様はわたくしが陛下の不興を買わないように守ってくださいました。もう、あなただけにすべてを背負わせることは嫌なのです。後悔はしないように、そのために今、わたくしはここにいるのですから」

決然と言い放つレティーツィアは、とても年下には思えなかった。芯が一本通った強さは美しく、いったいどこで手に入れたのかと感嘆する。

「ふふっ、初めてですね。婚約してからふたりでパーティに出席するのは」

「そうだな。多分、ダンスも踊ることになるかもしれない。国王は、俺たちを見世物にするつもりだろうから、目立つ場に駆り出されるはずだ」

「実はわたくし、ダンスは嫌いではないです。淑女としての教育も疎《おろそ》かにしないことを条件に研究に携われているので、ずいぶん特訓しましたわ」

「それは心強いな。俺も一応、公爵家で教育は一通り受けたが……昔のことだからな。それに、ダンスよりも剣術に力を入れていた」

「一度教わったなら、意外と身体が覚えているものですわ。特にクロヴィス様は、剣術で身体を鍛えておられますし、立ち居振る舞いも美しいですから！」

弾んだ声で言うと立ち上がったレティーツィアは、その場でステップを踏み始めた。スカートの裾を揺らし、鼻歌交じりに楽しそうに踊っている。

基礎がしっかりしているため、動きのひとつひとつが美しかった。陽光が降り注ぐ中でくるくると舞う彼女は、妖精と見紛《みまが》うばかりの可憐《かれん》さがある。

「やはり、連れて行きたくないな」

「えっ、どうしてですか？」

「レティーツィアの美しさに、会場中のが注目しそうで嫌だ」

本気で告げると、彼女は目をしばたたかせ、弾けるような笑みを浮かべる。

（この笑顔を守らなければ。俺のすべてをかけて、守ってみせる）

立ち上がったクロヴィスは、レティーツィアを思いきり抱きしめて心に誓った。

＊

クロヴィスに告白された翌日、レティーツィアはまだ信じられない気持ちでいた。

『夢を見ているようだ』と彼は言ったが、それはレティーツィア自身が一番感じていることだ。回帰をしたこと自体が現実ではなく、今こうしているのは都合のいい夢なのではないかと何度も思っていたから。

（でも、夢ではないのよ。痛みも苦しみも、喜びも……生きてこの場にいるから感じるのだもの）

彼を思うだけで胸が高鳴る。それと同時に思い出すのは、媚薬に苛まれたあの夜のことだ。

クロヴィスに生まれたままの姿を晒すどころか、様々な箇所に口づけられ、秘すべき部分まで顔を埋められた。それだけではなく、彼は後始末までしてくれている。翌朝目覚めたときはすでに部屋におらず、アウラから『皆が起きる前に宿泊棟へ戻られました』と聞かされたときは、自分が情けなくなり、早々に謝罪をしなければと決意したのだが、羞恥に駆られて避けてしまった。

（それなのに、クロヴィス様は会いに来てくださった）

自分が彼に好かれるようになるとは、予想していなかった。回帰前にまったく交流できず、婚約者とはいえ赤の他人と変わらなかったのだから当然だ。

けれど、最近は状況が目まぐるしく変化している。二年前、未来を変えるために行動を始めたときよりも、今後の予測がつかなくなっている。それは、レティーツィアの歩んできた道のりが正しかった証左だろう。

「レティーツィア様、そろそろお時間です」

「わかったわ、すぐに行く」

侍女のアウラに促され、長椅子から腰を上げた。

今朝は父から『一緒に昼食をとろう』と誘われ、食堂へと向かった。このところ研究棟に通い詰めだったため、いろいろ報告すべきことがある。研究の成果もそうだが、一番はクロヴィスとのことだ。

十四歳で回帰したとき、父母へは自分の気持ちを伝えていた。

クロヴィスと婚約をしたけれど、彼との結婚は考えていないこと。命の恩人である人に負担をかけたくないこと。そして、貴族としての義務を果たすため、家門が担ってきた『王国の薬師』の名に恥じぬように、薬学を勉強したいこと。

貴族の令嬢としては異例の希望だった。しかし父母は、娘の願いを快く受け入れてくれている。

(お父様やお母様の懐《ふところ》の深さに、ずいぶん甘えさせていただいたわ)

レティーツィアが感傷に浸りつつ食堂に入ると、ほどなくして父、ローランが現れた。

「久しぶりだな、レティ。同じ屋敷にいるというのに、おまえとはなかなか顔を合わさない」

「申し訳ありません……お父様。研究に没頭する余り、家族との時間を蔑《ないがし》ろにしておりました」

「いや、いいんだ。おまえが生き生き研究していると、ブレドウからも報告があった。私はそれだけでも、充分幸せなことだと思っているよ」

父が席につくと、さっそく料理が運ばれてくる。茶器に口をつけながら、レティーツィアは父の愛情を感じて笑みを浮かべた。

「わたくしも、お父様やお母様の娘で幸せだと思っています。ところで、今日お母様はいらっしゃらないのですか?」

「ああ。今朝、団長閣下が私たちを訪ねてきてな。話を聞いて、慌てて出かけたよ」

「クロヴィス様が?」

首を傾げるレティーツィアに、父が穏やかに笑う。

「レティーツィアに気持ちを受け入れてもらえたと、わざわざ報告に来てくれた。そのうえで、国王主催のパーティに一緒に出席する許しを得たいと。そこでマリエルは、娘のドレスを新調するために急ぎ仕立屋に向かったというわけだ」

「っ……!」

母が不在の理由を聞いたレティーツィアは、思わず息を詰めた。まさかクロヴィスが、父母に自分たちのことを報告したとは思わなかったのだ。

「彼は、私とマリエルに筋を通したいと言っていたよ。事情があったとはいえ、不義理をしたことに代わりはないと……これからは、レティーツィアを絶対に悲しませないと約束をしてくれた。律儀な男だな」

(クロヴィス様も、わたしと同じように後悔をしているのだわ)

レティーツィアは、回帰前に何もしてこなかった自分を。彼は、婚約者を六年間無視してきた事実を悔いている。けれど、それまでの自分と真摯に向き合って、ふたりともが、回帰前とはまったく違う道を歩み始めた。

二十歳で命を落とし、十四歳まで時が戻ったときからずっと望んできた未来だ。

着実に希望を叶えているのが嬉しい。だが、少しだけ怖い。自分が知り得ない道に進んでいるとして、果たして『王城の悲劇』は回避できるのか。確信が持てずにいる。

(恐れていてもしかたないわ。今は素直に、この状況に感謝しよう)

「レティ、おめでとう。おまえが陰で支えてきた二年間は、相手にしっかり届いていたよ」

「わたくしひとりの力ではありませんわ。研究員の皆や、わたくしが自由に動き回っても見守ってくださるお父様やお母様のおかげです。それに、クロヴィス様が任務をまっとうしていらっしゃるから、わたくしも努力せねばと思えるのです」

「マリエルが聞いたら泣いてしまいそうだな。あれは、おまえが六年前に魔獣に襲われたときからずっと心を痛めていた。もしもおまえの命が失われていたら、マリエルもこの世を去っていたはずだ」

優しい口調ながらも、父の言葉は真実の重みを持っていた。レティーツィアは、クロヴィスに救われたのは自分だけではないのだと、改めて彼への感謝を深くする。

「マリエルが帰ってきたら、ドレスのことであれこれと口を出してくるだろう。たまには親孝行だと思って付き合ってやってくれ」

「もちろんですわ。お父様への孝行もするつもりです」

「ははっ、それは嬉しいな。……だが、その前に片付けねばならない問題がある」

ローランは声を潜め、渋面を作った。

「おまえたちの仲が名ばかりでないと知れば、陛下も黙ってはいないだろう。あの方は、閣下を苦しめるためならなんでもする。レティを婚約者にしたのも、閣下がすぐに子を成さないようにするためだ。今回パーティに呼ばれたのも、ふたりの様子を確かめるためだろう」

「わたくしが成人して結婚できる年齢となったから、でしょうか」

「ああ。おまえが閣下と不仲であればあるほど、その身は安全であろう。だが……彼との仲が良好だと示せば、陛下の不興を買うことになる。こう言ってはなんだが、あの方はご自分の思い通りにならなければ気が済まず、意に沿わぬ者は容赦なく切り捨てる。恐ろしいお方だよ」

クロヴィスを憎む国王からすれば、彼が結婚して子が生まれるのは許しがたい。自身に後継者がいないからだ。

だからこそ、幼かったレティーツィアを婚約者としてあてがったのだろうとローランは言う。

「陛下に従うか否か、我が家門にとっては選択を迫られていたことになる」

「……この六年間は、未来を考えるための猶予だったのですね」

中央政界から遠のいているとはいえ、ストクマン侯爵家が歴史ある家門であるのは事実だ。しかし国王に逆らうような真似をすれば、国内での立場が苦しくなるのも確かだ。

「たとえば……お父様は、クロヴィス様と陛下、現状ではどちらを支持されますか？」

「それはまた、軽々に答えられない質問だな」

「では、クロヴィス様と陛下、どちらかが命の危機に瀕《ひん》していたとして、どちらに手を差し伸べようと思われますか？」

興味本位ではなく、切実な問いだった。

レティーツィアの脳裏に、回帰前の光景が蘇る。あの日、剣を携えたクロヴィスは言ったのだ。

『あなたの両親は、国王の盾になった。いや、正確に言えば盾にさせられた』と。

おそらくあのころ、少なくとも両親はクロヴィスを支持していなかった。だからといって国王側の人間ではなかったはずだが、どちらにも肩入れしていないゆえに起きた悲劇ではないのか。

娘からの質問に眉根を寄せたローランは、大きく息を吐き出した。

「……陛下は、ここ数年為政者としての資質に問題があると聞き及んでいる。苦言を呈した側近は立場を追われ、中には不敬罪だと謂《いわ》れのない罪で裁かれた者もいるようだ」

「そんな……」

「それでも暴動が起きぬのは、バルバストル公爵のお力が大きい。外交も内政も、彼の方がおられなければ立ちゆかない。それがわかっていないのは、陛下とその側近だけだろう。何せ、地方どころか中央政界にすら〝反国王派〟がずいぶんと潜んでいるようだからな」

（あ……！）

レティーツィアは、〝反国王派〟と聞いてかつてのクロヴィスの言葉を思い起こす。

国王を弑逆した彼を手助けした仲間は、騎士団の人々だけではない。〝反国王派〟と呼ばれる人々も協力したからこそ、『王城の悲劇』は起きたのだ。

そして彼は、国王さえ葬り去れば自分自身はどうなっても構わないと思っていた。後を託せる仲間がいればこそ、目的を遂行するためだけに動けたのだ。

「……お父様は、〝反国王派〟なのですか？」

「私は、中央政界から距離を置いているし、誰を支持しているということも表明していない。だが、陛下のやり方に賛同しているわけではないのだよ。かといって、反国王派に属してもいない。強いて言うなら、私は王国のためになる人物が国の中枢を担えばいいと思っている。……たとえば、閣下やバルバストル公爵のような方々にね」

父の言葉は、現状では最善の選択だとレティーツィアは思った。回帰前は、ここまではっきりと立場の表明はしなかったはずだ。しかし、クロヴィスと関わって彼の人柄を知り、この国に必要な人物だとローランは評価している。

「お父様のお気持ち、理解いたしました。先ほどの問いですが、わたくしはクロヴィス様と陛下が同じように命の危機に瀕していた場合、間違いなくクロヴィス様をお助けします」

父の考えに触れたレティーツィアは、自身の思いを口にする。

「クロヴィス様は、これからも王国に必要な方です。それに何より……これまで苦労されてきたクロヴィス様には、誰よりも幸せになっていただきたいのです」

国王の悪意に耐え、国を守ってきた。回帰前には、自身の命すら頓着していないように見えた。孤独という名の深い闇に囚われ、それでも高潔な意思で騎士団を率いていた彼は、仲間を失ったことで精神が限界を迎えてしまった。

だからこそ、もう二度と彼を悲しませてはならないと強く思う。

「バルバストル公爵ともやり取りをしたが……あの方は驚いていたよ。『人でも物でも、クロヴィスが何かを欲しがったことは今までになかった。人間らしい感情を持たせてくれて感謝している』と」

「お父様は、バルバストル公爵様と交流があったのですか？」

「ああ。三年ほど前に、騎士団が大規模の遠征に出たことがあったんだが……その際に、陛下が補給を遅らせると言い出してな」

長期の遠征になれば、食糧や武器、医薬品などの補給は必須となる。ところが国王は、騎士の命綱とも言える補給を渋った。すべては、クロヴィスを苦しめるための決定だ。

「……騎士団が壊滅すれば、魔獣は王国の都市部にまで侵攻してくるでしょう。王家の人間だというのに、みすみす王国を危機に晒すことをするなんて……」

「陛下は、生かさず殺さず、閣下や騎士団を扱っていた。全滅はさせない程度に物資を与えるのだよ。だから閣下は、なるべく長期間の遠征には出ないように調整していたし、総員では向かわせなかった。補給が途絶えたときに備えて、騎士団が独自で兵站《へいたん》を確保していたようだ」

しかし、救いだったのは、彼らを極秘裏に助ける存在がいたことだった。

「陛下の横やりが入らぬように、バルバストル公爵が支援していた。だが、どうしても医薬品だけはそう多く手に入らない。そこで、我が家門に書簡が届いたのだ」

公爵からの書簡には、直接会って話したい旨が記されていた。もちろん内密にだ。そこでローランは、とある場所を指定してふたりきりで会うことを提案した。

「おまえもよく行っているルファの店で、公爵とお会いした。そのときに、『息子が不義理をして申し訳ない』と頭を下げられて、事情をすべて語ってくれた。私も人の親だ。血の繋がりはなくとも、育ててきた息子を大切に思っている公爵の気持ちに共感したのだ」

「それでバルバストル公爵様とお知り合いになったのですね」

「閣下と陛下の関係についてや、中央政界の情勢についていろいろ教えてくださった。話をしてみると、なかなか面白い御仁でね。不器用な優しさを持っている方だった。そう言う意味では、閣下とよく似ているかもしれないな」

父とバルバストル公爵の仲は良好のようだった。国王の目さえなければ、もっと頻繁に交流できたに違いない。だが、両家が必要以上に近づけば、国王はクロヴィスをすぐにでも排除しようとするはずだ。

今までは、獅子が小動物を玩《もてあそ》ぶようにクロヴィスを甚振《いたぶ》っているだけだった。長く苦しませることを目的とした遊戯といっていい。

国王が悪趣味な遊びに興じていられたのは、彼の後ろ盾となる者が表向きいなかったから。バルバストル公爵とは実の親子ではないから距離を置き、ストクマン侯爵家には不義理を働いている。傍から見れば、どちらの家門もクロヴィスへの助力などありえない。

そう国王に思わせることで、バルバストル公爵はクロヴィスを、クロヴィスはストクマン侯爵家を守ってきた。彼等の事情を知った侯爵家は、公爵の要請に応じて騎士団に薬を卸すことを決めた。

「遠征先の騎士団へ薬を届けるのに、ルファにも協力してもらったよ。王都でのやり取りならともかく、遠征先まで薬を運搬するとなると容易ではないからな」

「信頼できない者に任せれば、薬が騎士団に届かない場合もありますものね。それに、国王側へ情報が漏れる可能性もありますし」

「その点、ルファの仲間なら信用できる。彼女が編んだ独自の情報網は、王都だけでなく辺境の地をも網羅しているのだ。情報屋としても行商としても、かなり優秀で頼りになる」

「わたくしがルファさんのお店に出入りを許されているのは、そういう理由もあるのですね」

「貴族社会は、情報が命だ。でも、何も夜会や茶会にばかり情報が転がっているわけではない。レティには、広い視野をもって欲しかった。ルファに気に入られたと聞いたときは安心したよ。彼女は気に入らないと貴族だろうが店を追い出すくらい気性が荒い」

苦笑したローランは、ふと真剣な顔でレティーツィアを見据えた。

「何か不測の事態があった場合、ルファとブレドウを頼るといい。彼らなら力になってくれる」

「……はい。何事もないことを祈りますわ」

「もちろんだ。ただ、用心に越したことはない。おまえが閣下と共に在る道を選んだ以上、この先どのような形であれ陛下が介入してくるだろう。だが、けっして理不尽に屈するな。私たちは国王陛下の臣下ではあるが、奴隷ではない。主君が道を踏み外すなら、諫《いさ》めることもせねばならない」

柔和な父がはっきりと言い切る。この国に生きる貴族としての矜持であり、本来在るべき姿だ。

おそらく回帰前も、バルバストル公爵や父は人知れず戦っていた。しかしレティーツィアは彼らを見ず、現実から目を背け、ただ花嫁になることを夢見ていた。弱く幼い娘だった。

「お父様、わたくしも戦います。守るべき未来のために」

今までは、『王城の悲劇』を繰り返さぬための行動だった。しかしこれからは、大切な人々が幸せになれる未来であるように、自分にできることを精いっぱい努めたいとレティーツィアは思う。

ローランは娘の成長した姿を眩しそうに眺め、目尻の皺を深くした。

「レティが魔獣に襲われてからの四年間、私もマリエルも心配していた。あれは、未来へ羽ばたくために必要な時間だったんだな。……おまえを誇りに思うよ、レティーツィア」

父の言葉を胸に刻み、感謝の意を示した。

媚薬騒動から十四日後。レティーツィアはクロヴィスと共に、王城の大広間にいた。秋季討伐の出征式が行なわれるためである。

王城の大広間は豪華な装飾が彩りを添えていた。燭台《しょくだい》の柔らかな光が壁面に映し出される中、華やかな衣装を身につけた貴族が談笑している。室内の中央は精緻な細工が施されたシャンデリアが輝き、床面に描かれた幾何学模様を美しく照らしている。

本当は王城に来たくはなかった。どうしても回帰前を思い出すからだ。けれど、クロヴィスをひとりで出席させるわけにはいかない。国王が関わってくる以上、悲劇を食い止めるためにも目を背けてはいけないと覚悟を決めてこの場にいる。

「先ほどから無口だが、怒っているのか？」

壁際で招待客を観察していると、隣にいたクロヴィスが顔をのぞき込んでくる。突然間近に迫る整った顔に、心臓が大きく高鳴った。

「怒ってなど……いませんわ」

「それならいい。ずっと追いかけ回していたから、怒られても仕方がないと思っていた」

クロヴィスの言葉を聞いたレティーツィアは、返答に困って視線を泳がせる。

（もっと、緊張感を持つべきなのに……意識がすべて、クロヴィス様に向いてしまっているわ）

クロヴィスは、『黒騎士団』団長としての威厳と高貴さを兼ね備えた装いでパーティに臨んでいた。いわゆる正装である。

通常の騎士服との違いは、外套《マント》の有無や、徽章《きしょう》の数にある。普段は簡略化されているが、こうしたパーティの場合は、自身の身分や功績を他に知らしめる意味で必要なのだ。

袖口には金の糸を使った刺繍が施され、襟元にも同様の紋様が入っている。腰には装飾が施された剣が吊《つ》るされており、その鞘《さや》には公爵家の家紋が刻まれていた。クロヴィスの鋭い眼差しと堂々とした立ち振る舞いは、戦場を駆け抜ける勇敢な騎士であることを示すものだった。

最近は騎士服よりも平服のほうが見慣れていたため、つい見蕩《みと》れてしまう。均整の取れた体躯《たいく》に彫刻のごとき端整な顔。クロヴィス自身は無頓着だが、彼の容姿は尋常ではないほど整っている。レティーツィアが見入るのも当然だ。

相変わらず、貴族の中には騎士団やクロヴィスを快く思っていない者もおり、ひそひそとこちらを見て話している。

あまり気分のいいものではないが、彼は会場内の誰よりも堂々としていた。他の貴族の囀《さえず》りなど気にも留めていないようだ。

「しばらくの間、レティーツィアに会えなくてかなり荒《すさ》んでいたんだ。だが、今日、あなたをエスコートするために課せられた試練だったのかもな」

クロヴィスは、彼にしては本当に珍しく笑みを零す。

王命で出征式に参加しなければならないと聞かされたのは、七日前である。ちょうど媚薬が討伐に役立つくらいの量まで増産できた矢先のことだ。

彼は、ひとりでパーティに出席してもいいと言った。たいした集まりではないし、わざわざ嫌な思いをする必要はないから、と。

それでも相談してくれたのは、婚約者としてレティーツィアを尊重しているから。今までとは違う関係を築こうとしているから、話を通してくれたのだ。

ストクマン侯爵家は、この手の集まりにはあまり出席しない。婚約してからも何度か出征式はあったが、父母は招待を受けても辞退している。クロヴィスが、レティーツィアと距離を置いていたからだ。

『娘を蔑ろにされるのは、親としては面白くない。ただ、彼の意図も理解はできる。騎士団長殿は、彼なりにレティーツィアを守ろうとしていたんだろう』

今回の件で相談した際に、父から聞いた言葉だ。

クロヴィスが第二王子だというのは、本当にごく一部のみが知る事実らしい。彼が生まれたときも、母親の身分が低かったため、王子の誕生を大々的に発表されなかったという。あくまでも、第一王子に何かあったときの〝替え〟という、存在を秘された王子。ゆえに、その立場は不安定だったのだ。

(ひどい話だわ)

クロヴィスは幼かったため、王宮で過ごした記憶はほぼないらしいが、当時を知る人々は口を揃えて彼の状況を嘆いていたようだ。その筆頭が、養父として名乗りを上げたバルバストル公爵だったのである。

「……クロヴィス様は、王宮へ来るのは気乗りしないのではありませんか」

「正直に言えば、来る意味はないな。騎士団で訓練をしているか、研究棟でレティーツィアが作業している姿を見ているほうが有意義だ。ただ、あなたがパートナーとして出席してくれるからここにいる。そうじゃなければ、顔だけ出してすぐに帰っている」

クロヴィスは王城にくるまでの間で、レティーツィアを何度も褒《ほ》め称《たた》えてくれていた。

当然今日は、いつもの簡素なドレスではなく、王城のパーティにふさわしい豪奢《ごうしゃ》なドレスを身に纏っている。ドレスは髪色と同系色の絹で作られており、光の加減で美しく輝いていた。上半身は繊細なレースで覆われ、胸元には小さな真珠が散りばめられている。幾重にも重ねられたスカートの裾には金糸で刺繍された花模様が施されているため、歩くたび花びらが舞うように揺れていた。

髪はドレスに合わせて美しく結い上げられ、小さな花の飾りが散りばめてある。首元では真珠のネックレスが輝きを放ち、レティーツィアの上品な美しさを演出している。

「この場にいるのは悩ましい。美しいあなたを皆に見せたいと思うが、独占したいとも思う」

「ク、クロヴィス様は、最近、とても褒めてくださいますね。慣れていないので、照れてしまいます」

彼の纏う甘い空気が擽ったい。回帰前王城で見た冷酷な表情が幻のようだ。けれど、本来の彼は今のように穏やかな人なのだ。置かれている状況が、クロヴィスを冷酷にしているだけだ。

「今まで俺は、騎士団の団員を守ることを第一に考えてきた。国王と浅からぬ因縁がある以上、大切なものが増えればそれだけ危険も増える。自分の手に余るほど大事なものは必要なかった」

クロヴィスはそう言うと、レティーツィアの頬にそっと触れた。

「でも、あなたが俺に教えてくれた。大切な人ができれば、驚くほど人生が彩り豊かになり、自分の生きる力になるのだと」

「わたくしは……クロヴィス様のお力になれるのですか……？」

「あなた以外、俺が大切に思える人はいない。団員たちとも違う。俺にとっての救いの女神であり、愛する存在だ」

「あ……」

彼から語られた初めての愛が、レティーツィアの心を震わせる。

回帰後に研究に没頭したのは、クロヴィスに愛されるためではない。ただ、王城で起きた悲劇を回避したい一心のことだった。

それでも、淡い恋心を抱いていた人に心を差し出されるのはこのうえなく幸せで——レティーツィアは言葉にならず彼を見つめる。

そのとき、会場に流れている音楽の曲調が変化した。

大広間の扉が大きく開かれる。そこに現れたのは、宝石が散りばめられた王冠をかぶり、絢爛《けんらん》たるローブをまとった国王、ウーリ・ハンヒェン・ホルストだった。

国王の登場により、広間は一瞬にして静まり返り、緊張感に包まれる。

一段高い場所から冷たい眼差しで会場を見渡した国王は、この場の視線が自身に集まったのを確認し、満足そうに微笑んだ。

「皆の者、我が声に応えてよく集まってくれた。今宵《こよい》はなかなか珍しい客人もいるゆえ、心ゆくまで楽しむといい。——さあ、音楽を！」

国王のひと声で、楽団がダンス用の音楽を奏で始める。

王国ではファーストダンスは王族が踊るのが慣例だが、王妃は欠席である。また、後継となる者もいないことから、国王の指名でいずれかの貴族が踊るのだと父から聞いていた。そして、出征式ではレティーツィアたちに指名があるだろう、とも。

「さて、今宵はバルバストル騎士団長とその婚約者殿にファーストダンスを踊る栄誉を与えよう。いくら不慣れな場とはいえ、余の期待を裏切ってくれるなよ？」

皮肉げに笑う国王に追従し、周囲から笑い声が聞こえた。

（やはり陛下は、わたしたちが失敗すると思っているのだわ）

今回は、レティーツィアを同伴するように名指しで指名があった。社交界デビューを済ませた婚約者なのだから、というのが表向きの理由だ。

しかし国王は、皆の前でクロヴィスを貶《おとし》めたいのだ。パーティ慣れしていないふたりを皆の前で踊らせ、見世物にし、騎士団長の名誉を傷つける。これまでも同様の行為が行なわれてきたのだと、国王の態度からは察せられた。

（でも、思い通りになんてならないわ）

「レティーツィア」

クロヴィスの手が差し出される。彼の表情は余裕があった。国王の思惑も貴族の視線も気に留めず、目の前の婚約者の姿しか見えていないという態度だ。

彼の手を取り、ふたりで広間の中央へ歩み出る。クロヴィスの手が腰に触れると、レティーツィアは彼の肩に手を置いた。

その場の視線が集中する中、クロヴィスのリードでダンスが始まった。

音楽に合わせて軽やかにステップを踏んでいく。彼のリードは巧みだった。身を任せていると、まるで身体が羽になったような心地で軽やかに踊ることができる。

「クロヴィス様とのダンス、とても楽しいです」

「光栄だ。ひそかに復習した甲斐があった。俺ひとりなら何を言われようと気にしないが、レティーツィアに恥をかかせたくはないからな」

「えっ、どなたと練習なさったのですか?」

「じつは、あなたの母上に頼んだ」

騎士団に入ってからまともに踊ったことがなかったクロヴィスは、勘を取り戻すべく練習しようとしたところ、『パートナーがいたほうがいいでしょう』と、マリエルが申し出たという。

(まさか、そんなことがあったなんて)

「わたくしに言ってくだされぱよかったのに」

「媚薬作りもあったし、パーティの準備で忙《せわ》しなかっただろう。余計な負担をかけたくなかった。それに、マリエル殿とも話す機会が得られて感謝している。今日はレティーツィアと踊ることもできたし最高の気分だな」

話をしながらでも、クロヴィスのステップは乱れない。彼のリードに合わせているうちに時間は過ぎていき、音楽が終わりに近づく。あっという間に一曲踊りきってしまい、寂しい気持ちになった。

最後のステップを踏んだ瞬間、わっと歓声と拍手が湧きが上がる。

「騎士団長は、魔獣退治しか興味がない野蛮人だと聞いていたが……見事なものだな」

「おふたりの息がぴったり合った素敵なダンスでしたわ」

好意的な声が聞こえ、レティーツィアは思わず彼を見上げた。

「ふふっ、クロヴィス様が褒められています」

「それは、あなたがパートナーだからだ」

ダンスが終わった高揚と安堵で笑みを浮かべると、国王の傍に侍《はべ》っていたひとりの男性が近づいてきた。

「お二方、陛下がお話がしたいと仰っておられます」

「……では、ご挨拶に向かおう」

国王直々に声をかけられれば、断るわけにいかない。もともと挨拶はしなければならなかったため、彼のエスコートで国王のもとへ向かった。

玉座で待つ君主を前に、ふたり並んで膝をついて礼をとる。すると国王が、鷹揚な態度で「面《おもて》を上げよ」と笑った。

「ふたりとも、見事だったぞ」

「勿体《もったい》ないお言葉です」

クロヴィスの答えに鼻を慣らすと、国王の視線がレティーツィアへ向く。

「久しいな、ストクマン侯爵令嬢。無骨者の婚約者で、苦労しているのではないか？　そなたたちを結びつけたのは余だ。もし不満があれば、遠慮なく言うがいい」

国王は、権力を誇示することに喜びを感じる人物だ。自分の意に沿わない者を容赦なく排除していく姿は、恐怖と威圧で国を支配していると言っていい。

この国について学ぶほどに、ウーリ・ハンヒェン・ホルストという人物が恐ろしくなった。誰もが国王の機嫌を損ねることを嫌がり、顔色を窺っている。おそらく、今の問いに対しての答えが気に入らなければ、レティーツィアを冷遇するつもりだろう。

（きっと、クロヴィス様の悪口を言ってほしいのね。でも、嘘はつけないわ）

レティーツィアは視線を下げたまま、「恐れながら」と返答する。

「陛下のご厚情により結んでいただいたご縁に不満などございません。クロヴィス様は、騎士団の団長としても婚約者としても、非の打ち所がない素晴らしいお方です。陛下には感謝をしております」

「……ふん、そうか」

不機嫌を隠さない声だった。だが、後悔はない。

婚約が決まったとき、レティーツィアは国王を前に自身の言葉で語れなかった。クロヴィスに〝諾〟と言わせてしまったのは、怯えるばかりで何もできなかった自分だ。

けれど今は、国王を前に臆することはない。回帰を経て築いた信頼できる仲間の存在と、これまで成果を上げてきた研究は、レティーツィアに自信を与えている。

何よりも、隣にはクロヴィスがいてくれる。彼と一緒ならば、どのような困難だろうと乗り越えられる。恐れることなどひとつもなかった。

「それでは陛下、御前失礼いたします。無骨者ゆえ、皆様の邪魔になっては申し訳ない」

立ち上がったクロヴィスに倣って続いたレティーツィアは、お手本のような屈膝礼《カーテシー》をしてみせる。

「楽しいひとときを感謝申し上げます。それでは皆様、失礼いたします」

差し出されたクロヴィスの手を取り、ふたりで大広間を後にした。

誰もいない廊下をふたりで歩いているうちに、どちらからともなく笑い合う。国王の表情が予想以上に不機嫌で、痛快だったのだ。

「俺の婚約者は、ずいぶん勇敢になった。国王も驚いていたぞ」

「いつまでも何もできない子どもではありませんもの。わたくしの気持ちは、先ほど申し上げた通りです。クロヴィス様を尊敬しています。……初めて恋をした方で、ずっとあなただけを想っています。たとえ陛下の意に沿わずとも、心を偽ることなどできません」

笑顔で答えると、なぜかクロヴィスが立ち止まった。

「クロヴィス様?」

「――レティーツィア、あなたを抱きたい。身も心も俺だけのものにしたいんだ」

目を合わせ告げられたのは、なんの装飾もないクロヴィスの本心だった。あまりに明け透けな台詞で驚きと戸惑いもあるが、それ以上に胸が締め付けられるようなときめきを覚える。

すでに、レティーツィアの心は彼のものだ。ずっと長い間、クロヴィスだけを想って生きてきた。ただ、彼の幸せだけを願っていた。

「わたくしは、クロヴィス様の〝幸福〟になれますか？」

「もうなっている」

揺るぎない言葉が頼もしく、このうえなく心強かった。恋い慕っている彼から請われれば、答えなど端からひとつだけ。それは、レティーツィア自身の望みでもある。

「わたくしを、クロヴィス様の妻にしてくださいませ」

「ああ。あなたの夫になりたい。この座は、絶対誰にも渡さない」

想いを交わし合ったふたりに迷いはなく、邪魔をする者もいなかった。

待たせていた侯爵家の馬車を使い、クロヴィスの屋敷へ向かう。そう時間もかからず到着すると、御者には侯爵家への言づてを頼んだ。クロヴィスと一緒なら、父母も安心するはずだ。

公爵家を出た彼は、大きな屋敷にひとりで暮らしていた。任務で家を空けることも多く、ほとんど在宅していないというが、騎士団長という立場にふさわしい立派な邸宅である。

広大な敷地に建てられており、石造りの外壁は堅牢《けんろう》でありながら美しい彫刻が施されていた。周囲には手入れの行き届いた庭園が広がり、色とりどりの花々や緑豊かな木々が美しい景観を作り出しているという。昼間に見れば、見蕩れるような景色に違いない。

屋敷の内部に足を踏み入れると、家令が出迎えてくれた。クロヴィスはひと言、「婚約者だ」とだけ告げ、レティーツィアを抱き上げた。

「あ、あの……」

「寝室に案内する。ここからは、俺たちふたりしかいないから安心してくれ」

言いながら、クロヴィスは軽々と階段を上がっていく。階下では家令が丁寧に頭を垂れていた。挨拶できないのが申し訳なかったが、そんな余裕がないのも事実だ。

ふたりの想いは重なり、抑えきれないほど大きく膨れ上がっている。

彼が討伐へ向かう前に、全身で愛を伝えたい。レティーツィアは言葉にならない気持ちを行動で表わそうと、彼に思いきり抱きついた。

「もう……今度、ちゃんとご挨拶させてくださいね」

「許せ。あなたに触れるのに一番都合がいい体勢だ。毎回こうして移動してもいいくらいだ。それに、本気で怒っているわけでないのはわかっている。恥ずかしいだけだろう。違うか？」

「……はい。それと、緊張しているのです」

「俺もだ。緊張しているし、どうしようもなく浮かれている」

甘さを含んだ声音で告げた彼は、突き当たりの部屋に足を踏み入れた。

部屋には大きな四柱式の寝台があり、柔らかな絹のカーテンが掛けられていた。窓からは庭園が見渡せるが、今は夜の闇に包まれて何も見えない。

「自分の部屋にあなたがいるのが不思議な気分だ」

クロヴィスはレティーツィアを寝台の上に下ろし、ドレスを脱がせ始めた。彼の手が肌に触れるたびに媚薬に侵された夜を思い出し、身体が火照ってしまう。

ドレスを長椅子にかけたクロヴィスは、自身の服を脱ぎ捨てた。鍛え上げられた上半身が露わになり、騎士らしい身体つきに思わず息を詰める。

「悪いな、閨事《ねやごと》には慣れていないから段取りが掴めない」

「それは、わたくしも同じです。その……閨教育も受けましたが、お相手に身を任せればいいということだったので、あまり詳しくないのです」

行為の内容は心得ているが、詳細まではわからない。回帰前も後も、そちらの教育に重きを置いていなかったのだ。

「大丈夫だ。媚薬の一件で、あなたが感じる場所はわかっている」

時折肌に口づけつつ、丁寧な仕草で布を剥《は》がされた。彼にすべてを晒すのは初めてではないが、それでも前回とは状況が違う。

好きな人と、初めて結ばれるのだ。それも、自分の意思で。

「素肌に真珠だけというのも、なかなか扇情的だな」

レティーツィアの髪を解いたクロヴィスが、愛しげに口づける。

回帰前、最後に会ったときの彼は、ひどく傷ついていた。国王に復讐を遂げた直後ですら喜びもなく、自ら未来を閉じようとする哀しい人だった。

けれど、今は違う。

愛を囁く真摯な声も、『抱きたい』と言った熱を孕んだ瞳も希望に溢れている。かつてレティーツィアが経験した悲劇の光景は、生きる喜びへと塗り替えていく。

クロヴィスは丁寧にネックレスを外すと卓へ置き、レティーツィアを優しく横たえた。

胸のふくらみを口に含まれ、強く吸引される。思わず腰が揺れ動くが、彼の身体に押さえられて身じろぎできない。

レティーツィアが身悶える間にも、彼の攻め手は緩まない。硬く凝る乳首を交互に吸い上げつつ、下肢に手を伸ばしてくる。下生えを撫でつつ割れ目を押し拡げ、ゆるりと陰核を刺激する。

「あぁっ」

前回もいじくられたそこは、弱点というべき場所だった。指先で扱いて優しく転がされると、蜜孔から愛液が噴き出してしまう。

「んっ、やぁ……っ」

「濡れているな。素直な身体だ」

「へ、変、ですか……？」

「まさか。俺は嬉しいし、もっと感じさせたい」

彼はレティーツィアの唇を塞ぎ、口内を舌でかき混ぜた。それと同時に蜜口へ指を挿入し、媚壁を擦り立ててくる。

「んっ、ンぅっ……」

舌を嬲《なぶ》られ、くぐもった声が漏れる。そちらに気を取られていると、今度は蜜孔で指を抜き差しされ淫らな水音が響き渡る。

媚薬に侵されたわけでないのに、レティーツィアは敏感になっていた。好きな人には自然と身体が反応するのだと初めて知った。すべては、彼が教えてくれた。

「クロヴィス、さま……ぁっ」

愛戯にびくびくと腰を跳ねさせているうちに、快感が募ってくる。ぐちゅぐちゅと淫らな水音が大きくなってくると、しばしレティーツィアの反応を探っていた彼が指を引き抜いた。

「あなたを愛している。俺の人生をかけて、大切にすると誓う」

自身の前を寛《くつろ》げ、彼が見下ろしてくる。ひどく卑猥《ひわい》な形に反り返り、先端から先走りを零している。恐れを感じるほど長大だったが、そうと悟られないように努める。

彼とひとつになりたい気持ちが強かったのだ。

切なげにレティーツィアを見つめたクロヴィスは、自身を蜜口にあてがった。初めて感じる肉茎の硬さと熱さに、つい息を詰めてしまう。

「……大丈夫か？」

「わたくしは、平気です。クロヴィス様と、結ばれるのが……嬉しい、のです」

気遣いはいらないというように微笑めば、彼はレティーツィアの足を左右に広げた。とろりと愛液が零れるそこへ、昂ぶりを思いきり突き入れる。

「あぁっ……！」

未開の花園が、クロヴィスの雄に犯されていく。張り詰めた雄茎が奥を目指して突き進み、胎内は鋭い痛みを覚えた。

「ん、は……ぁっ」

「レティーツィア……すまない、痛いか？」

悩ましげに問われるも、言葉を発する余裕がなかった。

愛撫で解《ほぐ》れていた隘路《あいろ》は、今は硬く閉ざされて侵入者を拒んでいる。

苦しげに眉根を寄せたクロヴィスは動きを止めると、乳房に手を這わせた。

「あ、あ……っ」

胸の頂きを指で摘まれると、身体の強張《こわば》りがわずかに解ける。すると今度は内部を満たす肉茎の脈動を感じてしまい、媚肉がきゅうきゅうと窄《すぼ》まった。

「……駄目だな、俺は。あなたが愛しくて、止めてやれなくなる」

「あぁっ……！」

刹那、クロヴィスは一瞬の隙を突いて最奥まで肉槍を突き刺した。彼の形に合わせて拡《ひろ》がった蜜肉が、淫らにうねって快感を拾い上げる。意識が弾《はじ》けとびそうな衝撃に耐えていると、休む間もなく抽挿が始まった。

彼は余すところなく媚肉を擦り立て、腰を打ち付けてくる。鍛え上げられた騎士の肉体は、容赦なくレティーツィアに攻め込んだ。

快楽よりも痛みが強く、つい腰が引けそうになる。それでも止めてほしいとは思わないのは、クロヴィスを求めているから。彼と結ばれた喜びが、痛みを上回っているのだ。

「あぅっ……ん、くぅっ」

胎内を行き来されるたび徐々に馴染んでいき、声に甘さが含まれてくる。彼はレティーツィアの変化を察知したのか、安堵したように表情を和らげた。

「少し、慣れてきたか?」

「んっ、わからな……ぁあっん!」

「俺ばかりが幸せでも意味がない。あなたにも感じてほしい」

クロヴィスはゆったりとした腰使いで媚壁を擦りながら、花芯に手を伸ばした。赤く膨らんだそこを動きに合わせて撫でられると、思考が悦に塗れていく。

クロヴィスは、けっして自分の欲を満たすためだけの動きはしなかった。常にレティーツィアを気遣い、緩やかな動きで我慢してくれている。

「……レティーツィア。愛している」

ぼそりと呟かれた言葉に反応して顔を上げれば、真摯な眼差しとかち合った。

「愛してる……あなたの愛を、俺にくれないか」

譫言《うわごと》のように放たれた言葉に、胸のときめきが収まらない。

少し汗ばんだ彼の肌に触れると、首筋にぎゅっと腕を回す。密着した身体から感じる彼の体温に、愛しさが溢れて涙が出そうになってくる。

(夢のようだわ……)

回帰前では考えられないほどの深い愛を感じられる。表情やしぐさのすべてが彼の感情を伝えていた。クロヴィスもまた、レティーツィアと同じように身体を重ねたことを喜んでいるのだ、と。

「…クロヴィス、さま……わたくしも、あなたを、愛しています……」

ずっともう長いこと、彼だけを思って生きてきた。最初は憧れに過ぎなかった気持ちは、いまや大きく膨れ上がっている。好きな人と気持ちを交わし、愛を注がれる幸福を知ったからだ。

「覚えていてくれ。レティーツィア……あなただけが、俺を孤独から救ってくれる」

熱に浮かされた声音で呟いたクロヴィスは、体勢を変化させた。レティーツィアを横臥させると、膝裏に腕を差し入れる。

片足を持ち上げられて背後から腰を打ち付けられると、一瞬視界が白く歪んだ。

挿入角度が変わったことで、それまでとは別の喜悦が胎内を駆け巡る。淫らな格好をしているのが恥ずかしいのに、彼を求める気持ちが止められない。

「あっ、んッ……ゃあ……ンンッ」

「っ、は……レティ……最高だ」

恍惚《こうこつ》と告げられたが、返事をする余裕はなかった。

彼の腰使いは徐々に苛烈になっていき、比例して打擲《ちょうちゃく》音が大きくなる。出し入れされるたびにどんどん快楽が深くなり、レティーツィアの身体が痙攣する。

「……ああ、感じているな」

抽挿が激しくなってくると、蜜路に溜まった愛液が攪拌された。とてつもなく淫らな音楽が奏でられ、羞恥で耳を塞ぎたくなってしまう。

けれど、彼も同じように感じてくれている。中に埋められた肉茎の存在感が増しているのがわかり、心も身体も歓喜する。

「ん……あっ、クロヴィスさ……顔が、見た……」

「可愛いおねだりだな。本当に、どうにかなりそうだ」

クロヴィスは再度体勢を変え、今度は正面から突き上げてきた。胸が押し潰されるくらい体重をかけられ、より結合が深くなる形で抱き合った。すると、クロヴィスの形に押し拡げられた肉洞が蠕動し、自らの限界を伝えてくる、

「あぅっ……い、ゃあ……何か、くる……っ」

せり上がってくる得体の知れない感覚への恐怖で、レティーツィアは首を左右に振った。しかし、

未知への恐れごと包み込むように、クロヴィスが抱きしめてくれる。

「大丈夫だ、レティーツィア。何も怖いことはない」

言葉と同時に、熟しきった媚壁を抉《えぐ》られた。腹の内側を集中的に突き擦られると、強い掻痒《そうよう》感に襲われる。

「も……だ、め……ぇっ」

耐えきれずに叫んだレティーツィアは、意図せず腹の内側に力を込めた。そうすると今度は雄茎の存在をありありと感じてしまい、細かな脈動まで拾ってしまう。

いまだかつてないほど大きな快楽の高みへと押し上げられ、彼の背中に腕を巻き付ける。

「あ、ぁっ……ンッ、あ……――っ」

全身が快感に染め上げられ、蜜孔が収縮する。初めての絶頂だった。愉悦を極めたことで、胎内を満たす雄棒をぎゅうぎゅうと圧搾し、彼の欲望を食い締めている。

「く……っ」

締め付けに耐えかねたクロヴィスは、レティーツィアの腰を掴んで鋭い打擲を繰り返した。達したばかりで蕩けた蜜襞を容赦なく刮《こそ》ぎ続けると、時を置かずに肉槍が膨張する。

小さく呻いた彼は、最奥へ白濁を吐き出した。吐精はかなり長く続き、胎内がクロヴィスの精で満たされていく。

（なんて……幸せなのかしら……）

ふと笑みを浮かべるも体力の限界を迎え、レティーツィアは意識を手放した。

＊

レティーツィアが気を失ったあと、クロヴィスは彼女の身体を隅々まで清めた。湯に浸した布で白く美しい肌を拭う間も、彼女は眠り続けている。寝顔を見ているだけでも心が満たされ、そんな自身に驚いている。

（まさかこの俺が、これほど幸せを感じられるなんて思わなかったな）

クロヴィスの出自は特殊ゆえに、常に気を抜けない日常を送っていた。バルバストル公爵家では実の息子のように扱ってもらったが、己が王家の――第一王子の代用品《スペア》だと知ると、素直に父たちの愛情を受け取ることができなくなった。

この世に生まれ出《い》でた経緯が経緯だけに、己の存在が無価値に思えたのである。

だからこそ、討伐では常に先頭で魔獣に対峙した。剣の腕を磨き、数多の魔獣を討伐することでしか、己の価値を見出《みいだ》せなかった。

けれど、クロヴィスの日常に光が射し込《さこ》んだ。レティーツィアだ。彼女の優しさは、その身を闇に浸して生きてきたクロヴィスを、暖かな春の日差しのように照らしてくれる。

これからは、彼女のために生きたいと思った。自ら〝生〟を望んだのは初めてだ。そして、誰かを心から〝欲しい〟と願ったことも。

だが、自身の立場が危ういことも身に染みている。国王は、クロヴィスが幸せになるのを許さない。先王の息子はふたり要らぬと、母を喪ったのは卑しい子どもが王家に名を連ねているからだと考えている。

それでも、彼女を諦めようとは思わなかった。今まで何も得ようとせずに生きてきただけに、初めて得た愛への執着は凄《すさ》まじい。レティーツィアを手に入れるためなら、何を犠牲にしてもいい。そのような想いは誰にも理解されないだろうし、それでも構わなかった。

「レティーツィア……」

下肢に淫らな熱が集まり、下衣を押し上げる。先ほど彼女の胎《はら》に大量の精を放ったばかりだというのに、欲望は留まるところを知らずクロヴィスを苛んだ。

彼女に無理を強いるわけにいかない。だが、収まりのつかないところまで昂ぶっているのも事実だ。

「っ……」

寝台の端に座ったクロヴィスは自身を取り出し、ゆるりと扱いた。先端からは先走りが滲み、肉胴に垂れ流れる。ぬちぬちと音を立てながら指に力を入れると、その刺激に小さく眉根を寄せた。

性的な衝動で自慰などしたことはない。生理現象で処理する程度だったのに、想いを交わして抱き合う心地よさを知ると、際限なく欲望が湧き出てくる。もちろんクロヴィスの劣情は、レティーツィアにのみ。ほかの女性では意味がないのだ。

「っ、レティ……」

空いている手で彼女の手を握り、ぬくもりを感じながら自身を擦り立てた。硬く反り返った肉棒は硬度を増し、比例してクロヴィスの呼吸が浅くなる。

散々レティーツィアを貪ったあとで、自慰に耽るなど愚かな行為だ。彼女の胎内の感触を覚えているからこそ虚《むな》しくなるが、それでも手を止められない。

張りがある豊乳に顔を埋め、濡れた秘部をめちゃめちゃにかき回したい。柔らかな胎内を擦り、喘ぐ彼女の唇を塞ぎ、口の中を舌で舐めたい。

彼女との性交はまだ生々しく身体に残り、余計にクロヴィスを昂ぶらせた。腰を動かしたい衝動に耐えて片手で己の欲望を慰め、もう片方で彼女の存在を確かめる。

「はっ……ぁ」

レティーツィアと手を繋いでいるだけでも欲情している。その事実に羞恥で打ちのめされるが、浅ましくも甘美な欲望に抗《あらが》えない。

強弱をつけて上下に扱いていくうちに、肉塊が膨れ上がってくる。吐精が近づいているのだ。

彼女との性交は終わらせたくない思いが強いが、自慰行為はまったく違う。ただ早く欲を吐き出したいという単純な衝動だった。

「く……っ、ぅ……！」

先汁に塗れた雄芯を絞るように摩擦する。腰回りがぞくぞくと疼き、呼吸が荒くなっていた。

肉胴が膨張し、吐精感が強くなった。一心に己の昂ぶりを扱き上げれば、快楽を極めて白濁を散らす。手のひらで精を受け止め、小さく身を震わせる。肩で息をして呼吸を整えるころには、どこか虚しさを覚えて自己嫌悪した。

「……こんな姿は見せられないな」

関わりを避けてきた婚約者。だが、レティーツィアの献身が、ふたりの関係を進めてくれた。けれど、それに甘えてはいけない。今度はクロヴィス自身が努力し、彼女を支え、守り、愛してもらえるような男になるべきだ。

(俺は、人を好きになるとこんな状態になる男だったのか)

騎士として、団長として、常に冷静沈着であるべきだ。それが、彼女を意識し始めてからは、新たな自分を発見している。

何かに執着し過ぎれば、己を見失う。そういう人間を山ほど見てきた。しかし彼らを愚かだと断じてきた自身は、知らなかっただけだ。誰かに恋をすると心を見失うほど溺れることもあるのだと。

クロヴィスはきつく目を閉じ、冷静であれと己に念じていた。

秋季討伐へ向かう前日になると、養父であるバルバストル公爵の屋敷へ足を運んだ。

事前に先触れを出していなかったが、突然の訪問に家令は喜び、すぐに公爵の書斎へ通してくれた。

通常ならありえないが、息子という立場だから許される。

入室の許可を得て中に入ると、執務机に向かっていた父が顔を上げた。

「おまえが来るとは珍しいな。しかも、明日より遠征だというのに」

「父上にお礼を申し上げようと思ったのです」

そう、レティーツィアを抱いたクロヴィスは、精神的にも肉体的にも充実していた。その影響からか、これまで意識を向けることを避けてきた公爵家について考える余裕が生まれたのだ。

「ストクマン侯爵に、国王から冷遇されている理由を説明してくださっていたのですね。俺は、侯爵から聞くまでまったく父上の気持ちに気づけなかった」

クロヴィスは、改めて感謝と謝罪を告げると頭を下げた。

ずっと長いこと、父に謝りたかった。自分を引き取ったせいで、公爵家にいらぬ火種を持ち込んだのではないかと不安だった。

だが、確かめることはなかった。何も言わず距離を置くことこそ、互いのためだと信じて疑わなかった。今ならそれは、父から目を背けていただけだと理解できる。

「俺は、自分のせいで父上の人生を狂わせたのではないかと思っていた。それが怖かった」

「おまえは不器用だな。誰に似たのか……昔からそうだったな」

苦笑した父の目尻に深い皺が刻まれる。

バルバストル公爵家は、黒髪に黒瞳の一族だ。父とは似ていなかったが、髪色と瞳はバルバストル公爵家の特徴だったため、実の子だと信じて疑わなかった。

クロヴィスが事実を知ったのは、七歳のころ。公爵家に引き取られてから五年後、弟が誕生したときだ。

弟の誕生を心から喜んだクロヴィスだが、たまたま使用人の噂話《うわさばなし》を聞いてしまった。

『実の子が誕生したのだから、クロヴィス様は公爵にはなれないわね』

長く公爵家に勤めるメイドたちが、こそこそと話していたのだ。

それからクロヴィスは、父や母と距離を置くようになった。次期公爵は、バルバストル公爵家の実子が継ぐべきで、自分は厄介者でしかない。そう考えてのことだった。

ただし、そう割り切るまでに時を要した。父に直接告げたのは、それから三年後のことだ。

父は、ただ黙ってクロヴィスの話を聞いていた。『騎士団に入団できる年齢になったら家を出る』と決意を述べれば、肯定も否定もせず、『わかった』と言っただけだった。

他人――それも、厄介な出自を持つ子どもよりも、実の子を可愛がるのは普通だ。それなのに、何も言わずに育ててくれた。それだけでありがたかったのに、今まで上手く感謝を伝えられずにいた。

「俺が不器用なのは、父上に育てられたからでしょうね」

そう軽口をたたけるまでに、何年もかかってしまった。けれど、この期間もけっして無駄ではなかった。公爵家の力を借りず、己の剣の実力のみで騎士団で生き抜く術を学べたから。

「ですが、最近は気持ちを言葉にすることの重要性を知りました。以前よりはマシになったはずです」

「そうだな……そうかもしれない。いいか、クロヴィス。子を心配するのは親の役目だ。それに、手助けだってする。血の繋がりにさほど意味はない。血縁関係でなくとも、おまえは私の息子なんだ。だから、常に気にかけている」

言い含めるように告げた父は、相好を崩す。

「ストクマン侯爵家に世話になっていたようだが、いい出会いがあったのだろうな」

「ええ。レティーツィアを筆頭に、薬師たちや村の情報屋とも知り合いました。今までに接したことのないような人たちばかりで、興味深いです。情報屋からは、国王が他国の暗殺者を雇ったと教えてもらいました。今回の討伐で仕掛けてくるようです。ですが、事前にわかっていれば対処できる」

「西国の貴族と極秘に接触したことは、情報屋のルファから聞き及んでいたが……いよいよ国王が本気で動き出したということだな」

父の発言に、やや驚く。ルファを知っていたのなら、彼女の店にクロヴィスが行ったことも承知しているのだろう。公爵家と平民の情報屋を結びつけたのは、おそらくストクマン侯爵だ。

(ということは、ルファが暗殺者の話を漏らしてくれたのは……父が顧客だったからか)

今まで拒絶していた〝人〟との関わりが、クロヴィスの心を温かく包み込む。父が国王の動向を探っているのは間違いなく息子のためだ。そう信じられるくらいに、壊れていた情緒が回復している。

「討伐中に暗殺者の相手をしなければならないとなると、いくらおまえでも重荷だろう。うちから私兵を出すから連れて行くといい」

「いえ……ご心配には及びません。俺には信頼できる仲間のほかに、レティーツィアが開発してくれた魔獣討伐用の薬もある。ひとりで戦っているわけじゃないと気づいたのです」

すべて、彼女が騎士団に薬を納品してくれたことが始まりだ。些細な切っ掛けが、水面に一石を投じてできた波紋のように心の中に広がっていき、大きな波へと育った。それは、今行なっている父との会話も含まれている。

「ですが、もし私兵を貸していただけるなら……ストクマン侯爵邸を秘密裏に守ってもらえないでしょうか。国王の暗殺者が俺だけを狙うとも限りません。用心に越したことはありませんので」

「では、そのように手配しよう。……クロヴィス、長い間おまえを矢面に立たせてすまなかった。息子ひとり守れないとは、父親失格だな」

それは父の本心なのだろう。だが、充分に守って貰《もら》っていたとクロヴィスは思っている。

第一王子の代用品という危うい出自の子どもを引き取り、教育を施し、現国王に対抗するための術として剣を教えてくれた。騎士団への入団を許されたのも、父が手引きをしてくれたから。騎士として身を立ててこられたからこそ、国王もクロヴィスを有効に活用していた。

「先王亡き今、あの男の恨みを引き受けるのは俺しかいません。公爵家を巻き添えにせず、苦しみ抜いて生きることが育てていただいた恩返しだと思っていました。所詮、代用品で生まれた命などいつ捨ててもよかった。ほんの数年前まで、本気でそう考えていたんです」

生きる意味などなかった。ただ、これまで自分と関わりのあった公爵家と騎士団だけは守らなければならない。そのためだけに、剣を振るってきた。

「でも、今は違う。レティーツィアと出会って、人の善意を信じることができた。今まで名ばかりの婚約を続けてきましたが、もう彼女のいない人生など考えられない。この遠征が終わったら、すぐにでも式を挙げます」

「私は、おまえの意思を尊重する。ただし、必ずストクマン侯爵令嬢を幸せにしろ。それが、おまえの新たな責任であり、生きる糧にもなる」

危険な任務に向かっても、愛する者さえいれば『必ず生きて帰る』と想いを強くすることができる。それは、孤独な人間にはできなかった新しい誓いだ。

「おまえには、我が家にある宝剣のうちの一振りを渡そう。討伐に持っていくといい」

「……はい。感謝します」

バルバストル公爵家の宝剣は、代々伝わる家宝のはずだ。それなのに、実子ではないクロヴィスに継承するのは、息子に向ける愛情が本物だからだ。

クロヴィスは父の言葉を深く胸に刻み、ふたたび頭を垂れたのだった。

第四章　無実の罪

　討伐隊の出発当日。朝の日差しが燦々《さんさん》と降り注ぐ中、レティーツィアは騎士団を見送るべく、王城の門前までやって来た。

　見送りに来たのは初めてだが、魔獣の討伐という命がけの任務に出発するというのに、騎士団のために足を運ぶ人の数は少なかった。貴族はまったくおらず、団員の家族や城下街に住む平民がちらほらといるのみだ。

　出征式が大々的に行なわれたのを考えると、なんとも寂しい出発だ。結局、国王が自身の権威を知らしめるための式でしかなかったのだとわかる。

　クロヴィスは、集結した騎士団の先頭にいた。戦闘用の鉄鎧を身につけて太陽の光を背に立つ様は、彼の威厳を一層引き立てている。騎士たちは整然と並び、それぞれの馬に騎乗していた。決意と覚悟が宿るその顔に、緊迫感が高まる。

（声をかけられる雰囲気ではないわ）

　今日、レティーツィアは前から渡そうとしていた手巾を持ってきていた。なかなか機会が作れずにいたが、ようやく手渡せる。そう思っていたが、団員の前にいるクロヴィスを見るのは初めてで圧倒されている。

遠目からそっと見送るに留《とど》めたほうがいい。そう考えて彼に近づかずにいると、不意に先頭にいたクロヴィスがこちらに目を向けた。

「レティーツィア、来てくれたのか……！」

クロヴィスの表情が、それまでと一変する。明らかに喜びを湛《たた》えてレティーツィアを呼んだ。

その場の視線が集中し驚いていると、馬から下りた彼が駆け寄ってくる。

「まさか会えると思っていなかった」

「お忙しいときにお邪魔をして申し訳ありません。どうしてもお見送りしたくて。それと、これを。以前お借りしていたものは汚れてしまったので、新しいものを用意しました」

巡ってきた機会を幸いに、持参した手巾を差し出す。クロヴィスはわずかに目を見開き、ふっと笑った。

「騎士団の紋章を入れてくれたのか」

「はい。クロヴィス様のご武運を毎日祈っております」

「あなたがいてくれるなら、俺はどんな強敵でも討ち滅ぼせるだろう。これは、お守り代わりにさせてもらうことにする」

力強く宣言したクロヴィスは、その勢いのままレティーツィアの肩を抱き寄せた。

「皆、俺の婚約者のレティーツィア・ストクマン侯爵令嬢だ。我々を助けるために、数々の治療薬を騎士団に差し入れてくれた恩人でもある」

張りのあるクロヴィスの声が響き渡ると、周囲からは「おお……！」と感嘆の声が上がる。

「彼女は我が騎士団に勝利を齎《もたら》す女神だ！　必ずや魔獣の脅威から皆を守ると、今ここに誓う！」

彼の声は、他者を鼓舞する響きがあった。戦場でも、いつもこうして味方を励まし、守り抜く、士団の絶対的な存在なのだろう。

「レティーツィア様、ありがとうございます！　『R薬』のおかげで、後遺症に悩まされず済みました！」

「騎士団一同、ストクマン侯爵家とレティーツィア様に心からの感謝を捧《ささ》げます……！」

歩兵から騎馬兵まで、騎士団の全員が胸に手をあてて謝意を示している。

「クロヴィス様、これは……」

「騎士たちには、レティーツィアが騎士団のために薬を開発したことを伝えた。今回使用することになる『しびれ薬』や『媚薬《びやく》』の説明もする必要があったからな」

そう語る彼は、どこか誇らしげだった。

今まで薬の研究や開発に携わってきたが、自分がこれほど大勢の人々に間接的に関わっていたことを初めて自覚した。

ただクロヴィスを救いたいと、傷ついてほしくないと思った。王城の悲劇を回避するために起こした行動で、自分が後悔をしたくなかっただけだった。

けれど、こうして大勢の人々を自分が作った薬で助けられたと知ると、どうしようもなく胸が詰まり、言葉にならない感動を覚える。

「わたくし……この光景を生涯忘れません」

「きっとこれから、何度も見ることになる」

確信したようにクロヴィスが言ったとき、上空から「ピィィィ……──」と鳥の鳴き声が聞こえた。見上げれば、騎士団の真上を旋回していた鷹《たか》が大きな羽を広げて下りてくる。

クロヴィスが腕をすっと上げれば、そこを目がけて鷹が降り立った。

「まあ……よく慣れているのですね。クロヴィス様がお飼いになっているのですか？」

「伝書鳥だ。公爵家や情報屋……ルファとのやり取りで使っている」

足に括《くく》り付《つ》けてあった紙片を取ると、鷹はふたたび上空へ飛び立った。

ルファと交流しているとは初耳だが、彼女は行商であり腕のいい情報屋でもある。きっと彼の役に立ってくれるはずだ。

「レティーツィア。任務から無事に帰ってきたら話がある」

「え……なんでしょうか？」

「俺たちの今後に関することだ。しかるべきとき、しかるべき場所で伝えたい」

美しく微笑《ほほえ》む彼を見て、胸が高鳴る。話の内容が気にかかるが今はこれ以上会話を交わす時間がなかった。

「では、行ってくる」

「……はい。お帰りをお待ちしています」

クロヴィスは微笑みを残し、ふたたび馬に乗ると、騎士たちに向かって声を上げた。

「我々は今日、国と民を守るための戦いに向かう。必ず魔獣に打ち勝ち、勝利を掴《つか》むぞ！」

騎士たちは一斉に剣を掲げ、雄叫《おたけ》びで応える。彼らの士気が充分に高まっていることを確認し、彼は馬の手綱を引く。

「出立！」

騎士団を率いてクロヴィスが前進する。

レティーツィアは胸の前で指を絡め、彼の無事を祈っていた。

クロヴィスが出立してから七日が経《た》った。その間、何事もなく平和な日々を送っている。

しかし、やはり寂しさが募る。彼は出立の日まで侯爵邸で過ごしていたため、いつでも会える状況だったからだ。

「お嬢様、元気ないですねえ」

研究棟に顔を出すと、開口一番でジェイクに揶揄《やゆ》された。自覚があるため言い返せず、「自分でも驚いているの」と苦笑する。

すっかりクロヴィスと一緒にいることが当たり前になっていた。ほんの少し前までは、自分の存在を隠して薬を提供していたにもかかわらず、だ。

彼に愛されて、欲張りになったのだ。初めて身体を重ねたときは、これ以上ないほど幸せで、回帰できてよかったと心から思えた。クロヴィスを未来の悲劇に導いてはいけないと、必ず救ってみせると誓いを新たにしている。

（しびれ薬も、媚薬もある。今回の討伐では、クロヴィス様の左眼は失われないはずよ）

彼の強さは、これまでの討伐で実証されている。携帯している新薬も、討伐の助けになるはずだ。

ひとつ心配なのは、国王が雇い入れたという暗殺者の存在だ。しかし彼は、『仕掛けてくると知っていれば迎え撃つ用意ができる』と自信を持っていた。

「まあ、めったなことは起きないでしょうよ。長老だって帯同してますし、どんと構えて待ってればいいじゃないですか」

「それでも寂しいし、気になってしまうのよ。長老様に変わって、わたくしがご一緒したかったわ」

ブレドウが騎士団の任務に帯同すると知ったのは、出立した後だった。といっても、王城の門前で皆と一緒に旅立ったわけではなく、途中から合流するという。

「まあ、気持ちはわかります。できれば俺も行きたかったですしね。けど、長老が一緒なら騎士団で怪我人《けがにん》は出ませんよ。何せ、俺たちの師匠なんですから。それに、討伐現場に行くことで、今後の研究に役立つ素材を見つけてきてくれるんじゃないですか？」

「そうね。長老様ならどんな機会も無駄にしないはずだもの」

若かりしころは、ルファと共に旅をしていたというブレドウは、腕にも覚えがあるらしい。自分の身を自分で守れるからこそ帯同が許され、かつ、薬師として誰よりも優秀だからこそ騎士団の役に立つ。仮に今回開発した薬品が魔獣に効かなかったとしても、何かいい方法を考えるはずだ。

（わかっているけれど、心配は尽きないものなのね）

今までよりもずっと騎士団が気掛かりなのは、大型の魔獣討伐ということもあるが、単純に心配なのだ。クロヴィスへの想《おも》いが大きく育っているゆえの憂いだった。

「順調に任務が終わったとして、いつごろ帰ってこられるんです？」

「たしか、最短で十五日だと聞いているわ。移動の行程で天候が崩れればもう少しかかるそうよ」

「それじゃあ、あと七、八日ですね。帰ってきたらまたしばらく討伐はないでしょうし、結婚式の準備とか始めるんですか？」

「えっ……」

「なに驚いてんですか。婚約してるんですし、結婚式は不思議な話じゃないでしょうよ」

呆《あき》れたように言うジェイクに、「それはそうなんだけど」と答え、視線を泳がせる。

回帰前よりも、クロヴィスとの仲は深まっている。だからといってすぐに式を挙げるのかといえば、そうとは言い切れない。

（あっ、クロヴィス様のお話って……このことなのかしら……？）

『俺たちの今後に関することだ。しかるべきとき、しかるべき場所で伝えたい』

出立前、確かに彼はそう言った。だが、気持ちが通じ合ったばかりで、結婚式にまで意識が向いていなかったのだ。それに、彼は騎士団の団長だ。式よりも、任務を優先しなければならない。回帰前は、そう言って二十歳まで結婚の話題にならなかった。

（そうだわ。結婚をするなら二十歳になるだろうって、無意識に考えていた）

しかし、回帰前とはどんどん状況が変わってきている。式の時期が早まってもおかしくはない。

「……なんだか意識すると、ドキドキしてしまうわ」

「お嬢様は、変なとこで抜けてますよねえ。閣下なんて傍《はた》から見てもわかるほど、お嬢様にベタ惚《ぼ》れじゃないですか。棟にいるときなんて、ずーっと目を離さないで見てるんですから」

指摘されたレティーツィアが気恥ずかしい思いに駆られたとき、焦った様子でアウラが部屋に入ってきた。

「あら、そんなに急いでどうしたの？　何かあった？」

「……裏の畑で育てていた薬草がすべて踏み荒らされてしまいました」

「薬草が……!?」

驚くレティーツィアに、アウラが苦々しく口を開く。

「敷地内に賊が侵入したのです。幸い、警備兵が捕縛しております。バルバストル公爵様の私兵もご協力くださったそうで、今、侯爵様が対応しておられます」

「バルバストル公爵様の私兵が近くにいたの？」

「兵士から聞いた話によれば、団長閣下が公爵様に依頼したとのことです。極秘で侯爵邸を守るようにとの命で巡回中に、賊を発見したとか」

今まで侯爵邸に侵入者がいなかったわけではない。ただ、大抵の犯罪者は屋敷内部に忍び込もうとする。金品が目当てだからだ。今回のように薬草畑を荒らされたり、研究棟が被害を受けたこともない。それだけに不安が拭えない。

「怪我人が出ていないのならよかったわ。これからわたくしたちも、外に出るときは複数人で行動するようにしましょう。もしものことがあってからでは遅いもの」

「それがいいと思います。特にお嬢様に関しては、警備兵を連れたほうがいいでしょうね」

ジェイクの提案に頷いたレティーツィアが、畑の状況を見てから屋敷へ戻ることを伝える。すると、

「外には警備兵を二名呼んでおきました」と、アウラが扉を見遣った。

「いずれも団長閣下に稽古をつけていただいているので、腕は確かだと申しております」

クロヴィスの話題が出て、心臓が締め付けられる。彼との会話が脳裏を過ったからだ。

『ルファからの情報によれば、国王は他国の暗殺者を雇ったようだ。おそらく、秋季討伐で仕掛けてくるつもりだろう。今までの刺客は国内の裏稼業の者たちだったが、今回は相手もかなり本気になっている』

国王が他国の暗殺者を雇い入れたことと、侯爵邸へ賊が侵入したこと。これらは偶然で片付けられないとレティーツィアは感じている。むろん証拠はない。ただ、あまりに時期が近すぎるのだ。

（クロヴィス様が無事に帰ってこられるよう祈るしかできないなんて）

もどかしく思いつつ、アウラとジェイクと共に棟を出る。すると、件《くだん》の警備兵が二名待機していた。

「手間をかけて悪いけれど、護衛をお願い」

「お任せください。我々は、バルバストル騎士団長閣下より指導を受けました。その際に、『お嬢様やお屋敷の皆様の安全を必ずお守りする』とお約束しています」

二十代前半の警備兵ふたりは、クロヴィスを師と仰いでいるようだ。よほど彼との稽古が実りあるものだったらしく、生き生きと職務にあたっている。

（クロヴィス様は、こうなる可能性を見越して指導してくださったのね）

名ばかりではなく実の伴った婚約となったのは、先のパーティでわかったはずだ。そうなれば、国王の目は必然的にレティーツィアに向く。己の意に沿わないと判断されれば、嫌がらせを受けることは充分考えられた。

クロヴィス直々に指導した侯爵家の警備兵とバルバストル公爵の私兵がいれば、まず安心と思っていい。彼は傍にいなくてもレティーツィアを守ってくれていたのだ。その事実が、心を強くする。

（討伐任務と暗殺者のことで大変なはずなのに）

ストクマン邸への措置は、彼の優しさと愛情だ。

胸がいっぱいで言葉にできぬまま歩いていくと、薬草畑のひとつに到着した。ここは、クロヴィスと再会を果たした思い出の場所だったが、畑の中は見るも無惨に荒らされていた。

「ひどい……」

「かなり苦労して栽培した薬草だってあったのに、許せませんね」

いつも飄々《ひょうひょう》としているジェイクですら、怒りも露《あら》わに畑を見ている。

王国で自生しない植物もあり、研究を重ねてようや根付かせたのだ。この畑だけではなく、ほかの畑でも同様の苦労をしている。棟の研究者であれば、皆同じように憤るはずだ。

「……また一から育てないとね。今度は畑に罠《わな》でも仕掛けておこうかしら？　こんなにたやすく踏《ふ》み躙《にじ》られるなんてあってはならないことだわ」

怒りを抑えるように、ぎゅっと両手を握り締める。

賊を捕まえたというが、その目的如何《いかん》ではさらに警戒しなければならない。

畑のことをジェイクに頼み、警備兵の同行でアウラと共に屋敷へ戻る。賊の侵入があったことで、邸内はにわかに騒がしくなっていた。

レティーツィアは警備兵ふたりに謝意を伝えて別れると、足早に父の執務室へ向かった。途中すれ違う使用人らは慌ただしく動いており、邸内の警備も明らかに増えている。

「お父様、レティーツィアです。状況を確認させていただきたくまいりました」

扉を数回叩《たた》くと、すぐに入室の許可が出る。室内は見覚えのない兵服に帯剣をしている兵士数名がおり、折り目正しく長椅子に座っていた。

レティーツィアの姿を認めた兵士らは、すぐさま立ち上がって一礼する。

「彼らは、バルバストル公爵家の私兵だ。団長閣下がお父上に依頼し、我が屋敷を警護してくれていた」

「先ほど聞きました。バルバストル公爵家のご厚情に感謝申し上げます。屋敷の者に危害が加えられなかったのは、皆様のおかげですわ」

レティーツィアが兵士らに淑女の礼をとると、兵士のひとりが深々と頭を垂れる。

「もったいなきお言葉。我らは、クロヴィス様のご婚約者様とそのご実家をお守りするように、我が主より厳命されております。敷地内に賊の侵入を許したのは我らの責任です」

「被害は、薬草畑が荒らされただけで済んでいます。今は人的被害がなかったことを喜びましょう」

なるべく冷静に見えるよう笑みを湛え、父へと向き直る。

「お父様、賊は今どこへ？」

「離れの物置で捕縛している。見張りもいるから、逃亡の心配はない。尋問した兵の話では、どうも西国出身の者らしい。言葉に西国訛《なま》りがあったようだ」

「……クロヴィス様が得た情報で〝彼《か》の方〟が他国の暗殺者を雇ったと伺っております。今回の賊と何か関係があるように思えてなりません」

レティーツィアの想像に、ローランは緩々と首を振る。

「軽々しく発言してはいけない。今のところは、何も証拠が出ていないのだ」

「ですが……畑を荒らすだけが目的だとは思えません。それも、他国の者が侯爵家を狙う理由も不明です。仮に金銭が目的であれば、もっと裕福な貴族宅に入るのではありませんか」

ストクマン侯爵家当主は、私財を増やすよりも領民に還元する領主だった。代々その精神は受け継がれ、ローランも自領を豊かにするために尽力している。医師や薬師への支援も先行投資で、有り余る富を抱えているわけではない。

金品の強奪が目的であれば、より裕福な家の情報は仕入れているはずだ。他国から遠征してきたのであればなおのこと、首尾良く目的を達成できなければ捕まってしまう。

「世情に疎いわたくしでも、事業が成功している貴族、それとは逆に失敗して借金を抱えている貴族の話は聞き及んでおりますもの」

「……たしかに、おまえの話はもっともだ。宝物庫を狙わずに畑を荒らすだけなど、ただの脅しとしか思えない。おそらく賊も捕まったのは予想外だったのだろうが」

国王が雇った一味なのかは定かでない。ただ、他国から呼び寄せるくらいなのだから、手練《てだ》れなのだと予想がつく。もしもローランが言うように〝脅し〟のための工作だったのなら、目的を果たした段階ですぐに離脱したに違いない。

賊に誤算があるとすれば、バルバストル公爵家の私兵がいたこと。そして、ストクマン侯爵家の警備兵がクロヴィスの手で鍛えられていたことだ。

「賊から証言が取れれば、陛下が暗殺者を雇った証拠となるでしょうか」

「わからんな。知らぬ存ぜぬで通すかもしれない。――相手は一国の王だ。黒を白に変えてしまえる権力を持っている。本来あってはならないが、残念ながら現国王は、団長閣下への過ぎた私怨であらぬ方向へ進んでおられる」

ローランが重いため息を吐いたところで、公爵家の私兵のひとりが声を上げた。

「我が主より、ストクマン侯爵家の皆様へご提案を預かっております。『我が息子、クロヴィスの婚約者であるストクマン侯爵令嬢の身が危険である場合、バルバストル公爵家に匿《かくま》う手筈《てはず》は整っている。どうか遠慮せずに頼ってほしい』と」

「それも、クロヴィス様のご依頼なのですか……？」

「いいえ、主の判断です。ご婚約者のストクマン侯爵令嬢には、長年不義理をしていたと大変悔いておられました。せめてご子息がいない間は、公爵家としても個人としても貴女様をお守りしたいと仰《おっしゃ》っています」

バルバストル公爵とは、回帰前も後も会話をしたことがなかった。クロヴィス自身が実家と距離を置いていたため、レティーツィアが公爵家と関わる機会がなかったのだ。

けれど、今はそうじゃない。着実に未来は悲劇を回避する方向に向かっている。

（でも……）

「お心遣いは大変ありがたく存じます。ですが、わたくしは実家でクロヴィス様のお帰りをお待ちしたいと思っております」

クロヴィスが公爵家を遠ざけていたのは、国王との因縁に巻き込まないためだ。すべてをひとりで背負い、孤独に生きていたのは、大切な人を守りたい一心だろう。

「クロヴィス様は、公爵家に累が及ぶのを避けてきたはずです。それなのに、わたくしがお世話になれば、そのお気持ちを無にしてしまいます」

すでにレティーツィアは、国王の前で宣言した。『クロヴィス様は、騎士団の団長としても婚約者としても、非の打ち所がない素晴らしいお方です』と。

不仲を期待し、皆の前で彼を貶《おとし》めようとしていたであろう国王は、面白くなかったに違いない。あのときから、国王の不興を買ったと自覚はある。そして、いずれなんらかの形で報復があるかもしれないのはわかっていた。

形ばかりでもクロヴィスを否定すれば、国王は満足したはずだ。だが、それは問題から逃げたに過ぎず、何よりも自分が嫌だった。

「……お父様、申し訳ありません。きっとわたくしは、ご迷惑をおかけすることになります。四年間引きこもっていたうえに、彼の方から警戒されることになって……ストクマン侯爵家にとってはいい娘になれませんでした。ですが、クロヴィス様をこれ以上おひとりで苦しませたくはないのです」

これまで人を寄せ付けず、悪意を一心に浴びて生きてきた彼に少しでも寄り添いたい。回帰前には叶《かな》わなかった想いを交わしたことで、より願いが強くなっていた。

「レティ、おまえはいい娘だよ。魔獣に襲われた恐怖を乗り越え、自分の意志でしっかり前に進んでいる。人々のために薬の開発を進め、愛する婚約者のために戦おうとしている。自慢の娘だ」

父の言葉を聞き、目の奥が熱く潤んでくる。

それまで父娘の会話を無言で聞いていた公爵家の兵は、「ご令嬢のお気持ち、承知いたしました」と、ふたたび頭を垂れた。

「我が主も、ご令嬢の意思を尊重されることでしょう。ですが、公爵家から兵の増援はあると思います。賊が侵入したのは事実ですし、今後ないとも限りませんので」

「お気遣い感謝いたします。公爵様にも、どうかよろしくお伝えくださいませ」

冷静に答えたレティーツィアだが、恐怖がないといえば嘘《うそ》になる。賊が国王からの刺客だとしても、その目的がはっきりしないからだ。

（でも、悪いことばかりじゃない。公爵様も協力してくださっているし……刺客が来るかもしれないと用心しておけば、いざというときに動揺せずに済むもの）

悲観的になるのではなく、自分に何ができるか考えていくべきだ。自分で自分を叱咤《しった》し、意識を切り替えるレティーツィアだった。


屋敷に賊が侵入してから三日。その間、ストクマン侯爵家は平穏を保っていた。しかしそれは表向きだけで、内部では緊張感が漂っている。

捕縛していた賊を王都の警備兵へ引き渡したところ、犯人が自害したというのだ。

犯罪者が収容される牢《ろう》へと移送された犯人は、牢番《ろうばん》の隙をつき、隠し持っていた毒を飲んだ。警備兵からは、犯人は即死だったと説明を受けたと父から聞いた。

そこまで雇用主に忠誠を誓っているのかと恐ろしくなったが、組織に所属している犯罪者には『依頼の失敗は死』という不文律があるという。貴族の令嬢には縁のない世界のため、にわかに信じられないことだったが、現実として受け止めねばならなかった。

「これで、事件は闇に葬られる……な－んか、釈然としませんねえ」

荒らされた薬草畑を元に戻すため、ジェイクやほかの研究者と一緒に土を耕していた。

葉や根の残り屑《くず》を綺麗《きれい》に取り除いていく作業は心が痛んだ。皆が研究に役立てようと大事に育ててきた畑だからこそ、やり切れなさが拭えない。

そのうえ犯人の目的が不明のうえ自害している。残されたのは荒らされた畑と謎だけとなれば、ジェイクでなくともぼやきたくなるだろう。

「ルファさんのところでも調べてくれているのに、有力な情報が得られないのよ。バルバストル公爵様も入国記録を調べてくださったけれど、西国の人間は記録に残っていなかったそうだし……」

「それってやっぱり、情報を隠蔽できる立場の人間が関わってるってことじゃないですか」

「ジェイク、めったなことを言うものではないわ」

とっさに窘《たしな》めたレティーツィアだが、心の中はジェイクと同じ気持ちだ。賊が自害した以上、事件を深掘りするのが難しくなってしまった。西国出身ではないか、という予想も犯人が物言わぬ今は憶測に過ぎず、身元が明らかになるような品も所持していなかった。

目立った被害は荒らされた畑だけで、捕まえた賊もひとりのみ。『金に困った流れ者が単独で犯行に及んだ』というのが警備兵の見立てだ。

実際、賊が西国出身のようだと聞いていなければ、単なる物盗《ものと》りの犯行だと納得したはずだ。しかし自害という行動を取ったことにより、いっそう疑念を深める結果となった。

「閣下がいれば、また状況は違ったんでしょうけどね。あの人、お嬢様が危険な目に遭うなんて絶対に許さないと思いますよ。なんなら、犯人が自害する前に縊《くび》り殺してたかもしれないです」

「クロヴィス様がいらっしゃらないところで、勝手な想像をしないでちょうだい。そんなに物騒な真《ま》似《ね》をする方ではないわ」

軽口を叩くジェイクに肩を竦《すく》めつつ苦笑する。これは、彼なりの励ましだ。深刻になりすぎないように、レティーツィアを気遣ってくれているのだろう。

「クロヴィス様にご心配をおかけしないように、まずは薬草畑を復活させないとね」

「お嬢様、ずれてますよ。閣下はお嬢様が第一なんですから。だから侯爵家の私兵にも……って、これは内緒だって言われてたんでした」

思わず、というように口を噤《つぐ》んだジェイクに、レティーツィアは首を傾《かし》げた。

「侯爵家の私兵がどうしたの？」

「あー……ほら、閣下は私兵を訓練してくれてたじゃないですか。で、今回任務に向かう前に兵たちに頭を下げてたんですよ。『自分がいない間、レティーツィアを頼む』って。あの人、公爵家の子息でしょ。それなのに、一介の兵士に頭を下げるなんて……。お嬢様を放置していたっていうのが信じられないくらいの変わりようじゃないですか。なんだか、ちょっと感動しましたよ、俺」

ジェイクがその光景を見たのは、研究棟から自室へ移動しているときだったという。高位貴族が一兵卒に腰を折っている姿に少なからず驚いていたところ、クロヴィスに気づかれた。彼はこのことを口止めしたうえで、ジェイクにも頼み事をした。

『レティーツィアが思うままに研究できるように、力になってやってくれ。俺が婚約者じゃなければ、もっと平穏な生活を送れたはずだ。だからせめて、彼女が笑顔でいられるようにしたい』

そう語った彼に、ジェイクはいつものように茶化すことはせず、『わかりました』と首肯した。どこまでも不器用で、とてつもなく大きな〝何か〟を抱える男に、手を貸したいと思ったそうだ。

「あの人、なんだか放っておけないんですよねえ。自分のことを大事にしない感じが、お嬢様と似てるというか。話せば話すほど、本当は穏やかに暮らしたい人なんじゃないかって気がします」

ジェイクから見たクロヴィス像を聞いたレティーツィアは、胸が切なく締め付けられた。

おそらく彼は、自ら進んで戦いに身を投じたことなどなかった。ただ、置かれている環境と状況が、平穏に生きることを許してくれなかった。

回帰前も後も、クロヴィスの強さは常に聞き及んでいた。しかし、剣の才能があるからといって、好んで戦闘をしていたわけではないのだ。

以前は、そんなことすら気づかなかった。彼の表面だけを見て、心の深くまで触れようとしなかった。

「……ジェイクの言う通りだと思うわ。クロヴィス様は、ご自身だけでなく周囲の皆が平穏に過ごせるように剣を振るっておられるわ。形は違うけれど、ここにいる皆と同じ信念を持っていらっしゃる。だからあなたも、親近感が湧いているんじゃない？」

「お貴族様を相手に、仲間意識なんて変な話ですけどね。でも、そうか……。いつの間にか、絆《ほだ》されてたみたいです。案外あの方も、人誑《たら》しかもしれませんね」

ジェイクの話を聞き、レティーツィアは回帰前よりもクロヴィスを理解できた気がして目を伏せる。

（クロヴィス様に、お会いしたい）

彼がもうひとりではないと感じられるように、自分自身を大切にできるように、これから長い時をかけて伝えていきたい。クロヴィスの味方は多くいるのだ、と。

「もう少し作業をしたら、止まっていた魔獣を即死させるための毒薬研究に手をつけるわ。ジェイクも手伝ってくれる？」

「アコニツムを使うんでしたっけ？　まだ成長途中でしたし、もう少し育ってからでもいい気がしますけど」

「ええ、だからアコニツムは一旦置いて、別の方向から考えてみようかと思って。ほら、東国の言い伝えが切っ掛けで、今回媚薬を作ったでしょう？　もしかして知られていないだけで、西国や北国にもそういった言い伝えがあるかもしれないと思っているの」

魔獣討伐に関しては、残念ながら騎士団に頼り切っているのが実情だ。出没する個体の数や種類も地域によって異なるため、対応策が取りづらいのも一因といえる。

近隣諸国の中でも王国は特に凶悪な魔獣が多く、長年苦しめられてきた。ゆえに、〝黒騎士団〟は他国を凌ぐ武力を誇るのだが、一個師団の負担が大きすぎるのは危険である。だからこそ、レティーツィアは研究を続けていかねばならないと考えている。

「とても個人的な想いだけれど……クロヴィス様は今までずっと戦ってこられたのだから、ゆっくり休養していただきたいの。そのためならなんだってするつもりよ」

「いいと思いますよ。長老いわく、『薬の研究に必要なのは、他者を想う気持ち』だそうですし。お嬢様が閣下のためにする研究は、巡り巡って民のためにもなるはずです」

「そうね。いずれは、騎士団が頻繁に出向かなくてもいいような製品を開発するわ。これから先わたくしの時間は、あの方に捧げるわ」

「お嬢様は、最初から閣下のために突き進んできたじゃないですか。今さらです」

ふっと笑ったジェイクに、頷《うなず》いたときである。

「お嬢様、旦那様がお呼びです。何やらお急ぎだったご様子ですが……」

侍女のアウラが、緊張感を伴って現れた。いつもはジェイクと顔を合わせれば喧嘩腰《けんかごし》の会話に発展するが、今はそんな余裕はないようだ。

「わかったわ。すぐに行く。ジェイク、悪いけれど後をお願いね」

何かあったのだと悟り、アウラを従えて急ぎ屋敷へ戻る。賊が侵入したときと違って屋敷内が落ち着いていたため、ひとまずホッと胸を撫《な》で下ろす。

ローランは執務室にいた。入室許可が出て中に入ったレティーツィアは、父の姿を見て驚く。

「お父様、いったい何があったのですか？」

いつもは柔和な父が、ひどく厳しい表情を浮かべている。背筋に緊張が走ったレティーツィアだったが、促されて長椅子に腰を下ろすと、おもむろに立ち上がったローランが対面に移動してきた。

「先ほど王城から使者が訪れて、陛下から我が家へ見舞いを賜《たまわ》った。賊の侵入の件を知り、わざわざ届けてくださった。……本来、陛下にまで伝わるような事件ではないのだがな」

犯人の自害という幕引き以外は、大きな事件とは言いがたい。つまり、側近のいずれかが国王に報告したと考えるのは不自然なのである。にもかかわらず、国王が事件を知っているのはなぜなのか。

(侯爵邸に侵入した賊と、繋《つな》がりがあるから……ということよね)

ただし、声高には言えない。証拠がないからだ。

「陛下の目と耳は、国内の至る場所にあるのですね」

「雇い入れたという西国の者が影響しているのだろう。このところ、王家の……というよりは、陛下の求心力が低下している。意のままに動く人間を金で雇い、貴族の情報を探らせているのかもしれない」

国王から人心が離れている原因は、自身の振る舞いによるところが大きい。しかし、バルバストル公爵の存在も多分にあるとローランは言う。

「公爵はほかの貴族からの信頼も厚く、先々代の奥方は王家から降嫁された方で由緒正しい血筋だ。

あの方こそ王にふさわしいとの声も少なくないと聞く。公爵にその気はないようだが、血気に逸《はや》った貴族が国王への反乱を企ててもおかしくはない」

「っ……」

〝反乱〟の台詞《せりふ》にぎくりとする。

最初は小さかった火種が、〝不満〟という薪《まき》を焼《く》べられてどんどん勢いを増していき、〝反国王派〟という大きなうねりとなって国王を襲うかもしれない。けっして想像上の話でないのは、回帰前に経験済みだ。

（以前は、公爵様でもクロヴィス様の反乱を止めることはできなかった。……いえ、きっと、あえてお止めにならなかったのだわ）

クロヴィスは仲間のため、バルバストル公爵は国や民のために国王の打倒を選んだ。しかし今回は、回帰前とは違う。彼に反乱を決意させた仲間の死は訪れていない。

「……仮に反乱が起きるとして、クロヴィス様は巻き込まれる可能性はあるでしょうか」

レティーツィアは、新たに生まれた懸念を父に投げかける。

「あの方は、王国を代表する騎士団長です。貴族の中には騎士団を軽んじている者もいるでしょうが、聡明《そうめい》な人であればわかるはずです。クロヴィス様が、王国に必要不可欠なお方だと。先王の御子《みこ》で第二王子だと世に知られれば、なおさらあの方を王に推す人たちも出てくるはずです」

「確かに、反国王派の旗印とされる可能性は大いにある。だが、本人が望んでいない以上、担ぎ上げられても拒否するだろう。話してみてわかったが、本当に無欲なお方だからな」

「それなのに、王冠を戴《いただ》く彼の方は……クロヴィス様を恐れていらっしゃるのですね」

「ご自身に後継がいないのもあるだろうな。それに、家臣の心が離れているのもわかっておられるはずだ。先王は、王家の血筋が途絶えぬようにと侍女に手をつけて子を産ませたというのに……皮肉なものだ」

ローランは深い懊悩《おうのう》を滲《にじ》ませる声で言うと、卓子の上に封筒を置いた。

「陛下の使者がこれを置いていった。おまえ宛てだから読んでみなさい」

差し出された封書に心臓が跳ねた。封蠟《ふうろう》に使用されていたのが王家の紋章だったのだ。

今まで王家から個人的に書簡を送られたことはない。パーティなどの催しも、当主である父の名前で招待状が届く。一貴族の娘に国王から書簡が届けられるのは異例だった。

「……拝読いたします」

そっと封を開き、中を確認する。そこには、国王の直筆の署名、そして、『ストクマン侯爵家に、感冒の治療薬を献上してもらいたい。その際は、侯爵令嬢がひとりで王城まで持参するように』と記されている。

「感冒の薬を……？　王家には代々仕える医師がいるのに、なぜ侯爵家に依頼するのでしょうか」

書簡を差し出すと、内容を読んだローランが渋面を作る。

「わからんな。おまえの言うように、王城には専属の医師も薬師もいる。感冒の治療であれば、わざわざ我が家門を頼らずとも事足りるはずだ」

「わたくしたちが出張れば、彼らの顔を潰すことになりかねません。それでもお召しになるのは、陛下には何か意図があるのでしょうか」

クロヴィスへの仕打ちを知ったことで、国王への忠誠心は薄れている。この国の臣民の上に立つ存在でありながら、命がけで国を守る彼を害そうとする人間だ。王家に対して思うところはないが、先王と現王がしてきたことは、クロヴィスの尊厳を傷つける行為にほかならない。

「もともと陛下は、自分の思い通りに事が進まないと気の済まないお方だ。その思考は、我々には理解できないことも多い。……だが、最近は度を過ぎている。この書簡を持参した使者も、陛下の暴挙について愚痴をこぼしていたほどだった」

憤りも露わにため息を吐いたローランは、レティーツィアを見据えた。

「私としては、断ってもいいと思っている。今の王城にひとりで行かせたくない」

「お父様……」

侯爵家の当主としてではなく、父としての発言だ。レティーツィアは愛情を嬉しく思いながらも、

「わたくしは大丈夫です」と首を振った。

「王城でめったなことは起きませんわ。できることならお断りしたいところですが、そうなると叛意《はんい》ありと見なされる恐れがありますもの」

現時点で、国王の不興を買うのは得策ではない。それに、本当に薬を求めているだけかもしれない

可能性もないわけではない。

「……わかった。おまえの意思を尊重しよう。だが、覚えておきなさい。もしもおまえが害されることがあれば、私は陛下の敵となる」

「ありがとう存じます。お父様のお言葉、心強いです」

父に微笑んで見せると、書簡に目を落とす。

わざわざ『侯爵令嬢ひとりで』と指定してきたのは、内密にしたい話があるのだろう。

しかし、国王は西国の暗殺者を雇い入れている。それが不安だ。さすがに王城で危害を加えられはしないだろうが、不気味であることに変わりはない。加えて王城は、回帰前に命を落とした場所だ。あまり足を踏み入れたい場所ではなく、回帰後も理由をつけて登城を避けていた。

（だけどクロヴィス様は、今このときも戦っていらっしゃる。わたしも逃げるわけにいかないわ）

心の中で己を叱咤し、要請の返事を認めるレティーツィアだった。


王城からはすぐに返信が届き、翌日には迎えの馬車が侯爵邸に寄越《よこ》された。

大勢の近衛兵《このえへい》が馬車を取り囲む姿は、さながら囚人の護送のようだ。見送りに出てくれた父母も眉をひそめて兵に抗議したが、『令嬢の安全のためです』と言われれば、それ以上反発はできなかった。

「お父様、お母様、行ってまいります」

治療薬を持って馬車に乗り込み、ひとり王城へと向かう。侍女の同行も許されておらず、不安に駆られながらの登城となった。

（この前のパーティは、クロヴィス様とご一緒だから気にならなかったけれど……なんだか妙に、殺伐とした雰囲気ね）

近衛兵の先導で廊下を進む間に観察すれば、すれ違う使用人の表情が硬いことに気づく。兵の人数がやけに多いのも、城内に漂う緊迫感に拍車をかけていた。

「どうぞ、こちらになります」

案内されたのは謁見の間ではなく、賓客が通される部屋だった。大きな窓からは手入れの行き届いた庭園が臨め、柔らかな日差しが室内を明るく照らしている。

部屋の中央には長椅子と大きな卓子があり、精巧な細工が施された茶器が並べられていた。中にいた侍従に促されて腰を下ろすと、近衛兵二名が開け放たれた扉の左右に待機する。

居心地の悪さを覚えて肩を縮こまらせたとき、侍従から「国王陛下がおいでになります」と告げられた。

レティーツィアが立ち上がるのと、国王が入ってきたのはほぼ同時だった。

「国王陛下に、ストクマン侯爵が娘、レティーツィアがご挨拶申し上げます」

「ストクマン嬢、急に呼び立てて済まないな。堅苦しい挨拶は抜きにしよう。まあ、座ってくれ。茶でも飲みながら話そうじゃないか」

やけに友好的な態度だったが、目が笑っていなかった。

「恐れ入ります」と慇懃《いんぎん》に腰を折り長椅子に座ると、侍従が紅茶を淹《い》れてくれる。

紅茶の上品な香りが室内に広がる中、ゆったりとした仕草で茶器に口をつけた国王が、おもむろにレティーツィアを見遣《みや》った。

「そなたとは、一度じっくり話したいと思っていた。六年前、魔獣に襲われたときは怯《おび》えるばかりだった娘が、ずいぶんと大人になったと感心していてな」

「お褒めに預かり光栄に存じます。陛下には先日過分なお見舞いの品を頂戴し、父も恐縮しておりました。改めまして御礼申し上げます」

「まあ、そう硬くならずともよい。これまでそなたを気にかけてやれなかったのでな。今日は、存分に語ろうではないか」

国王は表向き親身に声をかけてくれている。何も知らないただの貴族の娘であれば、言葉通りに受け取ったはずだ。

けれど、レティーツィアが国王の表面に騙《だま》されることはない。これまでクロヴィスにしてきた仕打ちを考えれば、何事もないように会話をするだけでも苦痛を覚える。

（これなら、研究をしているほうが有意義だわ）

以前、クロヴィスが同じことを言っていたのを思い出し、ふっと心が温かくなる。彼を思うだけで、自分が強くなれる気がした。

「さっそくだが、感冒の治療薬を見せてくれないか」

「はい、こちらに。症状がわかりませんでしたので、二種類ご用意いたしました」

レティーツィアは緊張しながらも、用意してきた薬を取り出した。すべて粉末状のもので、薄紙に包んである。間違いのないように紙は赤と白に色分けし、用途について説明を加えた。

「赤い紙は解熱用、白い紙は主に咳《せき》や喉の痛みに効きます。いずれも軽症用で、強い薬ではありません」

「ふむ、そうか。さすがは、侯爵家の娘だ。薬には詳しいと見える」

「恐れ入ります。薬師の説明の受け売りでございます」

「謙虚だな。では、この薬は王城の医師に調べさせる。一応決まりなのでな。口に入れるものは、すべて毒味がおるのだ。面倒なことこのうえない」

「ご心労お察しいたします」

粗相のないよう注意を払いつつ、辞する時期を見計らう。

なるべく早くこの場から立ち去りたかった。クロヴィスに暗殺者を放つような恐ろしい人間だ。仮に不興を買えば何が起きるかわからない。

「さて、薬を調べるまでの間、世間話でもしようじゃないか。この前のパーティでは話せずじまいだったが、じつはそなたに提案があるのだ」

「提案……でございますか?」

「なに、たいしたことではない。そなたを王城に置きたいと思ってな」

「え……っ」

「そう驚くこともあるまい。余としても、ストクマン侯爵家とはいい関係を築きたいと考えている。ひとり娘のそなたを嫁がせるよりも、王城で働かせるほうが後々のためになろう。城の中には、様々な人脈が眠っている。侯爵家の益になる者もいるはずだ」

予想外の言葉に、思わず目を見開く。

貴族の子女が王城で働くのは特段珍しいことではない。家を継ぐ立場にない者や、嫁ぎ先が見つからない者が職を求めて志願する場合も多い。王城での勤務は誉れとされ、いずれも手厚い待遇を約束されていた。

しかしレティーツィアはそうではない。クロヴィスと婚約を結び、準備が調えば結婚することになる。城で働く人間としては不適合だろう。

「……大変ありがたいお話ですが、わたくしに務まるとは思えません。それに、クロヴィス様との結婚も控えております。準備などはまだですが、仔細《しさい》が決まりしだい陛下にご報告いたしたく……」

「そなたが、適齢期となったから提案しているのだがな。子を成してからでは何かと困るだろう？」

話を途中で遮り、口角を上げた国王を見て、背筋がぞっとする。

ここからが本題だと言わんばかりに前のめりになり、朗々と続けた。

「先日の出征式では仲睦《むつ》まじいようだったが、実際のところクロヴィスとの仲はどうなんだ？」

「先の出征式で陛下に申し上げた通りにございます。国や民のためにお役目を果たしている素晴らしい方だと思っております」

「……そうか。ならば、聞き方を変えよう」

国王は形ばかりの笑みを消し、レティーツィアを見据えた。

「あの男は、余に対して恨みを抱いていなかったか？」

「え……」

「恨みでなくともいい。不平不満を漏らしたことくらいあるだろう？」

口調は穏やかだったが、国王からは恐ろしいほどの圧を感じる。

おそらく、レティーツィアの口から『クロヴィスに叛意あり』という言質を取りたいのだ。しかし、彼と一緒にいてそのような話題は出たことはない。

クロヴィスは、自分が傷つくよりも、他者が傷つくことを嫌う。国王にどれだけ非情に振る舞われようとも、自分ひとりだけのことなら我慢する。そういう人だ。

「……そういった話はいっさいございません。わたくしは、クロヴィス様の気高く高潔なお姿を尊敬しております」

「ストクマン嬢、そなたはあの男に今まで無視され続けてきたのだろう？　我慢することなどない。ひと言、『クロヴィスが国王を暗殺しようとしている』と言えばいい。そうすれば、侯爵家の今後は余が保証しようではないか。やすやすと賊が侵入できないよう取り計らってやろう。もちろんそなたには、新たな縁談を持ってくることも約束する。今度は、良家の子息をあてがってやるぞ」

ここぞとばかりにたたみかけてくる国王の様子に、心の中が怒りで煮《に》え滾《たぎ》る。

王城勤めの話は、体のいい人質にするつもりだったのだろう。レティーツィアが断ったことで、今度はクロヴィスを陥れるために手を貸せと言っている。——侯爵家の安寧を盾にして。

（ここでわたしが断れば、賊に侯爵家を襲わせるつもりなのね）

今まで彼を理不尽に虐げてきただけでも看過できないのに、さらに魔手を広げようとしている。一国の王だからといって、これほどの暴挙を許されるはずがない。

「お断りいたします。事実に反することは、たとえ陛下の命であろうと証言することはできません」

これ以上、クロヴィスを傷つけるような真似はしたくない。たとえその場しのぎの嘘だろうと、自分の心を偽れはしなかった。

はっきりと言い切ったレティーツィアに、国王が不機嫌に顔を歪《ゆが》ませた。控えていた侍従に目配せし、やれやれという風にため息をつく。

「なるほど、そなたの考えはよくわかった。最後の機会を与えたが、無駄にするとは愚かなものだ。……それでは望み通り、あの男と共に地獄へ落ちるがいい」

国王が片手をすっと上げると、近衛兵が部屋の扉を開けた。それと同時に、白衣に身を包んだ年嵩《としかさ》の医師らしき男性が、怯えた表情で入室してくる。

「お、おそれながら申し上げます。ストクマン侯爵令嬢が持参した薬を試飲した者が昏倒《こんとう》いたしました。症状から見るに毒物と思われます」

「なっ……」

そんなはずはない。持ってきたのは、ごく普通の感冒用の治療薬だ。しかしそう訴える前に、近衛兵が抜剣のしぐさを見せた。

「残念だよ、ストクマン嬢。そなたは余の期待を裏切った。よもや、国王に毒を盛ろうと企《たくら》むとは」

「ど、毒だなんて何かの間違いです！　薬を調べていただければわかります……！」

思わず立ち上がって訴えたが、左右から近衛兵に腕を掴まれてしまう。

「――この者は、王族に手をかけようとした重罪人である。地下牢《ちかろう》へ連行せよ！」

「はっ！」

国王の命で、さらに近衛兵が集まってくる。

（まさか、こんなことになるなんて……どうすればいいの？）

身に覚えのない罪で投獄されることとなり、レティーツィアは動揺を隠せずにいた。

＊

王都を出発したクロヴィス率いる騎士団は現地に到着し、順調に魔獣の討伐を行なっていた。

夜になり、野営地で火の番をしながら、クロヴィスはしばし集中して周囲の気配を探る。

（今夜も、静かに過ごせそうだな）

今回は熊の魔獣が多く出没しているとあり、団員たちに被害が出ることが予想された。ところが、現時点で大きな損傷を受けた者はいない。

レティーツィアが開発した製品が、想像以上の効果を齎《もたら》しているのである。

野営では、従来品の魔獣避けをさらに強力にした〝香〟と呼ばれる新たな薬剤のおかげで、夜の見張りも危険な目に遭うことなく遂行できている。

唯一の懸念といえば、国王の雇い入れた暗殺者だ。

今のところ動きはないが、いつ襲われてもおかしくない。常に警戒は怠れず、夜営の火の番もクロヴィスは率先して多く時間を取っているが、今のところ動きはない。

（レティーツィアは、元気にしているだろうか）

上着の衣嚢《いのう》には、彼女からもらった手巾が入っている。触れるだけで、つい微笑んでしまいそうだ。

この討伐が終わったら、レティーツィアに改めて求婚しようと思っている。これまでの六年間を考えれば、もっと時間をかけて仲を深めるべきだとは思う。けれど、クロヴィスはもう彼女なしの生活は考えられないし耐えられなかった。

「団長閣下、よろしいですかな？」

「ああ……ブレドウ殿か。何かあったか」

長老と呼ばれ、薬学に精通している老人は、「いや、ちょっと珍しい植物を見つけましてな」と、クロヴィスの対面に腰を下ろした。

「暗闇の中でだけ光る植物が自生していたので、花粉を採取したのですよ。小さな花ゆえ普段は見落とすことが多く、なかなか手に入らない。ですが、ここでは大量に摘めましたぞ。ついでに、野営地の周囲に花粉を蒔いておきました。襲撃者に花粉が付着すれば、居場所が特定できるでしょう」

「そうか、助かる」

実際、ブレドゥの助力は任務に大きく貢献していた。彼が薬品の使用方法を正しく指導してくれるおかげで、騎士たちの負担が明らかに軽くなっている。また、ちょっとした不調も、現地で調達した薬草を調合して適切に処置を施していた。

「あなたがいなければ、もっと厳しい行程になっていた。感謝する」

「儂は、ほかの薬師よりほんの少し長生きしているおかげで知識だけはあるのです。お役に立てて何よりですよ」

言いながら、ブレドゥは顎に蓄えた髭を一撫でする。

「だが、これからの薬師には、知識以上に発想力が大切になる。お嬢様やジェイクのような若者たちの閃き力に儂らは遠く及びません。彼らのような若者が住みやすい国になればいいが、今の国王が即位してからというものますます王国は住みにくくなってしまった」

深く刻まれた皺に憂いを滲ませ、ブレドゥは続ける。

「ストクマン侯爵様にご恩があるから王国に留まってはいるが、そうじゃなければとうに他国へ移住しておりましたよ」

234

「あなたは確か、ルファと旅をしていたのだったな」

「ええ。見識を深めるため若いときに転々として、気づけば王国に流れ着いたのです。他国もむろん問題はあるが、少なくとも国を守る軍や騎士団に敬意があった。むしろ、命をかけている者に手厚い待遇をしていたくらいだ。あなた方のように、国からの支援もろくにないなんてあり得ない」

焚き火《たび》からパチパチと音が鳴り、静寂に響き渡る。燃え盛る火は、ブレドウの憤りを吸い込んで、さらに勢いが増したように見えた。

「俺は、よくも悪くもこの国しか知らない。黒騎士団の者も同じだ。皆、騎士団にしか居場所がなく、生き抜くことに必死だった。待遇を気にする余裕もなく、居場所を守っていただけだ。ほかの国を知っているあなたから見れば、おかしなことなのだろうな」

「団長閣下や騎士様方が、どうこうという話ではありません。ただ儂は、この国の在りようが悲しいのですよ。あなたは国が変われば英雄になれるお方だ。危険な任務に就きながら、命を狙われることもなくなる。それは、団長閣下が大切にしている方も同様です」

静かに語るブレドウの言葉が、クロヴィスの胸に突き刺さる。

自分も騎士たちも、身を守る術は心得ている。魔獣と相対して戦えるほどの胆力と剣の腕があるからこそ、これまで生き抜くことができた。

しかし、レティーツィアは違う。武力行使をされれば抗《あらが》う術はない。もしも人質に取られるような事態が起きれば――想像するだけで心臓が握りつぶされたように痛んだ。

「守るべきものが増えれば、これまでの生き方を変えねばならぬときがあります。団長閣下にとっては、お嬢様と向き合ったことが転機となるのでしょうな」

「……そうだな」

（誰かと一緒に生きていくというのは、こういうことなのか）

わかっているようでわかっていなかった。なぜなら、己の人生を歩んでいるという意識が希薄だったから。ウーリの代用品として生まれたことを知り、自分が誰かを愛し愛されるなどありえないと思った。いずれ任務で命を落とすまで、孤独を友に生きればいいと考えていた。

だが、今は、公爵家の父母に弟、騎士団の団員、ストクマン侯爵家――そして、何よりもレティーツィアを守りたいと強く感じている。

（初めて抱いたこの気持ちは、間違いなく愛であり情だ）

周囲の人々へ想いを馳せられるようになったのは、大きな変化であり成長といえる。

「俺は先王の血を受け継いでいる」

クロヴィスは、思いがけず付き合いの長くなった老人を見遣ると、ごく自然に告げた。

「国王に目の敵にされるのも、それが原因だ。だが、玉座になど興味はない。一騎士として生涯を終えればそれでいい」

「……なぜ、その話を儂になさるのです？」

「あなたがレティーツィアの師で、彼女を大切にしているからだ」

どこまでも孤独だった日々は、レティーツィアが塗り替えてくれた。ならば今度は、彼女のために自分が成すべきことをするべきだ。

「もしも〝誰か〟の意識が彼女に向けられ、平穏を壊すようなものであれば……俺は、自分の持てる力をすべて懸けて、その者を討ち滅ぼす」

クロヴィスの宣言に、ブレドウが驚いた顔をする。何を意図しているのかを察したのだろう。

「……冠を戴くこともお考えだと？」

「彼女を守るために必要ならば。だが、あくまでも可能性の話だ」

「可能性に言及できるのは、あなた様以外にあり得ないでしょう。お覚悟、しかと聞き届けました。儂も老体ながら、お嬢様の平穏のために尽力するとお約束いたします」

「頼んだ。レティーツィアの平穏には、ブレドウ殿の存在も大きいだろうしな」

クロヴィスの願いは大望ではない。ただ、レティーツィアや周囲の人々が平和に暮らせること。それだけだ。ささやかながらも幸せに過ごせるのであれば、ほかに何も望まない。

（レティーツィアの幸せが、俺の幸せだ）

国王の椅子に座れる立場でありながら、あまりに小さな願望だ。しかし、天下国家を論じるよりも、まずは自分の周りの人々が平穏な毎日を送ることが重要だ。

そういう意味で、クロヴィスは為政者たり得ない。それでも万が一のときは、迷わずに王の冠を戴く人物へ剣を突きつけ、すべての責を負う自負があった。

ブレドウと会話を交わした翌々日。異変を知らせる騎士の一声が、朝、野営地に響き渡った。

「南方で魔獣の群れが発見されたと斥候《せっこう》から報告がありました！　現在、偵察隊が交戦中とのこと！」

これまで単体の出現だったが、ついに群れが現れ、一気に緊張感に包まれる。

「わかった、案内しろ！」

「はっ！」

騎士たちは、それぞれ少数の部隊に別れて行動している。クロヴィスがいる場所を拠点とし、東西南北にそれぞれ斥候を放って探索し、魔獣を発見しだい本隊に報告させていた。到着するまでの間はしびれ薬を活用して足止めにあたるのが、斥候を担う小隊の役割だ。

薬の効き目が予想を上回っていることで、小隊でも魔獣にとどめを刺せている。これは、嬉しい誤算だが、今報告に上がってきたのは魔獣の群れだ。騎士団の主戦力であるクロヴィスが出張らなければ、間違いなく負傷者が出ることになる。

馬を駆けて現場に到着すると、小部隊が魔獣の動きを見逃さないように注意を払っていた。

「状況は？」

「六頭の群れです。いずれも魔獣化して時間が経っているのか、かなり巨大化しています。この辺り一帯を縄張りにしているようですが、行動範囲を広げて活動しています。どうやら餌が不足しているみたいですね」

「この先には村があったな。これ以上縄張りを広げていくようだと、村にも被害が出る恐れがある。ここで食い止めるぞ！」

クロヴィスの鋭い命に、騎士たちが首肯する。幾度となく魔獣と戦ってきた者たちは、自分が何をすべきかを指示せずとも理解していた。

「少し先に、視界の開ける場所があります。魔獣たちをそこにおびき寄せましょう」

「ああ。俺が囮になって、魔獣を引きつける。おまえたちは先に行け。魔獣が集まったら媚薬を使う」

しびれ薬は、魔獣の体表に浴びせかけることで効力を発揮するため、個単体を騎士が包囲して足止めを行なっていた。だが、群れを相手にするとなるとこの方法は難易度が上がる。

その点、媚薬は香りを嗅ぐだけでも魔獣の足を鈍らせる。この薬が優れているのは、香りだけなら人間に影響しないところにある。薬を摂取しなければ、媚薬に苛《さいな》まれることはないのだ。

ただし、しびれ薬よりも数量が少なく、使いどころを考えなければ無駄にしてしまう。それだけは避けねばならなかった。

風上に立ち、媚薬の香りを魔獣に嗅がせて機動力を奪う。それから四方を取り囲み、体表に媚薬を浴びせてからとどめを刺す。一番効率がよく、騎士の被害も少ない最善策だ。

「ほかの地域では、魔獣化した個体はすでに駆除している。この群れを葬れば、今回の討伐は完了だ」

クロヴィスは自身を煽《あお》るように言うと、父から託された宝剣を天に掲げる。

「行くぞ！」

号令と共に、騎士は一斉に魔獣へ向かって突進した。馬の蹄《ひづめ》が地面を叩く音を聞きつけた魔獣が立ち上がり、一団を威嚇する。

「グガァァアッ！」

魔獣の咆哮《ほうこう》が空気を揺らし、馬たちが怯《ひる》んで隊列が乱れる。しかしクロヴィスは、魔獣にも負けない大声で味方を叱咤した。

「このまま平原まで誘い込め！　必ず仕留めるぞ！」

クロヴィスは隊列の最後方、つまり、魔獣に一番近い場所にいた。役目はただひとつ、魔獣を誘導しつつ、騎士たちを守ること。それだけだ。

「グルゥゥウゥッッ！　グガァッ！」

突進してきた魔獣が前足を振り下ろす。手綱を操りそれを回避したクロヴィスが、宝剣を閃かせた。

「グギャアッ」

魔獣の右足から血が噴き出し、苦悶の声を響かせる。群れの勢いがわずかに失われた隙に、騎士団は目的の地である平原に到着した。

先に待機していた小隊は、すでに媚薬の入った小瓶の蓋を開けていた。周囲に甘い匂いが漂い始めているのを確認したクロヴィスが、後続部隊に声をかける。

「一頭の足に負傷を負わせた！　残りの魔獣がこの地に来たら、囲い込んで薬品を！」

「了解！」

騎士たちが短く答えたとき、騎士団を追って魔獣の群れが現れた。事前の策通りに騎士は四方へ散り、距離を取りつつ臨戦態勢になる。

誘い込まれた魔獣は、辺り一帯に立ちこめた媚薬の香りを嗅ぎ取ったようだった。鼻が利くという個体の特性が徒《あだ》になり、薬の効果が目に見えて現れ始める。

先頭にいた個体が震え始め、地面に崩れ落ちた。土煙が上がり、大地が大きく揺れる。

「今だ！」

魔獣は毛深く皮膚が硬いため、弓矢は貫通する前に折れてしまう。剣でとどめを刺さなければ致命傷は与えられず、騎士たちの勇気が試される局面だった。

クロヴィスの号令で、魔獣目がけて一斉に媚薬を浴びせかける。第一陣がすぐに魔獣から離れると、剣を掲げた第二陣が魔獣を円形に取り囲んだ。

「弱った個体は首を、その他の個体は足を狙え！」

「了解です！」

魔獣退治では、まず足の腱《けん》を切断するのが鉄則だ。巨体を支えられずに地面に伏したところで首を狙う。

だが、今まではこの段階に至るまでの間に大勢の怪我人が出ていた。特に熊の魔獣は人間の力では到底及ばないほどの怪力で、近づこうとすると鋭い爪で深い傷を負わされる。

(これほど上手《うま》く策が嵌《は》まるのは、レティーツィアのおかげだ)

死を覚悟して任務に臨むのではなく、生きて戻ることを糧に戦えるのは勝算があるから。希望を持てる戦いにしてくれたのは、間違いなく彼女の研究だ。

クロヴィスはまだ目をぎらつかせている魔獣の腱を切った。通常の剣よりも切れ味は鋭く、魔獣の皮膚も難なく刻める。すぐに首筋に切っ先を突き立て、思いきり振り切った。

「グッ、グルゥッ！　ァギャアァァッ」

一頭、また一頭と、断末魔が響き渡る。

戦いに慣れた騎士団は攻撃の手を緩めることはなく、すべての魔獣が息絶えるまで気を休めることはなかった。動かなくなった魔獣に注意深く近づいていき、生体反応を確認していた騎士のひとりは、拳を天に突き上げた。

「魔獣六頭の絶命を確認……！」

「やったぞ……‼　討伐完了だ！」

騎士たちがようやく警戒を解き、喜びの歓声が辺りを満たす。

誰ひとりとして負傷することなく任務が完了するなど、いまだに夢のようだ。クロヴィスは剣についた魔獣の血を振り払い、大きく息を吐き出した。

いつもの任務とは違う達成感がそこにはあった。常に孤独な戦いを強いられ、騎士たちの命を双肩に背負ってきたが、今回は『自分は独りではなかった』のだと強く感じる。

「閣下！　上空に伝書鳥が……！」

騎士のひとりが叫んだとき、一羽の鷹がクロヴィス目がけて下りてくる。腕を掲げて鷹の飛来を受け止めると、足に紙片が括《くく》ってあった。

公爵家ではなく、情報屋のルファからだ。急ぎ紙片を開いたクロヴィスは、内容を確認した瞬間、驚愕に目を見開いた。

『レティが国王毒殺容疑で投獄された。侯爵家には大勢の近衛兵がいて近づけない』

「なんだと……!?」

思わず大声で叫び、紙片を握り潰す。傍にいた騎士たちは、一気に殺気立った上官に驚いている。

「な、何かあったのですか？」

「レティーツィアが国王毒殺容疑で投獄されたらしい。――先に王都へ戻る。悪いが後を頼む」

言うが早いか、クロヴィスは手綱を引いて馬を駆った。すぐにそれに続いたのは、二名の騎士だ。

「閣下！　我々もまいります！」

「投獄が事実なら、何者かがご令嬢を陥れるために仕組んだ罠だと思われます。おひとりで向かうのは危険です！」

たしかに、レティーツィアは罠にかけられた。それも、国王の仕業だと考えて間違いはない。

（ストクマン侯爵も、今は身動きが取れないだろう）

彼女が投獄されて間もなくに、侯爵家には近衛兵が派遣されたはずだ。実家からの助けが望めないレティーツィアは、孤立無援の状況で国王に囚《とら》われている。

王族の殺害を企てた者は、例外なく死罪だ。

もしもレティーツィアが命を落とすような事態になったなら――想像するだけで、クロヴィスの心は怒りに打ち震え、抑えきれない殺意が身体に渦巻く。

今、どれだけ心細い想いをしているか。他者のために行動してきた彼女が理不尽に害されるなど、絶対にあってはならない。

手綱を握る手に力をこめ、林道を駆けていたときである。

前方から突如現れた黒ずくめの騎馬隊が、クロヴィス目がけて矢を放ってきた。

「くっ！」

とっさに首を傾けるも、矢が頬《ほお》を掠《かす》めた。鋭い痛みとともに左頬に血が流れたが、たいした傷ではない。

手綱を引いて馬を止めると、クロヴィスは前方にいる騎馬隊に向かって言い放つ。

「我々がホルスト王国騎士団と知っての狼藉《ろうぜき》か！」

「我らは、とあるお方の命により、貴様の息の根を止めに来た者だ！　恨みはないがここで死んでもらうぞ、クロヴィス・バルバストル！」

黒ずくめの男は五名いた。国王が放った刺客だとすぐに察したクロヴィスは、背後にいる騎士たちに「西国の暗殺者だ！」と短く説明すると、素早く鞘《さや》から剣を抜いた。

「貴様らに構っている暇はない、退け！」

馬を操り、相手に向かっていく勢いで剣を振り下ろす。鋭い剣戟《けんげき》が繰り広げられる中、敵のひとりが体勢を崩して落馬した。騎士がすぐさま落馬した男を斬り伏せたのを見て、ほかの刺客へ意識を向け、切っ先を突きつける。

「今退けば、命だけは助けてやるぞ」

「ほざけ……！　命乞いをするのは貴様だ！」

刺客が一斉に襲いかかってくるも、クロヴィスは手綱を器用に操り相手へ剣を振るった。林道ということもあり、混戦になれば弓矢での攻撃はまずないと言っていい。味方に当たる恐れがあるからだ。

クロヴィスも騎士たちも、日ごろ魔獣を相手に戦っている。暗殺者とはいえ、人間相手に後れを取ることなどめったにない。精鋭中の精鋭だ。

「これで終わりだ……っ」

クロヴィスは敵の指揮官と思《おぼ》しき男を斬り伏せた。落馬した男が呻き声を上げ、その場でのたうつ。

四名すべてを制圧したところで馬から下りると、まだ息のある指揮官の胸ぐらを掴んだ。

「……国王の依頼だな？」

「ああ、そうだ。くそっ……こんなに強いとは聞いていなかったぞ……」

黒ずくめの男は忌々しげに吐き捨て、意識を失った。

「閣下、この者たちはいかがいたしましょう」

「どうせ助からない。捨て置け」

刺客がここにいる四人だけとは思えない。むしろ戦場まで追ってきた四人は捨て駒で、王城までの道のりで別働隊に襲われる可能性もある。

（くそっ、余計な手間を取られるわけにいかないというのに）

馬に乗ったクロヴィスは内心で舌打ちし、暗殺者の襲撃も念頭に王城へ向かうことになった。

＊

投獄されてから二日後の夜。レティーツィアは、冷たい石壁と鉄の格子に囲まれた薄暗い牢内でため息をついた。

（回帰前にもこんなことはなかったわ。クロヴィス様や皆はご無事かしら……）

地下牢は湿気とかびの臭いが充満し、陰鬱な気分にさせられる。石造りの壁には苔《こけ》が生え、唯一ある明かり取りの天窓には鉄の格子がはめ込まれて、外界からの光をほとんど遮っていた。

牢の中には藁《わら》の寝床が置かれており、寒さを凌ぐための薄い毛布があるのみだ。

レティーツィアは冷たい床に座り込み、思考を巡らせていた。昨日から一睡もしておらず、ドレスの裾は汚れて髪も乱れていたが、頭の中は冴《さ》えている。

毒殺という嫌疑は、おそらく最初からそうと決まっていた。だからわざわざ薬を持ってくるよう指示があったのだ。

冤罪であろうと、国王の毒殺を企てた罪人だ。侯爵家に累が及ぶ可能性は高い。それだけに留まらず、バルバストル公爵家にまで責任を追及する恐れもあった。

クロヴィスが任務で王都を離れている時期を狙ったのは、彼が手を打つ前に味方を排除しておきたかったのかもしれない。

それだけ国王は本気でクロヴィスを葬り去ろうとしているのだ。

(なんとかして、ここから出られれば……)

ぎゅっ、と唇を引き結んだとき、地下牢と通路を繋ぐ重い扉が開かれた。はっとしてそちらを見れば、近衛兵数人を伴って国王が現れる。

「つい先日、大広間を賑《にぎ》わせた美しい淑女とは思えぬひどい有様だな」

冷たい眼差《まなざ》しでレティーツィアを見下ろした国王が、鉄格子の前に立つ。

「娘が国王の毒殺を試みるとは、両親もさぞ嘆いているだろう。憐《あわ》れだな、ストクマン侯爵令嬢」

「神に誓って毒殺など企てておりません。それは、陛下が一番ご存じのはずです」

立ち上がったレティーツィアは、国王に向かって毅然と問うた。

「陛下はわたくしに、『クロヴィス様が陛下を暗殺しようとしている』と証言させようとなさいました。投獄したのは、証言をお断りしたからでございましょう?」

国王の望み通りの返答をすれば、レティーツィアが投獄されることはなかったはずだ。しかし、そうはならなかった。これは、翻意を促すための措置なのだ。

「貴族の令嬢が過ごすような場所ではないというのに、まだ心が折れぬか。すぐに音を上げるかと思えば、なかなかどうして図太いではないか。野蛮なあの男の影響か？」

明らかな侮蔑だ。だが、自分のことなどなんと言われようと構わない。レティーツィアは心を強く持てと己に言い聞かせ、国王の視線を受け止める。

「感冒薬に毒が混入されているというなら、毒の種類をお教えくださいませ。それに、昏倒した毒味役の症状はどういったものでしょう？　もし本当に毒で倒れたのであれば、早く毒の種類を特定しなければ命に関わります。王宮で人死が出るのは避けねばならないのでは？」

「うむ……ストクマン嬢、そなたを殺すのはじつに惜しい」

国王はひどく興が乗った声で言い、レティーツィアを睥睨《へいげい》する。

「なぜあの男をかばい立てする？　やつは、卑しい胎《はら》から生まれ落ちた。本来であれば、この世に存在してはならぬ者だ。あれがいるから、余の心が乱れる。あれが生きているだけで、余の平穏が奪われているのだとわからないのか？」

「違います……っ！」

レティーツィアの叫びが、石壁に反響する。自分のことを言われるのは構わないが、彼を貶める発言は聞き流せなかった。

「クロヴィス様は、今までずっとこの国や民のために戦ってきたではありませんか！　陛下にどれだ

け虐《しいた》げられようとも、不平ひとつ漏らさずにお役目をまっとうしておられます。あの方がいるからこそ、国の安寧は守られているのです……！」

「黙れ……っ‼　余の前であの男を賛美するな！」

それまで余裕を保っていた国王は、レティーツィアの言葉に激昂《げっこう》する。

「慈悲を与えようと思ったが、その必要はなさそうだ。そなたは斬首刑に処す。三日後、場所は王都の中心部にある広場でいいだろう。民の前で、その罪を購《あがな》うがいい」

「……無実の罪で、わたくしを裁こうというのですか。国を統べる王が、そのような理不尽を行なえば、民の心はいずれ離れていくはずです」

「たかが侯爵令嬢が、国家を語るか」

国王はレティーツィアの訴えに耳を傾けるどころか、鼻を鳴らして嗤《わら》った。

「余を毒殺しようとした証拠ならばある。侯爵邸にある薬師どもの研究施設で、毒物の生成法を記した書類が出てきたそうだ。毒薬をつくるために、畑で原材料を栽培しているようじゃないか」

「それは、魔獣討伐のために行なっている研究です。陛下の毒殺などという大それた考えで研究していたのではございません」

「なんと弁明しようと、そなたの運命はすでに決まっている。明後日までの命だ。自らの罪を悔いて罰を受けるがいい。ああ、もちろん侯爵家は取り潰しになる。まったく、馬鹿なことをしでかしたものだな」

酷薄に告げると、国王は背を向けて地下牢を後にした。
その背を見送りながら、無実を証明する方法を考える。
（処刑だなんて……いったいどうすればいいの……？）
瞼《まぶた》を閉じたレティーツィアは、絶望的な状況の中で希望を見出《みいだ》そうと必死だった。

第五章　俺はあなたしか愛せない

無我夢中で馬を走らせたクロヴィスは、王都に入る前にルファのいる村へ寄った。情報の収集と、馬を休ませるためである。

共に来たふたりの騎士たちは、途中にある街で一旦別れた。寝ずに駆けた人馬の疲労が激しく、これ以上の同行は無理だと判断しての措置だ。

馬から飛び下りたクロヴィスは、ルファの店へ転がるように飛び込んだ。

「ルファ、状況を教えてくれ！」

「……団長さんか。静かにしておくれ。どこから衛兵が駆けつけてくるかわかったもんじゃない」

老婆は冷静に告げ、扉を閉めるように言うと、椅子を勧めてきた。

「まあ、落ち着きな。……今日、レティの処刑日が発表された。罪状は、国王の毒殺未遂。だが、あの子は明らかに罠にかけられた」

「っ……！」

「処刑日は、明日の朝。王都の広場だそうだ。昨日から衛兵があちこちで触れ回っているよ」

クロヴィスは言葉にならない憤りで拳を握りしめる。手のひらに血が滲んだが、痛みなど感じなかった。それほど怒りが強く、今すぐにでも彼女のもとへ駆けつけたい衝動を必死で耐えている。

「……侯爵家の様子は？」

「国王直属の近衛兵が取り囲んでるもんだから、近づけやしない。でもね、研究棟にいる旦那の部下……ジェイクからは定期的に連絡が入ってくる」

長老ブレドウが騎士団に帯同が決まった際、『何かあったらルファに知らせるように』と、連絡係を託されたという。ジェイクは言いつけを守り、伝書鳥を使って状況を伝えてきたらしい。

話によれば、レティーツィアが投獄されて間もなく侯爵邸に近衛兵が派遣されたようだった。侯爵夫妻は屋敷に軟禁され、使用人や研究員たちも外に出られないという。

研究棟の中にも踏み込まれ、『証拠集め』だとこれまでの研究成果を押収された。薬剤や配合を記した帳面まで持って行かれてしまい、研究者たちは怒りに震えているそうだ。

「向こうは向こうでレティの状況がわからずに心配してるよ。あたしも情報は逐一《ちくいち》仕入れてるところだけど、如何せん時間が足りない」

「レティーツィアは、今どこにいるんだ？」

「王城の地下牢に投獄されてるって話だ。でも、あそこは警備も厳重だからね。あんたは今にも王城に突っ込んでいきそうな勢いだけど……策もなく乗り込んでも、みすみす捕まるだけだよ」

諭すような台詞に、クロヴィスは肩を震わせる。

「わかっている。……わかってては、いるんだ」

今回の任務が終わったら、結婚式の話をしようと思っていた。彼女が開発してくれた製品のおかげで、無事に帰れると確信していたからだ。

「……今までの任務でも、ずっとレティーツィアの薬に助けられてきた。今回もそうだ。人のために動いてきた彼女が、どうして理不尽に命を奪われなければならないんだ……！」

クロヴィスは憤りをぶつけるように、卓子に拳を打ち付ける。

自分が国王に憎まれる分にはまだよかった。殺されてやるつもりはなかったが、命を惜しんでいたわけでもない。どうせ死ぬのであれば、騎士として戦った末でありたいと思った。

騎士団や名もなき無辜《むこ》の民草のためならともかく、国王の私怨で無駄に命を捨てる真似をしたくなかった。それだけのことだ。

でも、今はそうは思わない。レティーツィアとの出会いが、クロヴィスを変えた。誰かを愛する尊さを、愛される喜びを、父が抱いてくれていた確かな情を、気づかせてくれたのは彼女だ。

『もしも〝誰か〟の意識が彼女に向けられ、平穏を壊すようなものであれば……俺は、自分の持てる力をすべて懸けて、その者を討ち滅ぼす』

ほんの数日前、ブレドウに語ったのは妄言ではない。クロヴィスの人生を懸けた決心。初めて腕に抱いた、愛する人を奪われないという自分自身への誓いだ。そして、自らが背負っている国王との因縁に、レティーツィアを巻き込まないという決意でもあった。

にもかかわらず、彼女は捕らわれてしまった。己の無力さが腹立たしいが、それよりも許しがたいのが国王の暴挙だった。

なぜ、なんの罪もないレティーツィアが地下牢で過ごさなければならないのか。なぜ、陥《おとしい》れられなければならないのか。

元凶はわかっていた。クロヴィスの唯一の血縁にして、もっとも家族の愛情とは遠い人物。

（ウーリ・ハンヒェン・ホルスト……！）

腹の底から湧き出る怒りで理性が千切れてしまいそうだ。ここまで強い憤怒に駆られたことは今までになく、目の前の景色すら歪んでくる。

けっして手を出してはならないクロヴィスの〝最愛〟を踏み躙ろうとしている。その報いを与えねばならない
何もかもを焼き尽くす業火のごとき感情が訴えかけてくる。彼女を害する輩《やから》は、すべて討ち滅ぼしてしまえ、と。

「……レティーツィアが傷ひとつでもつけられていたら、城の人間を鏖《みなごろし》にしてやる」

それまで激情に駆られていたクロヴィスから、すっと熱が失《う》せていく。代わりに感じるのは、深い深い憎悪だ。レティーツィアを喪うわけにいかないと思うほどに、心に広がる闇が濃くなっていく。

国王との因縁に誰も巻き込みたくなかったからこそ、孤独であることを選んだ。それなのに、一番大切な人を最悪の形で奪われようとしている。

（――許せない）

それは、単純で明快な殺意だった。これまで国王にどれほど憎まれ、蔑まれ、嘲られようと構わなかったクロヴィスが、初めて覚えた感情だ。

「おっかない顔をしないでおくれ。心臓が止まっちまうよ」

顔を引《ひ》き攣《つ》らせたルファが、ずいっと身を乗り出した。

「あんた、反旗を翻《ひるがえ》す覚悟を決めたのかい？　もしそうなら、あたしらも手を貸すよ。何せ、レティには恩があるからね」

「いいのか？　貴族どころか、国王に楯突《たてつ》こうとしているんだ。雇い入れた暗殺者の数も不明で、近衛兵も数多くいる。下手をすれば命はないぞ」

クロヴィスの懸念に、からりとルファが笑う。

「今さらだよ。あの子がこのまま処刑されるような国なら、どのみち未来はないってことさ。罪人を作り上げるような国王なんて、誰にとっても必要ないだろ」

ルファには彼女の信じる正義があり、そのために行動するという。今回の場合は、レティーツィアへの情に突き動かされているようだ。口は悪いが、存外に人情家な女性だった。

（俺の中にあるのは正義ではない。ただ、レティーツィアへの想いだけだ。彼女がこの手に戻るなら、悪魔にでもなれるだろう）

「わかった、力を貸してくれ。俺は……国王を打ち倒し、レティーツィアを救い出す。これ以上、奴《やつ》に何も奪わせない」

「そうこなくっちゃ。あたしらは、あんたたちの味方だよ」

年齢を重ねた人物特有の頼もしさを感じさせる笑みを浮かべ、ルファが自身の胸を拳で叩く。

クロヴィスは己の中にある国王への怒りと憎悪が増幅するのを感じながら、愛する者を取り戻すために戦うことを誓った。

*

処刑執行の前夜を迎えたレティーツィアは、さすがに疲労していた。

脱出するために何かいい案はないか、濡《ぬ》れ衣《ぎぬ》を晴らすための手段はないかと考えてはいたが、結局思い浮かばずに明日を迎えようとしている。

（皆、心配しているはずだわ）

回帰前よりも、周囲の人々と深く関わってきた。彼らに心配をかけていることに胸が痛む。けれど、処刑を言い渡されたのが自分だけならそれでいいとも思えた。

すでに、レティーツィアが知っている未来とは違う方向へ進んでいる。しびれ薬や媚薬がうまく機能すれば、クロヴィスの左眼は失われず、騎士たちも命を落とすことはない。国王の巻き添えとなり、父母が死を迎える事態も起こらないはずだ。

最悪の未来を回避しようと行動してきたことは、無駄ではなかった。ただ残念なのは、ここで自分の命が尽きてしまうことだが、それも仕方のないことだ。

（大丈夫。……わたしは、すでに一度死んでいるのだもの）

奇跡が起きて回帰し、クロヴィスと想いを交わせたのだ。充分に幸せな人生だった。心残りがあるとすれば、彼に別れを言えず処刑されてしまうこと。任務に行く前に交わした約束を果たせないことだ。

『俺たちの今後に関することだ。しかるべきとき、しかるべき場所で伝えたい』

彼の話を聞くことはもう叶わない。だが、クロヴィスが今、王都にいないのはある意味よかったのかもしれないとも思う。自分が処刑される場面を見せずに済むからだ。

「ストクマン侯爵令嬢、夕食をお持ちしました」

まだ年若い牢番の兵が、差し入れ用の扉から小さな盆を入れてくれる。右頬にある大きな傷と体格で迫力ある青年だが、不思議と威圧感はない。礼を告げて受け取ったレティーツィアは、驚いて牢番を見遣った。

「食事が温かいわ……どうして？」

投獄されてからは、一日一度の食事だけは与えられた。だが、冷えたスープと硬いパンが一切れ盆に載っているだけで、腹を満たせるものではなかった。

それなのに、今日差し入れられたのは、見るからに具がたくさん入ったスープと柔らかいパンなのだから、驚くのは当然である。

牢番は、「こんなことくらいしかできないんです」と、傷痕のある顔に陰を滲ませた。

「僕は、男爵家の三男に生まれました。魔獣の被害が多い地域でしたが、薬は高くなかなか手に入らない状況が続いてた。ところが、それまで流通していたものよりも、遥《はる》かに効能の高い薬が男爵家に届けられたのです」

懐かしそうに笑みを浮かべ、牢番がレティーツィアに向かって手を合わせる。

「魔獣退治に来てくださった黒騎士団の団長閣下が、わざわざ薬を持ってきてくださいました。『自分たちは、ストクマン侯爵家の厚意で薬を融通してもらった。今回の遠征で余った薬は、領民のために使ってほしい。ただし、この件は他言無用だ』と」

クロヴィスが置いていった薬は、魔獣に襲われた領民たちのために使用することができた。薬が充分に行き渡ったおかげで被害は少なく、男爵家も領地の人間も感謝していると牢番は語る。

「僕は、そのときに誓ったんです。いつか、騎士団長閣下や侯爵家の皆さんに、恩返しがしたいと。ですから、ストクマン侯爵令嬢。あなたがここから脱出するためのお手伝いをいたします。そのために、今夜の牢番を願い出たのです」

「あなた……お名前は？」

「バーデ男爵が息子、マルセルと申します」

「クロヴィス様のお話を聞かせてくれてありがとうございます、バーデ卿《きょう》。領民の皆様がご無事で何よりでした。きっと、クロヴィス様もお喜びになりますわ」

思いがけず彼の名を聞いて胸が詰まる。

もともと研究を始めたのは、クロヴィスを死から救うため。『王城の悲劇』を回避するためだった。けれど、巡り巡って他者を救っていた。その事実は、回帰後に歩んできた道は間違いではなかったのだと勇気づけられる。

「御礼を言うのは僕のほうです。脱出の機会は、今夜をおいてありません。牢の鍵もありますので、食事をとったらすぐにここを出ましょう」

「……いいえ、わたくしは残ります。お気持ちだけありがたくいただきますわ」

「な……なぜです？　このままだと、明日には処刑されてしまいます！」

「もしも脱出に失敗すれば、バーデ卿《きょう》の命に関わります。それに、男爵家の方々も巻き込んでしまうでしょう」

王城で味方がひとりもいない中、危険を冒して脱獄の手伝いを申し出てくれた気持ちは本当にありがたく、涙が出るほど心強い。けれど、自分のために命をかけさせてはいけない。恩を返してもらうために、薬を研究してきたわけではないのだから。

「その代わりに、ひとつだけお願いがあるのです。どうか、侯爵家に言づてを届けてくださいませ。この手巾を門番に渡せば当主に取り次いでくれます」

懐から取り出したのは、ストクマン侯爵家の紋章が入った手巾である。これがあれば、突然の訪問であっても門前払いはされないはずだ。ただ、侯爵邸の周囲は国王の兵で固められていることも予想され、危険であることに変わりはない。

「初めて会った卿に頼むのは申し訳ないけれど……どうか、彼らに事情を伝えてくださいませ」

レティーツィアは、『クロヴィスが国王を暗殺しようとしている』と証言するよう国王から告げられたことや、断って投獄されたことを手短に話した。だが、後悔はしていないとも付け加える。

「皆は、憤ってくれるでしょう。でも、わたくしのために危険を冒す真似はしないでほしい。クロヴィス様にもそう言ってほしいと、侯爵家に伝えてくださいませ」

「あなた様は……どうしてそこまで他人を気にかけることができるのですか……？　ご自分が処刑されるというのに、ほかの方の心配ばかりだ」

眉尻を下げたバーデに、レティーツィアは微笑んでみせた。

「わたくしも、本当は恐ろしくてしかたないし、できることなら今すぐにでも牢から出て実家へ戻りたいと思っています。ですが、逃げるわけにいきません。……無実の罪だと主張するためにも、ここに留まらなければならないのです」

処刑されるような罪を犯していないのだから、毅然《きぜん》としているべきだ。己を奮い立たせたが、指や声は恐怖に震えている。

（情けないわ。クロヴィス様は、いつだって凛々《りり》しくていらっしゃった）

国王に理不尽な目に遭わされようと、彼は誇りを失わない騎士の中の騎士だった。魔獣に襲われた幼いレティーツィアを助け、バーデ男爵家と領民を始めとする多くの人々を守ってきた。

（ああ……そうだったのね）

「わたくしが、『どうしてそこまで他人を気にかけることができるのか』……それはクロヴィス様が、多くの方を救ってきたのを知っているからですわ」

その身を削って魔獣を討伐しているのだとわかったのは回帰後だ。薬の研究を進めていき、間接的に関わるまでは、彼の任務を現実に起こっている出来事として捉えていなかった。

今は、魔獣の種類によっての危険度も、今までどれだけの騎士たちが負傷してきたのかも知っている。『王国の薬師』という二つ名を持つストクマン侯爵家の一員として、また、一王国民として、彼らが守るに足る人間でありたい。クロヴィスの行動を見て、より意識するようになった。

「わたくしは、己の矜持《きょうじ》に従ってこの場に残ります。最期を迎えるそのときまで、侯爵家の歴史に泥を塗るような今回の決定に異を唱え続けますわ。……愛するクロヴィス様と侯爵家の皆が、健やかに暮らせるよう祈っていると、お伝えくださいませ」

「っ、承知いたしました。僕は、皆さんに救われた人間です。命を賭してでも、ストクマン令嬢のお言葉をお届けいたします」

「ありがとう存じます。卿のお気持ち、牢内で心細い想いをしていたわたくしには、とてもありがたいですわ。ですが、どうかご無理なさらぬよう。命を大切になさってください。侯爵家に近づくのが難しければ、近くの集落にルファという行商が営む店があります。そちらへ手巾を届けてくださいますか？」

「確かに、侯爵家周辺には陛下より遣わされた兵が多数いると聞きます。ですが、今回の処刑を疑問に感じている者も多いのです」

国王を恐れて表立った行動はできないが、王城内にもクロヴィスを支持している者がいるのだとバーデは語った。下級兵や使用人を人間扱いせず、自分の意のままにならない者はすぐに切り捨てる。そのような王に忠誠心は持てない、と。

「それに最近の城内は、得体の知れない他国の者がうろついているのです。その者たちは、陛下が直接雇い入れた護衛だという話ですが……陛下の威光を盾に好き放題に暴れていて」

おそらくは、西国から呼び寄せた暗殺者だろう。十数名に及ぶというその集団は、その日の気分で兵や使用人に暴力的な振る舞いをするのだという。

「今、王城内でも陛下への不平不満が多く聞こえてきます。僕の友人もそのうちのひとりですが、侯爵邸の周辺に配備されているので、なんとかお屋敷に入れるよう融通してくれるはずです」

「侯爵家の裏手に森があります。森の中に入ってしまえば、監視の目を掻い潜れる可能性は高いです。ただしかなり道順が複雑なので、今から言う目印の通りに進んでくださいませ」

レティーツィアの説明に首肯したバーデは、「夜のうちに行動したほうが人目につかないので、今から侯爵邸に向かいます」と、手巾を持って頭を下げた。

「上手く抜け出して夜明け前にはまた戻ります。それでは」

「どうか気をつけて……！」

足早に立ち去るバードの背に声をかけると、用意してくれた食事に口をつける。温かなスープが喉を通る久々の感覚が、挫《くじ》けそうな気持ちを奮い立たせてくれる。

(回帰前は、こんな風に反国王派が形成されていったのかもしれない)

王城で職に就く者や、国王に近い貴族たち、そして、その存在すら軽んじられている王国の民や騎士団。彼らの中で少しずつ、しかし確実に反感が育っていき、やがてそれは大きな憎しみとなった。

現状は、反国王派という形までに至っていないのだろうが、それも時間の問題に思える。

(わたしの処刑が、クロヴィス様のお心に影を落としてはいけない。あの方に、復讐《ふくしゅう》を決意させることだけは避けなければいけないのよ)

けっして自惚《うぬぼ》れではなく、彼に愛されている自負があるからこそ感じている。だから、バーデに言づてを頼んだのだ。

自分のために彼らが危険に晒《さら》されるのは本意ではなかった。

「クロヴィス様……」

無意識に呟《つぶや》いた彼の名に、胸が締め付けられる。

すでにレティーツィアが経験した未来とは別の道へ進み、この先は何が起きるか予想がつかない。

ただわかっているのは、明日に処刑が執行される事実と、クロヴィスを悲しみの闇へ堕《お》としてはならないという決意。それだけだった。

＊

レティーツィアの処刑日前日の夜。クロヴィスは闇夜に紛れ、ストクマン侯爵邸付近まで足を運んでいた。

明日の計画を、侯爵と直接打ち合わせするためである。

侯爵とは、ルファの伝書鳥を介してやり取りをしていた。クロヴィスとルファがレティーツィアを救うために動いていると知ると、侯爵は喜んでくれると同時にふたりの身を案じた。屋敷の周囲には監視の目が光っているため、身動きが取れぬのだと悔しそうな様子も文に認《したた》められている。

(愛する娘が処刑されようとしているのだ、無理もない。俺だってどうにかなりそうだというのに)

今すぐにでも王城に乗り込みたい衝動をずっと耐えていた。心臓が軋《きし》み、臓腑《ぞうふ》が絞り上げられるほどの苦痛だったが、なんの策もなく行動しては彼女の命が危ない。己に念じながらも、国王への怒りが肥大し、抑えきれないところまで膨れ上がっている。

(落ち着け。明日には、すべて片がつく)

国王との因縁を断ち切らなければ、いつまでも命が脅かされる日々が続く。自分はまだいい。だが、彼女だけではなく、その周囲にも危険があってはならない。レティーツィアが悲しむからだ。

これまで国王の憎悪を甘んじて受け入れていた。この命に価値はないと、いつ失ってもいいと本気で考えていた。

クロヴィスが生きている事実を国王は生涯許さない。ずいぶんと長い間答えを出さずにいたが、互いに相容《あいい》れない存在ならば、決着をつけるほかに道はないのだ。

国王・ウーリ・ハンヒェン・ホルストを弑逆する。それが、クロヴィスの出した結論だった。

「……この辺りだな」

クロヴィスは、侯爵邸の裏にある森の中心部で足を止めた。文で教えられたこの場所には、侯爵邸内部へ通じる秘密の通路が存在するという。有事に備えて脱出経路を確保しておくのは高位貴族の屋敷によくある仕掛けだが、侯爵邸の場合は森の奥深くに出入り口が作られているようだ。

目印となるのは、研究棟の薬師が管理しているという薬草畑だ。背丈ほどもある大きな葉の薬草が植えられており、その脇に隠れるように地下通路へ通じる扉があると文には記されていた。

月明かりだけを頼りに森の中を進んでいたクロヴィスだが、目を凝らして注意深く周囲を見遣ると、無造作に置かれた廃木の中に件《くだん》の扉を発見する。

(ここか。これは、事前に知らなければ見つけられない)

扉に手を伸ばしかけた、そのときである。

ごく小さな草木を踏む音が聞こえ、クロヴィスはぴたりと動きを止めた。素早く腰に携えた剣の柄を握り、辺りの気配を探る。

集中していると、相手はこちらに気づいていないらしく、草木に分け入る音がどんどん近づいてくる。

明らかに訓練された騎士や兵士ではない気配だったが、念のためやり過ごそうと廃木に身を潜めた。

ところが、いよいよ視認できるまで相手が近づいたとき、クロヴィスは目を見開く。

（あの男は……）

以前、魔獣討伐で出会った男爵の息子だった。魔獣による被害で右頬に大きな切創《せっそう》があったため、よく覚えている。平民というよりも、貧民と呼ぶほうがふさわしい襤褸《ぼろ》を身に纏《まと》っている男を見て、怪訝《けげん》に思って声をかけた。

「そこで何をしているんだ？　バーデ男爵子息」

「う、わ……っ」

気配を殺して真横から声をかけると、よほど驚いたのかバーデが尻餅をついた。その様子から害はないと判断したクロヴィスは、抜剣はせずに彼の前に姿を現す。

「久しぶりだな。クロヴィス・バルバストルだ。覚えているか？」

「団長閣下……！」

「驚かせて悪かったな。だが、なぜこのような場所に？」

クロヴィスの問いかけに、バーデは我に返ったように衣嚢から手巾を取り出した。

「ストクマン侯爵令嬢より言づてを預かってまいりました！　こちらがその証です、ご覧ください」

手巾にはストクマン侯爵家の紋章が刺繍《ししゅう》されていた。受け取ったクロヴィスは、再度問いを発する。

「なぜ、子息がこれを？」

「僕は王城で牢番の任に就いていていました。以前、団長閣下にお助けいただいた恩をお返ししようと、脱獄のお手伝いを申し出たのですが、ご令嬢は脱獄するつもりはないと……代わりに、侯爵家のご家族と団長閣下への言づてを頼まれたのです」

「っ……！」

バーデはレティーツィアの依頼を請け負い、人目を忍んで王城を抜け出した。侯爵邸の監視をしている知人の兵士に便宜を図ってもらい、屋敷に向かっていたのだと語った。

説明を聞きながら、胸がぎりぎりと痛む。

なぜ、逃げてくれなかったのか。理由など問わずとも察せられるが、それでも思わずにはいられない。

「……わかった。俺は今から侯爵邸へ入る。貴卿も一緒に来てくれ。ストクマン侯爵にも、レティーツィアからの伝言を聞かせてほしい」

「は……はい！」

明らかに国王の命に逆らい行動しているバーデは、見つかれば職を失うどころか命が危険だ。このままここで話を聞くよりも、侯爵邸に連れて行ったほうが安全だと判断した。

廃木に紛れた扉を開き、バーデを中へ促す。扉を閉めてすぐ脇にある石階段を下っていくと、石壁に囲まれた通路が現れた。

月明かりすら届かない通路のはずだが、不思議なことにところどころ地面が光っている。どうやら暗闇で光る植物が自生しているようだ。

（ブレドウ殿が言っていたのはこれか）

なかなか手に入らないと言っていたが、あまり人の行き来がない場所でしかお目にかかれないのかもしれない。稀少《きしょう》な花が発する光は、灯火器《とうかき》の代わりとしては充分だった。

バーデと共に石の通路をしばらく進むと、ふたりの目前に再度扉が見えてくる。今度は鉄製だ。そっと開けば、無事に侯爵邸の敷地内へ出た。

研究棟の近くにある道具小屋の中に繋がっており、小屋を出てすぐに屋敷の裏口へと急ぎ向かう。

クロヴィスの訪れは先に伝書鳥で知らせていたため、侍女のアウラが扉前で待っていた。

「閣下、無事にお越しいただけて安堵《あんど》しました。そちらは？」

「知人だ。レティーツィアの様子を知らせに来てくれた。怪しい人間でないのは保証する」

アウラは頷き、それ以上の問答はせずに侯爵の元へ案内してくれた。

通されたのは執務室だった。疲労の色が濃く表情に表われている侯爵に、クロヴィスは先ほどと同じ説明を施して手巾を見せた。

「王城で牢番をしていたバーデ卿がレティーツィアより託された手巾です。彼女から伝言を預かっていると聞き、こちらへお連れしました」

「そうか……感謝する。ふたりとも、よくぞ監視の目を掻《か》い潜《くぐ》ってきてくれた」

立ち上がった侯爵が、深々と頭を垂れる。バーデは恐縮し、「僕は……何もできませんでした」と、悔しそうに目を伏せた。

「ご令嬢は、閣下が国王暗殺に関わっていると証言しろと言われたようです。断ったため、無実の罪で投獄されてしまったと……」

「なっ……そのような無法、許されていいはずがない……っ」

信じがたいというように首を振る侯爵に、バーデが同意する。

「過酷な状況でありながらも、毅然としていらっしゃいました。脱獄の手伝いを申し出ましたが、僕や男爵家の命に関わると……己の矜持に従って留まると断られ、伝言を託されたのです」

バーデは一度言葉を切り、レティーツィアの一言一句を思い浮かべるかのごとく瞼を閉じた。

「『皆は、憤ってくれるでしょう。でも、わたくしのために危険を冒す真似はしないでほしい。クロヴィス様にもそう言ってほしいと、侯爵家にお伝えくださいませ』『愛するクロヴィス様と侯爵家の皆が、健やかに暮らせるよう祈っている』と——そう、仰いました」

たったひとり、王城で処刑を待つ間、恐ろしくないはずがない。それでも、周囲に危険が及ぶことを何より厭《いと》う心根の優しさに遣《や》る瀬《せ》なくなる。

(レティーツィアは、死を覚悟しているということか。——だが、絶対に認めるわけにいかない)

いくら彼女に留められようと、クロヴィスに行動しないという選択はなかった。たとえそれが意に反するものであろうと、レティーツィアのいない人生など考えられない。

「ストクマン侯爵、バーデ卿。俺は、彼女を諦めない。レティーツィアを取り戻すために、明日は人生をかけた戦いに臨む。できることなら力を貸していただきたい」

「もちろんです！　僕の頬の傷は、閣下が譲ってくださった薬がなければ致命傷になっていたと医師が言っていました。今こそ、命の恩人である閣下と侯爵家の方々にご恩をお返しします」

バーデは力強く協力を約束し、

「大切な娘を犠牲にするわけにいかない。親として、王国民として、貴族として、国王の暴挙を見て見ぬ振りはもうできない。今立ち上がらなければ、私は一生自分を許せない」

王家と距離を置いていた侯爵もまた、娘のために立ち上がる決意をしたようだった。

「国王の無法をこれ以上許すわけにいかない。——俺は、あの男を打ち倒す。もう何ひとつ、あの男に奪わせるつもりはない。これは、父のバルバストル公爵も承知している」

クロヴィスの宣言に、侯爵とバーデが息を呑《の》む。

すなわちそれは、国王をその座から引きずり下ろすことを意味するからだ。特に、クロヴィスの出自を知る侯爵は、今の言葉を重要に受け止めている。表情が一段と引き締まったのがその証だ。

「明日、王都の広場には大勢の人々が集まるだろう。そこで、国王を断罪する」

愛する者を取り返し、現王の治政に終止符を打つ。必ずやり遂げねばならないと、クロヴィスは固く拳を握りしめた。

＊

処刑当日。レティーツィアは、一睡もできぬまま朝を迎えることになった。

（バーデ卿は、無事に屋敷にたどり着いたかしら……？）

もしも途中で誰かに見咎《みとが》められたり、怪しまれるようなことがあれば、バーデの身が危険だ。そうなっていないことを祈るばかりだが、彼の姿が見えないため不安が募る。

自分と関わったために、誰かが傷つくことがあってはならない。特に、今後クロヴィスの味方になってくれるだろう人ならばなおさらだ。

「時間だ、出ろ」

バーデとは別の牢番が鉄格子を開いた。

力なく立ち上がると、手首に木製の枷《かせ》が嵌められた。改めて自分が罪人として扱われているのだと思い知らされる。

久しぶりに出た外は快晴だった。

王族の殺害を企てれば、未遂であっても死罪になる。反逆についても同様だ。けれど本来ならば裁判を行なったうえで斬首刑に処されるはずで、今回のような処遇は異例だった。

簡素な馬車に乗せられ、王城を後にする。同乗者は兵士がふたり、それに、馬車の外を騎乗した兵が固めている。

誰もレティーツィアと目を合わせようとしなかった。罪人を相手にしているわりに横柄な態度はせず、かといって肩入れするような素振りも見せない。下手なことをして、国王の不興を買いたくないのだろう。

窓の外を眺めていると、大勢の人々が馬車を見ていた。おそらく、〝ストクマン侯爵令嬢〟が処刑されるのを事前に知らされているのだ。

レティーツィアが知る限り、裁判も行なわれず刑に処された者はいない。どのような罪を犯そうとも、国法に則《のっと》り罪状を確定したのちに刑が執行される。にもかかわらず、こうして首を刎《は》ねられようとしているのは、民にとっては恐ろしいはずだ。

（国王の一声で斬首にできるという前例になるのだもの）

しかし、必ずこの決定に異を唱える者が出てくるとレティーツィアは思った。バーデのように、良心に従って行動してくれる者もいる。個々の力は大きくないが、彼のような人たちはいつか必ず王の足を掬《すく》う。そのことに、国王は気がついていないのだ。

（願わくば、クロヴィス様や皆が希望を持てる未来でありますように）

自分の経験した未来とは違う道を歩く今、願うことだけが唯一できることだった。

街並みを目に焼き付けるべく、窓の外に目を凝らす。思えば、回帰してからというもの、精いっぱい生きてきた。クロヴィスのためにと始めた薬の研究が道半ばで絶たれるのは悔しいが、いずれ研究者たちがレティーツィアの意志を継いでくれると信じている。

「もう、できることは何もないのね」

ひとり呟いて俯《うつむ》きかける。すると、人々の間に一際目立つ旗が見えた。

赤を基調に、交差した剣が特徴的な図柄は、レティーツィアもよく知っている。

（……あれは、公爵家の旗だわ……）

広場へ向かう道に、バルバストル公爵家の私兵が旗を掲げていた。なぜそのような真似をしているのか理由は定かでないが、クロヴィスに関係したその紋章を見ると、胸がぎゅっと締め付けられ――折れかけていた心に、少しだけ勇気の灯が点《とも》る。

（そうだ。わたしには、まだやるべきことがある）

クロヴィスが命をかけて魔獣から人々を守ったように、自分も守るべき人々のために力を尽くす。回帰前に何もできなかったレティーツィアはもういない。今は、悲劇を回避しようと努力を積み重ねてきた自信がある。

「着いたぞ、降りろ」

馬車が止まり、目的地の到着を告げられた。

手枷《てかせ》を嵌めたまま衛兵に支えられて馬車を降りれば、広場に集まる群衆の姿があった。

広場には国王直属の近衛が多く配備され、緊張感に包まれている。レティーツィアは人々の視線をその身に浴びながら、中央に設置された処刑台へ進んでいった。

処刑台は木製で、人々が見上げるほど高く組まれていた。いわゆる断頭台である。台の上には執行人が待機し、周囲には近衛兵が王家の威信を示すように控えて群衆を威圧した。

厳粛な空気の中、一歩一歩階段を上っていく。木がきしむ音がやけに大きく響き、レティーツィアの額から汗が流れ落ちた。

（怖い）

太陽の光を浴びた刃が鋭く光っている。あとわずかで、自分は刃の錆《さび》びとなって事切れる。覚悟したとはいえ、目の前で見る断頭台に恐れを抱かずにいられない、
台座まで上がったレティーツィアは、その場に跪《ひざまず》くよう促された。指示された通りの体勢になると、兵士を従えた国王が現れる。

「レティーツィア・ストクマン！　そなたは国王である余の毒殺を企てるという重罪を犯した！　よって今日ここで、国法に則り死刑執行を宣言する！　何か言い残すことがあれば申してみよ」

国王は、最後の慈悲だとばかりに高らかに告げた。集まった民へ向けて、正当な処刑だと印象づけているのだ。

（わたしが最後にできるのは、これしかない）

レティーツィアは大きく息を吸い込み、恐怖を押し込んで声を張り上げた。

「わたくしには、身に覚えのないことにございます。ですが、これが運命だというのならすべてこの身で受け止める所存です。ですが、無実の罪に陥れるのはわたくしで最後にしてくださいませ！」

「なに？」

「ストクマン侯爵家に連なる人々も、クロヴィス・バルバストル騎士団長閣下も、バルバストル公爵家にも、手出し無用に願います。お聞き届けいただけるのであれば、わたくしの命を捧げましょう」

毅然と言い放つと、国王の顔がみるみるうちに歪んでいった。

「命乞いをするなら、まだ可愛げがあるものを……っ」

「わたくしには、なんら恥じるところはございません。無実なのですから」

国王の思い通りにはならない。それが、レティーツィアの矜持だ。クロヴィスの婚約者として、最後まで気高くありたかった。

「ストクマン侯爵家は、『王国の薬師』の二つ名を持つ誇り高き家門にございます。その名に誓い、国王陛下に危害を加えようとしたことなどないと断言いたします」

「ええい、忌々しい！　その首をもって罪を償うがいい！」

国王の怒声が広場に響き渡ったときである。

「レティーツィア様が、罪人のはずないじゃないか！　その方は、あたしら平民のために薬を作ってくれる女神のような方なんだよっ！」

群衆の中から、老女の声が上がった。

（ルファさん……！）

見れば、ルファや集落の住人が群衆に紛れ込んでいた。彼らはレティーツィアの無実を声高に叫ぶも、すぐに衛兵に拘束されてしまう。

「おやめください！　相手は武器も持たないご老人です！」

「黙れ！　罪人の味方をする者もまた罪人だ。そなたの首を刎ねたあと、すぐに後を追わせてやろう。——さあ、刑を執行せよ！」

「っ……！」

執行人の手で、台座にうつ伏せにさせられる。いよいよもって己の最期を覚悟したレティーツィアは、瞼を閉じて最愛の人を思い浮かべた。

(どうか、どうか幸せに……クロヴィス様)

回帰後は様々な人々と関わりを持ってきた。そして何よりも、彼と結ばれたのだ。充分に幸せな人生だったと思っているが、やはり悔いは残る。

もしもふたたび回帰が叶うなら――いや、生まれ変わってでもいい。クロヴィスと穏やかな毎日を過ごしたい。他愛《たあい》のないお喋《しゃべ》りをして、笑い合い、時に喧嘩をして。そういう何気ない日常を、彼と歩んでいければいいと切に願う。

彼の幸福を祈りながら、かすかに微笑んだときだった。

「……――ツィア!」

(え……)

「レティーツィア……!」

広場の端から馬の蹄の音が響き渡り、広場は騒然となった。

レティーツィアが反射的に瞼を開ければ、クロヴィスが馬を駆ける姿が目に飛び込んでくる。

(クロヴィス様……!)

「なっ、やつを止めろ!　止めぬか!」

国王が近衛兵に命じるも、クロヴィスを止められる者はこの場にいなかった。騎乗で剣を振るってまたたく間に兵を蹴散らした彼は、馬から飛び降りると国王の眼前に立つ。

「国王および、その配下に告ぐ！　今すぐ彼女を解放しろ！」

「貴様、誰に向かってものを言っているのだ……っ」

怒りも露わに国王は喚《わめ》くが、クロヴィスは動じなかった。それどころか、これまでに見たことのないような冷ややかな眼差しを腹違いの兄へ向けている。

「レティーツィアを解放するつもりはないんだな？」

「国王の毒殺を企てた罪人を解放するはずがない！　余に逆らうとは、貴様も同罪だ‼　おまえたち、早くあの男を捕らえろ！」

命じられた衛兵はクロヴィスを捕らえようとする。だが、彼はその剣を一閃《いっせん》させて兵をなぎ倒した。その足でじりじりと国王へと近づき、切っ先を喉元へ突きつける。

「ウーリ・ハンヒェン・ホルスト……いや、兄上と呼ぶべきか？」

「汚らわしい！　貴様のような卑賤《ひせん》の輩が、余を兄などと呼ぶな……！」

どこまでもふたりの関係を認めようとしない国王に、クロヴィスが薄く笑った。

「呼び方など、たいした問題ではなかったな。……貴様は、なんの咎もないレティーツィアに無実の罪を着せるどころか、処刑までしようとした。法を曲げてひとりの人間の命を奪おうとするとは、王としてあるまじき行動だ。絶対に許されるべきではない」

「なんと不敬な！　どこにそのような証拠があるというのだ⁉　ストクマン侯爵令嬢が毒物を持ち込

んだのは、王室医師が明らかにしておるのだ！」

「証人でしたらこちらに」

咆《ほ》える国王に答えたのは、意外な人物。

「公爵家当主である私が自ら尋問し、件《くだん》の王室医師をお連れした」

クロヴィスの父であるバルバストル公爵だった。

公爵は私兵を従えてその場に現れると、ひとりの老年の男性を国王の前に連行する。

「彼は王室の専属医師で間違いありませんね？　さあ、私に話した同じ内容をこの場で言うがいい」

公爵に促された男性は、おずおずと話し始めた。

「侯爵家のご令嬢が持っていらした薬に、不審なところはまったくございませんでした。ですが陛下より、毒物であると証言しろと……逆らえば、妻や子の命はないと脅されたのです」

「嘘を申すな！」

国王が怒声を浴びせかけるが、それよりも大きなざわめきが広場全体に広がった。

今、この場を制しているのは、国王ではなくクロヴィスだった。集まった平民のみならず、兵士らも彼の声に耳を傾けている。

暴君を前に敢然と立ち向かう騎士団長の姿に、皆が見入っていた。

「この国を背負う王でありながら、私怨に駆られて罪を犯すとはな」

ぞっとするような低い声で言い放ったクロヴィスは、剣を突きつけたまま国王を睨《ね》めつける。

「ウーリ・ハンヒェン・ホルスト、貴様の罪は明白だ。正義を、真実を、権力者の私利私欲によって歪めてはならない！」

「うるさい、黙れ……！　余はこの国の正統な王だ！　何者も余を遮ってはならぬのだ！」

「王族の誇りも務めも忘れた者に、この国の王たる資格はない」

クロヴィスの言葉は、その場にいる者の胸を衝《つ》いた。王直属の近衛兵ですら、手に持っていた剣を鞘に収め、その場に膝をついている。

「罪を認め、悔い改めろ。さもなければ、この場で処刑する」

クロヴィスの目は本気だった。その返答如何で、彼は迷いなく国王の首を刎ねるだろう。

「ふっ……はははははっ！　卑しい出自でありながら、余をここまで貶めるとは！　余は認めんぞ。王国の正統な血筋にして、王冠を戴くのはウーリ・ハンヒェン・ホルストただ一人だ！」

そう言いながらも、国王の顔には屈辱と恐怖が浮かび、がくがくと身を震わせている。この国を統べる王でありながら、クロヴィスを前に無力な只人となっていた。

この瞬間、国王の権威は地に崩れ落ちたのである。

「手枷の鍵を貸せ！」

クロヴィスが命じると、衛兵が慌てて鍵を差し出す。受け取った彼は急いで階段を駆け上がり、レティーツィアを抱き起こした。

「遅くなって悪かった。あなたに何かあったら、俺は……きっと狂っていた。王国を滅ぼすまで暴れ回ったかもしれない」

「クロヴィス様……は……弱き者を手にかける真似はしませんわ……」

手枷が外されると力が抜け落ち、彼の腕の中に倒れ込む。まなじりからは自然と涙が溢《あふ》れ出《だ》し、止まらなくなった。

「助けに来てくださって、ありがとうございます……」

「もう何も心配はいらない。今はゆっくり休むといい」

クロヴィスの声は、国王と対峙《たいじ》していたときと違って穏やかだった。

レティーツィアはようやくそこで安心すると、世界で一番安全な場所で意識を失った。


その後。クロヴィスの強い希望で、彼の屋敷で静養することになった。彼は侍女のアウラも呼び寄せ、不自由なく過ごせるよう計らってくれた。

事の仔細は、彼やアウラ、そして、屋敷を訪ねてきたルファから聞いた。

あの日クロヴィスは、国王が広場へ移動してすぐに、公爵家の私兵と王城に突入した。国王が雇った暗殺者、および、兵士を制圧すること。そして、王室の専属医師を探し出すことが目的だった。

早々に医師を発見して問い質したところ、『脅されて偽の証言をせざるを得なかった』と後悔していたという。医師はクロヴィスらに説得され、広場まで赴いて証言することを決めたそうだ。

広場にいたルファは、集落の住人や行商人仲間を扇動し、群衆に国王の非道を訴える役目を担っていた。クロヴィスたちが間に合わなかった場合は時間を稼ぎ、暴動を起こしてでもレティーツィアを助けるつもりだったようだ。

しかしそこへ、強力な援軍が現れる。バルバストル公爵だ。『国王の暴虐をこれ以上看過できない』と、私兵の投入を決めた公爵は、処刑執行を阻止するべく広場にいた兵士を密かに制圧していた。その中にはバーデもおり、兵士らの投降に一役買っていたと聞く。

広場でウーリを拘束すると、時を置かずに公爵が高位貴族を招集した。現王の退位と、次期国王の即位について話し合うためである。だが、ウーリに後継者がいないので、先王の遺言により、第二王子のクロヴィスがその座を継ぐことになった。

「……俺は国王という柄ではないのだがな」

広場の騒動から七日経っていた。

体力も食欲も回復したレティーツィアは、すっかり日常を送っている。だが、クロヴィスは違う。国王となれば、生活は今後大きく変わるだろう。

今は就寝前にふたりきりで話すのも日課だが、今後はどうなるかわからない。寂しくないと言えば嘘になるが、国王となった彼が国を治める姿を見たい気持ちのほうが強い。

「クロヴィス様は民の目線をご存じではありませんか。きっと、国民に愛される王になります」

「では、あなたは民に愛される王妃になるな」

クロヴィスは、ふたりきりのときだけ見せる笑みを浮かべ、レティーツィアを寝台へ押し倒す。

「結婚しよう、レティーツィア。俺は、あなたがいなければ生きていけない」

切実な愛の告白に、レティーツィアの胸がいっぱいになる。

後悔と失意の中で命を落とし再度得た〝生〟で、苦労がなかったわけではない。己の無力さに遣る瀬なくなったことが幾度となくあった。

それでも挫けなかったのは、クロヴィスや家族を悲劇から救いたい一心だ。未来を知る唯一の人間として当然の行動であり、過去に何もできなかった自分に与えられた贖罪だと思った。

だけど今、レティーツィア自身が救われた気持ちになっている。初めてクロヴィスから求婚された今、間違いなく世界一幸せだと断言できるから。

「……はい。わたくしも、クロヴィス様のおそばでなければ、息もできません」

涙目で答えると、襟元を緩めた彼が覆いかぶさってくる。

顔を近づけてきた彼は、壮絶な色気を讃《たた》えていた。一瞬でも見逃したくなくて目を逸《そ》らさずにいると、そっと唇を重ねられた。

「んん……っ」

口内に侵入した彼の舌が、レティーツィアのそれを搦《から》め捕る。ぬるぬると擦りつけられると、下腹部に淫らな熱が集まってくる。

口づけをされただけで、幸せで堪《たま》らない。彼もまた自分と同じ気持ちだったのだと、触れ合った部分から感じ取れた。

性感を煽るような舌の動きに、身体から力が抜け落ちていく。口内で唾液がかき混ぜられる卑猥《ひわい》な音で、劣情が増していた。

「ンッ……うっ、んぅっ……激し……」

息継ぎの間に彼を押し留《おしとど》めようとするも、クロヴィスは口角を上げただけだった。

「あなたに触れるのをずっと我慢していた。もう、限界だ」

餓《う》えた獣のような瞳で襟ぐりを引き下げたクロヴィスは、豊かに実っている果実の頂きに舌を這《は》わせた。ふくらみの先端を吸引し、もう片方は大きな手のひらで揉《も》みしだかれる。乳頭がいやらしく凝っていくのを感じながら、レティーツィアはめくるめく愉悦の始まりに身悶《みもだ》えた。

「あんっ、ああ……っ」

左右の胸の頂きは完全に勃ち上がり、快楽を求めて淫らに疼《うず》く。彼の意のままに操られ、胎内が熱く火照っていく。

「綺麗だ。この世の誰よりも」

彼の言葉に反応した足の間はじっとりと濡《ぬ》れ、切ない疼きを覚えている。

クロヴィスは胸を舐《な》めながら、レティーツィアの衣服を脱がせていく。無造作に服や下着を抛《ほう》り投げる彼は、いつもよりも高揚している。視線やしぐさは、早く繋がりたいと言っているかのように性急で、なおさら期待感が高まった。

「……レティーツィア、あなたが俺を人間らしくしてくれる。俺は、あなたしか愛せない。ほかには何も要らないんだ」

「わたくし、も……愛しています」

回帰前に恐れていた未来はもう訪れない。彼に愛されている自信が、レティーツィアを強くする。

彼はふたたび乳房に顔を埋め、執拗《しつよう》に乳首を舐めまわす。左右交互に舌が這うたび勃起したそこは唾液で光り、身体の中を熱く潤ませた。

レティーツィアの昂《たか》ぶりを見計らったかのように、クロヴィスが太ももに手を這わせてくる。濡れそぼる花弁を優しくかきまぜ、淫蕾を撫《な》で擦《さす》った。

「ん、あ……っ」

蜜を纏った指が動くと、ぬちゅぬちゅと淫猥《いんわい》な音が響き渡る。欲情が増すほど淫音が大きくなり、どこに触れられても感じてしまう。

クロヴィスの愛戯に耽溺《たんでき》し、快感がせり上がってくる。彼に触れられている事実がこの上なく幸せで、意図せず腰が跳ねていた。

ひどく感じやすくなっている。呼気が乱れ、思考が曖昧になってきたとき、淫孔に指が入ってきた。

「んあぁっ……」

愛撫《あいぶ》で蕩《とろ》けていた胎内は、クロヴィスの指を悦《よろこ》んで食《は》んでいた。節くれ立った指が旋回し、媚壁をぐいぐいと刺激されると、下肢が痺《しび》れるような感覚を味わった。

「熱いな。指が溶けてしまいそうだ」

ふ、と微笑んだクロヴィスが、乳首に軽く歯を立てる。絶妙な加減で刺激を受けて、蜜窟がひくひくと蠢《うごめ》いた。指を抜き差しされるたびに、レティーツィアの意識が薄くなる。もう彼のことしか考えられず、ひたすら喘《あえ》ぐのみだった。

「あ……ンッ、あぁっ……！」

指の抽挿に合わせて花芽をぐいっと押されると、肉壁が小刻みに震えた。全身が総毛立ち、愉悦を求めた最奥が淫らに蠕動《ぜんどう》する。

「クロヴィスさ、まぁっ……」

耐えかねたように彼を呼べば、クロヴィスが指を引き抜いた。

「そんなに可愛い声を聞かされると、たまらなくなる」

膝立ちになったクロヴィスは下衣を寛《くつろ》げ、自身を取り出した。隆々と反り返った肉槍は先汁に濡れ、彼の興奮を伝えてくる。

レティーツィアを反転させたクロヴィスが、自身を蜜口にあてがう。ただ触れているだけで、とてつもない圧迫感だ。思わず内股に力を入れると、尻たぶを鷲《わし》づかみにされた。

尻肉に指を食い込ませられ、強制的に割れ目が開く。ぬるりと愛液が太ももに滴り落ちた瞬間、硬く張り詰めた陽根が蜜路に突き込まれた。

「っ、あぁっ！」

先端がずぶりと挿入されると、視界に火花が散った。軽く達したのだ。その間も欲の塊は蜜肉を圧迫し、最奥へと押し進む。

レティーツィアの背中に体重をかけたクロヴィスは、艶のある吐息混じりに囁《ささや》いた。

「は……ずっとこのままでも達してしまいそうだ」

言いながら、クロヴィスがレティーツィアの胸に指を這わせる。形が変わるくらいもみくちゃにされたかと思うと、激しい抽挿が始まった。

「やっ……んぁ……っ」

膨張しきった雄槍で蜜孔を侵す。力強く媚壁を穿《うが》たれると、めまいがしそうなほどの悦びに襲われた。

腰を激しくたたき付けてきた彼は、その合間に乳首を揺さぶってくる。背中に覆いかぶさられているため、密着している肌が熱い。耳元で荒く吐き出される呼気でさえ、快楽の糧になっていた。

レティーツィアは膣壁を摩擦されるたび頤《おとがい》を反らせ、快感をやり過ごす。気を抜けば達してしまいそうで、なぜか寂しさを覚えたのだ。

(ずっとこのまま、クロヴィス様と繋がっていられたら……)

彼の愛に溺れて、生涯過ごせればいい。それはとても幸せな想像で、呼応した胎内が大きくうねり、肉竿をぎゅっと締め付ける。

クロヴィスは小さく呻《うめ》き、自身を限界まで引き抜いた。そしてふたたび、最奥まで深く埋め込む。深く重い抽挿で媚肉が戦慄《わなな》き、身体が限界を訴えてくる。

「……レティーツィア……っ」

切羽詰まった声で呼ばれたレティーツィアは自覚する。彼も自分と同じ大きさの愛を抱いてくれているのだ。回帰前には知らなかった幸福が、今ここにある。それが嬉しい。

身も心も彼一色に染め上げられ、胎内は悦びに啼《な》いていた。

「クロヴィス……さぁっ……んっ……一生、おそばに……いさせてくださ……んぁっ」

譫言《うわごと》のように告げた瞬間、彼は体勢を変えた。レティーツィアを反転させ、すぐさま雄茎を奥深くまで挿入する。おびただしい肉悦の波に攫《さら》われそうで、恐ろしくなってくる
「あぅっ、ん！　も……駄目……ぇっ」

強く揺さぶられると乳房が上下に揺れ動き、その振動ですら心地いい。レティーツィアの身体はすでにクロヴィスに支配され、彼の虜《とりこ》になっていた。

熟して弾ける寸前の柔肉を掘削されると、胎の内側が引き締まる。喉を振り絞ったレティーツィアは愉悦の波に呑まれていく。

「あ、あっ、ぁあああ……っ――！」

「く、っ……！」

耐えかねるように呻いたクロヴィスは、最奥に濃厚な飛沫《しぶき》を注ぎ込む。

「あなたは俺だけのものだし、俺もあなただけのものだ」

彼の言葉に微笑んだのを最後に、レティーツィアの意識は快感の波間へと消えていった。

＊

戴冠式から数日。クロヴィスは、国王が訪れるにふさわしくない場所へと赴いた。

陽の光が届かず、常に湿気と陰鬱な空気が漂っている。数少ない灯火器が、申し訳程度に四方を囲む石壁を照らしていた。

明らかに貴人の訪問を想定された造りではないが、罪人を収監する牢となれば仕方のない話だ。

しかし、魔獣の討伐で夜営になれたクロヴィスは特に気にしていない。むしろ、鉄格子の向こうに座する男のほうが、気が滅入《めい》っているようだ。

「ウーリ・ハンヒェン・ホルスト」

クロヴィスが声を投げると、床に四肢を抛《なげう》っていた男が顔を上げた。

「……クロヴィス・バルバストル。余をここから出せ。貴様こそこの場にふさわしい身分だというのに、王座を穢《けが》した罪は重いぞ」

「すべては、貴様が招いたことだ。レティーツィアに手出しをしなければ、まだ王冠を手放さずに済んだ。俺だけを標的にしていたなら、我慢してやったんだ」

「黙れ！　生かしてやっている恩を忘れてそのような戯《ざ》れ言《ごと》を……」

激昂するウーリを眺め、クロヴィスが冷淡に嗤う。

「貴様は、俺を殺さなかったんじゃない。殺せなかっただけだ」

「な……何を、馬鹿な」

「異常なまでに〝ホルスト〟の血筋に拘《こだわ》っていたにもかかわらず、自分が子種がないとわかってさぞ絶望したことだろうな」

クロヴィスの言葉を聞いたウーリが、みるみるうちに青ざめた。それは、長期に亘《わた》って秘匿されてきたこの男が抱える矛盾だった。

「俺を蔑《さげす》むとき、必ず自分は正統な血筋だと言っていたな。王の冠を戴くのは直系の子孫でなければならぬと、歪《いびつ》な考えを植え付けられていたんだろう？」

ウーリの思考は、先々代国王のそれをすり込まれている。先々代の王、つまり、クロヴィスとウーリの父は、歪んだ血統至上主義であったがゆえに、第一王子の代替えとしてメイドを孕《はら》ませた。

〝男〟の血筋のみを重要視していた先々代王だったが、ウーリは国母となる女性についても、由緒正しき貴族でなければならないと考えた。そうでなければ、自分の存在価値が失せるからだ。

「貴様の子が生まれないとなれば、〝王の血筋〟は途絶える。だから、俺を殺したいのに殺せなかった。死なない程度に酷遇してきたのは、いざというときに代用品とするためだ」

「……黙れ」

「王宮の医師たちが証言した。『先王ウーリは、クロヴィス《腹違いの弟》の子種を王妃に与えようとしていた』と。それに、貴様が雇った暗殺者も、『騎士団長を暗殺しろという命令はなかった。傷はつけてもいいが、生け捕りにしてこい』と命じられたようだ」

クロヴィスの指摘に、ウーリが顔を引き攣らせた。

王妃は後継となる子を成せない重圧から心身に支障を来し、この数年は離宮に軟禁されていた。夫や貴族から毎日のように後継者を望む声を聞かされれば、それも無理からぬ話だ。

しかし、子が誕生しなかったのは王妃ではなく、国王ウーリの問題だったのである。

医師から真実を聞かされたウーリはしばし悩んだ。養子を迎えることも傍系に玉座を渡すことも是としなかったのは、父王の影響が大きかったから。ホルストの男系を絶やしてはならぬと、妄執に取り憑かれていた。

考えた末に、ウーリは妙案を導き出す。父王の血を半分だけでも継ぐクロヴィスの子を己の子とすればいいのだ、と。

王妃は由緒正しき公爵家の出身だ。種馬となるクロヴィスに卑しい血が混じっていようとも、妻の腹から生まれた子なら血筋として悪くない。一番避けなければならないのは、ホルスト王直系男子の血を絶やすことだ。

どうせ王妃は正気を失っているのだから、誰に抱かれようと理解しないだろう。――そう語る国王は常軌を逸していたと医師は語っている。

先々代王からは〝第一王子の代用品〟として、ウーリからは〝子種を残すための代用品〟としてしか見られておらず、クロヴィスは〝人〟ではなかった。

明かされた真実はどこまでも無情だった。けれど、彼らに対してすでになんの感情も抱かない。

レティーツィアが愛してくれることこそ、史上最大の己の価値だ。今のクロヴィスには、先々代王もウーリも路傍の石ほどの価値もない。

「己の妻でさえも道具のように扱うとは、どこまでも見下げ果てた男だ。だが、貴様の思い通りになることはこの先一生あり得ない」

言いながら、クロヴィスの瞳に酷薄な光が宿った。

「いいか、よく聞け。貴様は今後、この牢から生涯出ることは叶わない。重罪人と同様に、両足の腱を切り、指を切り落とし、舌を抜く。簡単には殺さない。貴様らが代用品として扱ってきた俺が、この国を統べる姿をその目で見ていろ」

自尊心の高いウーリには、死よりもつらい苦行になる。この薄汚れた牢の中で、己の生に絶望しながら一生を終えればいい。

「ク、ロ、ヴィ、スぅぅっ……――ッ」

腹の底から憎しみを絞り出すような声で、ウーリが叫ぶ。

この男との因縁は、これで終わりだ。もう二度と会うことはない。クロヴィスは怨嗟《えんさ》の声など気にも留めずに踵《きびす》を返した。

エピローグ

大聖堂の鐘が高らかに鳴り響き、室内に荘厳な雰囲気が広がる中、国王クロヴィスと王妃レティーツィアの結婚式が執り行われた。

聖堂内の天井は高く、ステンドグラスから差し込む光が美しい模様を描き、壁や床を照らしている。

レティーツィアは純白のドレスを身に着けていた。長く広がる裾には繊細なレースがふんだんに使われ、胸元からスカートにかけては宝石が散りばめられている。優雅で上品な衣装だった。

花を散らして編み込んだ髪にベールをつければ、誰もが息を呑む美しさだ。

（ようやくこの日を迎えられたのね）

万感の思いで大聖堂の扉前に立ったレティーツィアは、隣にいるクロヴィスを見上げた。

国王の座に就いてからというもの、クロヴィスは激動の毎日を送っていた。まず手をつけたのは、先王ウーリを支持していた貴族の処分だ。

改革という剣を振るい、先王派が所有していた財産を没収し、領地を王国に返上させた。その代わりに、バルバストル公爵の呼びかけに賛同し、先王の打倒に協力した家門へは褒章を与えている。王としての基盤を作るべきだという公爵の助言を聞き入れた形だ。

黒騎士団をはじめとした騎士や兵士については、組織が再編されている。武に長《た》けた者は魔獣討伐隊として組み込み、一団だけに負担がかからないよう平等に任務に就かせることにしたそうだ。これは、かねてよりクロヴィスが考えていたことで、やっと形にすることができたと語っていた。

ストクマン侯爵家についても変化があった。

まず、王国内に不足している薬師を増やすために、身分を問わずに人材を募集した。まだ数は少ないが希望者もおり、しばらくは研究棟で長老らが指導することになっている。薬師の卵たちが育てば、いずれこれまで薬を購入できなかった平民でも手に取れるようになる。そのための試みだ。

先輩薬師となったジェイクは、後輩ができて楽しそうだ。それに、アウラとの仲がようやく進展したようで、結婚する日も近そうである。ふたりを兄姉のように思っていたため、レティーツィアにとっても嬉しい報告だった。

クロヴィスに伝えると、『幸せは増えていくものなんだな』と、穏やかに微笑んだ。自分たちだけでなく、周りの人々の笑顔が見られるのは喜ばしいことだ。殺伐とした出来事が続いただけに、なおさらそう感じている。

レティーツィアも、公務の合間に研究は欠かさない。これは、クロヴィスが許可してくれていた。魔獣対策が主だが、研究の成果が出れば討伐任務も危険が少なくなるだろう。それに、騎士がすぐに駆けつけることが難しい領地、たとえばバーデ男爵領のような地であっても、領民が自ら魔獣を退けることが可能な薬剤を開発中である。

ちなみにバーデは、黒騎士団に配属された。本人たっての希望だ。自分がクロヴィスに救われたように、今度はほかの誰かの助けになりたいと言って目を輝かせていた。『きっといい騎士になる』と、バーデに声をかけたクロヴィスは、とても嬉しそうだった。

「国王陛下、王妃殿下、ご入場です」

近衛騎士に合図をされると、クロヴィスが笑みを浮かべた。

「行こう」

「はい」

肘を差し出され、そっと手を添える。

両開きの扉が開かれ、厳《おごそ》かな音楽が鳴り響く中、クロヴィスと共に祭壇へと進んだ。

彼は、国王ではなく騎士の正装をしている。回帰前に見たものではない。金色の飾緒《しょくしょ》や肩章は以前よりも華やかで、結婚式にふさわしかった。

大聖堂の中は、出席者の温かい視線と祝福の言葉で満たされた。彼らは皆、一様に笑顔を浮かべている。以前は見られなかった光景を目にし、未来を変えることができたのだと改めて実感する。

(今日見た景色は一生忘れない)

かつて悲劇が起こった王城で、無事に結婚式を挙げられたのは奇跡的だとレティーツィアは思う。

式にはバルバストル公爵夫妻と子息、そしてやストクマン侯爵夫妻という家族のみが出席している。他の貴族へはこのあとに行なわれるパーティにて結婚を披露する予定だ。

王国民へは、後日、王城の中庭を開放し、バルコニーから姿を見せることになっている。クロヴィスが王となったことを国民に周知するとともに、先王の陰を払拭する狙いもあるらしい。民にとっては突然の先王退位であり、クロヴィスの即位を怪訝に思うかもしれない。とはいえ、これまで魔獣討伐でその名を知らしめてきた彼は、貴族よりも先に民に受け入れられるだろうというのがバルバストル公爵の見解で、レティーツィアも同じ考えだ。

「ようやく堂々とあなたが俺の花嫁だと皆に宣言できる」

祭壇へと向かう途中で、クロヴィスが小声で囁く。

ここに来るまでに歩んできた道のりは、ふたりともに長く険しいものだった。だが、今日で終わりではない。今日からまた、新たな道をふたりで歩んでいくのだ。

「わたくしも、クロヴィス様と同じ気持ちです」

彼の妻だと胸を張って答えられる喜びは、何にも換えがたい。王妃として重圧はあるが、クロヴィスと一緒ならば乗り越えられる。

家族が見守る中、祭壇の前まで着くと、神父の口上が始まった。

万感の想いで聞きながら、クロヴィスと誓いの言葉を交わす。

「レティーツィア。あなたは俺の生きる理由で希望の光だ。一生涯あなたを守り、愛すると誓う」

「クロヴィス様、わたくしの愛はすべてあなたに捧げます。あなたはわたくしのすべてです」

互いに見つめ合い、誓いの口づけを交わす。

回帰前に恐れていた悲劇は、二度と起きないし起こさせない。

このうえない幸福に満たされ、レティーツィアはクロヴィスの愛を受け止めた。


——四年後、二十歳の春。

穏やかな風が頬を撫でる中、レティーツィアは王城の中庭の一角にある四阿でお茶を楽しんでいた。

季節ごとに美しい花々が咲き誇る庭園には、賑やかな子どもの声が響き渡っている。

三年前、国王クロヴィスと王妃レティーツィアの間に生まれた第一王子だ。護衛の騎士らと楽しそうに遊ぶ姿は、もう城内では当たり前の光景となっていた。

健やかに育っている我が子を眺めながら、ふと笑みを浮かべる。

(なんだか、ここまであっという間だったわ)

かつてこの場で悲劇が起きたとは思えないほど長閑《のどか》な時間だ。

今でも時々、血に塗れた回帰前の出来事を思い出す。そのたびに、二度と繰り返してはならないと心に誓いを立てるのだ。

「レティーツィア」

振り向けば、笑みを湛《たた》えたクロヴィスが歩み寄ってくる。

彼はレティーツィアの隣に腰を下ろし、腹部にそっと手を当ててきた。

「大丈夫か？」

「ふふっ、心配性ですね。医師からも、外に出たほうがいいと言われていますし、問題ありません」

「それならいいが、心配なものは心配だ」

現在レティーツィアは、第二子を妊娠している。一度経験しているにもかかわらず、クロヴィスはこうして常に気にかけてくれていた。

「幸せ過ぎて、時々怖くなる。妻がいて子が生まれるなんて、ほんの数年前には考えすらしなかった」

思わずという風に零れたのは、クロヴィスの本心だった。

この四年で笑顔が増えた夫の手に自分の手を添えると、我が子に目を向ける。幼いながら、騎士たちがたじろぐほどに元気よく動き回っていた。

「……わたくしも同じ気持ちです。だからこそ、この幸せが壊れないように、努力していかなければいけないと思うのです。クロヴィス様に、ずっと愛していただきたいですもの」

悪戯っぽく告げれば、彼が虚を突かれたような顔をする。

「あなたへの愛は、日に日に深くなっている。この先永遠に続いていくことになるがいいのか」

返事をする代わりに、彼の頬に口づける。

もう二度と悲劇が起こることはない。愛する夫の眼差しにレティーツィアは確信していた。

あとがき

ご無沙汰いたしております。御厨翠です。ガブリエラブックスでは三冊目の刊行となりました。最近、個人的に、西洋風の異世界ファンタジー熱が高まっているので、こうして執筆の機会をいただけて大変嬉しいです。

さて、本作は、ヒロインのレティーツィアが、回帰するところから物語が始まります。彼女は、過去の自分が何も行動してこなかったことを悔いて、今世では後悔しないように努力し、悲劇の未来を回避すべく奮闘します。

一方、ヒーローのクロヴィスは、複雑な出自から心を閉ざし、自分の命ですら執着が持てないまま生きてきました。そんな彼が、レティーツィアと交流し、愛し愛される喜びを知り、自分の人生を取り戻していく。ヒロインのためなら世界を滅ぼすことも厭わない冷酷さもありつつ、ヒロインにはこれ以上ないくらい優しく甘く接するヒーローです。

クロヴィスに愛と執着心を教えたのはレティーツィアなので、これからどんどん重く激しくなっていく感情を頑張って受け入れてね、と、彼らを書き終えた今思っています。

イラストをご担当くださったのは、前作に引き続きCiel先生です！　表紙ラフを拝見しましたが、作品の世界観が見事に凝縮されていて、先生に描いていただける喜びを噛み締めております。細部まで美しく、ヒーローもヒロインも色気がある先生のイラストは本当に素敵で宝物です。
こうしてご縁をいただけて大変感謝しております。ありがとうございます！

ここからは謝辞を。
毎回ご迷惑をおかけしております担当様、この本を読んでくださった皆様、いつもSNSやお手紙でご感想を送ってくださる皆様に、心からお礼申し上げます。
いずれまた、どこかでお会いできることを願いつつ。

追伸。ガブリエラ文庫刊『偽装恋人 超ハイスペックSPは狙った獲物を逃がさない』コミカライズ版が配信中です。こちらもどうぞよろしくお願いいたします。

御厨　翠

令和六年　十二月刊

ガブリエラブックス好評発売中

gabriella books

姐さんにはなりませんっ!

冷徹な若頭はお嬢に執着する

御厨 翠　イラスト：氷堂れん／ 四六判

ISBN:978-4-8155-4063-0

「俺の前でそんなに無防備で。何をされても知りませんよ」

組長の娘である彩芽は大学卒業の日に父親から若頭の碓水と結婚して姐になるよう命じられる。碓水は彩芽の初恋の相手だった。極道は嫌いだし過去全く相手にされなかった碓水と愛のない結婚をするのは嫌だと思う彩芽。だが碓水は以前と変わって強引に迫ってくる。「彩芽さんをその気にさせるところから始めましょうか」好いた男に触れられ反応してしまう身体。流されそうになり苦悩する彩芽は!?

ガブリエラブックス好評発売中

gabriella books

転生悪役令嬢につき、殿下の溺愛はご遠慮したいのですがっ!?

婚約回避したいのに皇子が外堀を埋めてきます

御厨 翠　イラスト：Ciel ／ 四六判

ISBN:978-4-8155-4313-6

「なんとしても、きみと添い遂げたい」

公爵令嬢ヴィヴィアンヌは自分が乙女ゲームの世界に転生した悪役令嬢であると気付くと、前世で得たゲームの知識で皇子フレデリックが重傷を負う事件から彼を助ける。破滅の未来を避けるため皇子との婚約話は固辞する彼女だが、フレデリックは諦めず愛を囁いてくる。「きみが愛しくてどうにかなりそうだ」美しい皇子の溺愛についに陥落するも、本来彼と結ばれるはずの〝聖女〟のことが気になり!?

ガブリエラブックスをお買い上げいただきありがとうございます。
御厨 翠先生・Ciel先生へのファンレターはこちらへお送りください。

〒110-0016 東京都台東区台東4-27-5 (株)メディアソフト
ガブリエラブックス編集部気付 御厨 翠先生／Ciel先生 宛

gabriella books

MGB-128

ループして闇墜ち騎士団長を救ったら、執着溺愛が止まりません!

2025年1月15日 第1刷発行

著 者 御厨《みくりや》 翠《すい》

装 画 Ciel《シエル》

発行人 沢城了

発 行 株式会社メディアソフト
〒110-0016
東京都台東区台東4-27-5
TEL:03-5688-7559 FAX:03-5688-3512
https://www.media-soft.biz/

発 売 株式会社三交社
〒110-0015
東京都台東区東上野1-7-15
ヒューリック東上野一丁目ビル3階
TEL:03-5826-4424 FAX:03-5826-4425
https://www.sanko-sha.com/

印 刷 中央精版印刷株式会社

フォーマットデザイン 小石川ふに(deconeco)

装 丁 齊藤陽子(CoCo.Design)

ISBN 978-4-8155-4354-9